아이젠

아이젠

김남숙
소설

문학동네

차 례

아이젠

나는 가만히 두치의 이야기를 듣고 있었다. 공기가 아무리 좋아도 발육이 좋지 않은 나무에 관한 이야기나 두치보다 나이가 열두 살은 족히 많은 한 장교의 이야기, 술과 여자로부터만 얻어지는 요상한 병의 이름들. 두치는 그런 것도 질서라고 이야기했다. 군기가 대단히 바짝 들어간 목소리였다. 나는 두치와 발걸음을 맞추며 군대식 걸음을 배우고 있었다. 오른발이 나가기 전에 먼저 두치의 눈치를 살폈다. 두치는 머리를 긁적이려다 말고 자신도 재미없어하는 이야기에 대해 계속 떠들었다. 두치가 진짜 하고 싶어하는 이야기가 그게 아니라는 것쯤은 알고 있었다. 나는 두치의 정수리를 보았다. 짧은 머리, 정수리가 까져 불그스름한 두피가 보였다.

이렇게 걷는 거니, 군대에서는?

어, 어. 그렇게 걷는 거다. 잘하네.

적당히 눈치가 빠르면 되는 거구나, 거기서는.

아니, 그것도 그렇지가 않다. 나 머리통 까졌어. 둥그렇게 생겼다고 하도 손으로 비벼대서 이렇게……

두치가 말을 멈췄다. 두치는 손목시계를 확인하고는 잠깐 생각에 잠겨 있었다. 그게 무슨 의미인지는 잘 모르지만 군대에 들어간 이후로, 두치는 그렇게 자주 시계를 보고 생각에 잠겼다. 나는 두치에게 앞으로 가자고 눈치를 줬다. 두치는 눈치가 없었다. 그래서 머리통이 까졌겠지.

두치야, 눈치를 좀 키워보는 건 어떠니.

씨발, 모르면 좀 그런 말 마.

나는 군대식 걸음걸이로 계속 두치를 앞서 걸었다. 조금 헐거운 신발이 질질 끌렸다. 군대식 걸음에서 느껴지는 씩씩함이 꽤 어색하다고 생각했다. 나와는 별로 어울리지 않았다. 신발 밑창이 끌려서 주변에 쌓인 눈이 흩어졌다. 추운 바람이 일었다. 바람 불 때는 좋은 소리가 났다. 나는 그걸 철로 된 깡통이나 맥주 캔이 짤깡대는 소리와 비슷하다고 말하는데 완전히 같다고는 말할 수 없었다. 그건 한 번도 들어본 적 없는 그냥 바람소리니까. 바람 불 때 좋은 소리가 난다, 나는 하마터면 그 말을 두치가 있는 앞에서 진짜로 뱉을 뻔했다. 그러나 그 말을 완전히 다 뱉지는 않아서 다행이라고 생각했다. 나는 바, 바람, 이라고 얼버무리다 말았다. 뒤에서 있던 두치가 잰걸음으로 다가와 손목을 잡아끌었다. 이제 두치가 하고 싶은 진짜 이야기를 하면 되었다.

나는 해산물이 먹고 싶었다. 두치에게 해산물이라면 뭐든 좋으니 좀 먹자고 말했다. 아무것도 묻히지 않은 그저 비린 맛. 갈조류 냄새. 그런 걸 견디며 우적우적 씹는 게 좋았다. 나는 두치와 한창 가게들이 문을 연 시장통으로 방향을 꺾어 그대로 해산물집 옆에 있는 여관으로 들어갔다. 나는 계속 새우나 조개 그리고 물고기가 먹고 싶다고 말했다. 두치는 군복을 침대 위에 벗어두고 산에 관한 이야기를 시작했다.

두치는 산엘 갔다. 병장인 두치는 소주와 과자를 넣은 가방 몇 개를 들쳐 메고 참모들과 산을 올랐다. 걸을 때마다 두치의 아이젠이 눈 덮인 땅을 파고들었다. 나는 두치가 걸을 때마다 아이젠에서 나는 쇳소리를 입으로 따라 해주었다. "그걸 신고 발을 떼는 것도 힘든데 나는 그 산을 두 시간이나 올랐다." 두치는 그런 말도 잊지 않았다. 두치와 참모들은 산 정상에 있는 헬기장으로 갔다. 헬기장에 앉아 술판을 벌였다. 헬기장은 벌써 눈이 말끔히 치워져 있었다. 이미 누군가 올라와 그곳에서 술을 마신 흔적이 보였다고 했다. 빈병은 헬기장 모퉁이 쪽에 옹기종기 모여 빛나고 있었다. 병 주둥이에 눈이 투명하게 쌓여 있었는데 술병 사이로 간간이 보이는 콜라 병이 이상하게 아름다워 보였다고 했다. 두치는 그렇게

나 높은 곳에 올라 소주와 과자를 먹은 것이 처음이라고 했다. 추웠지만 금방 술이 올라 경치가 오히려 좋아 보였다고 했다. "그냥 모든 게 괜찮았어. 그런 게 질서라니까." 두치는 그런 말을 잊지 않고 했고 가끔씩 까진 정수리가 따가운지 미간을 찡그렸다. 그들과 무슨 이야기를 하니, 나는 간간이 물었다. 두치는 내 물음에 대해서는 별말 없이 하던 이야기를 계속했다. 나는 침대와 멀찌감치 떨어진 테이블 앞에 앉아 두치를 쳐다보았다.

우린 다 같이 앉아서 놀았어. 서로 사는 얘기를 했어. 다 비슷해 너랑도. 그래서…… 내가 언젠가 그 장교 새끼 죽여버린다.

두치는 말을 멈추고 멍한 표정으로 시계를 또 한번 쳐다보았다. 나는 두치에게 아무 말도 하지 않았다. 두치의 이야기를 듣다가 테이블 위에 놓여 있던 유리 재떨이를 만지작거리며 두치의 얼굴에 반사광을 쏘는 것이 전부였다. 그럴 때마다 두치는 손으로 쏟아지는 햇빛을 가리며 가늘게 실눈을 떴다. 두치는 저런 식의 표정을 잘 지었다. 나는 두치가 그런 표정을 할 때 줄 세우고 있다고 말했다. 슬픈 일들을 차례로 줄 세우는 것같이 침착하고 또 어딘가 멍청해 보이는 표정 말이다. 두치가 줄을 세운다. 두치가 줄을 세우고 있다. 나는 속으로 중얼거렸다.

두치는 이야기를 계속했다. 나는 특별한 대꾸 없이 두치의 이야기를 들어주었다. 이런 용도로도 두치에겐 내가 필요했다. 나는 이 이야기를 들어줄 내가 갑자기 없어져버리면 두치가 굉장히 섭

섭하기도 하겠다고 잠깐 생각했다. 두치의 가만히 멈춰 있는 입을 생각하니 기분이 울적해졌다.

근데 나 헬기장에서 니가 너무 생각났다. 거기는 있잖아, 우리 말고 아무것도 없었고 아무도 없었어. 그래서인지 니가 너무 보고 싶었다. 니가 옷 벗고 있는 걸…… 나도 모르게 계속 생각했다. 참모들이 아무데나 오줌 눌 때 나는 너 생각나서 그럴 수도 없었어…… 나 니 껄 좀 보고 싶어…… 나는…… 이런 게 진짜로……

나는 유리 재떨이로 쏘아대던 햇빛의 방향을 두치의 정수리 쪽으로 옮겼다. 반사광이 두치의 붉은 정수리에 맺혔다.

눈치를 좀 키워, 두치야. 근데 병들을 그렇게 헬기장에 모아놓으면 헬기는 어떻게 와.

나는 새어나오는 웃음을 참으며 말했다. 나무 테이블 위에 놓인 성냥이 자꾸만 신경쓰였다. 성냥으로 담배를 피우라는 건지 불을 피우라는 건지 알 수 없을 정도로 바닥이 너무 차가웠다.

겪오지에, 독립 소대.

두치가 짧게 말했다. 격오지, 독립 소대. 헬기장 뒤로 멀리 떨어진 곳에 소대가 하나 더 있다고 했다. 빈병은 그들의 몫이라고 했다. 그 주변은 전부 그들 몫이라고. 빈 술병을 치우는 일도 그곳의 산짐승들을 다루는 일도 모두 그들의 몫이라고 했다. 나는 고개를 끄덕였다.

그렇구나, 외롭겠다.

나는 창가로 다가가 허름한 나무 덧문을 활짝 열었다. 두치가 두 손으로 갑자기 들어온 햇빛을 가렸다. 채광이 그다지 좋지 않은 곳인데도 두치는 얼굴을 감싸쥐었다.

나는 창문을 마저 열고 떨어지지만 않을 정도로 몸을 밖으로 쭉 뺐다. 창틀에 쌓여 있는 눈송이를 손끝으로 퉁겨냈다. 퉁겨진 눈송이가 반짝이며 바닥으로 천천히 내려앉았다.

아니, 영아. 나 니 껄 좀…… 그냥 보기만이야……

두치의 목소리가 흐릿하게 들렸다. 나는 이층에서 골목을 내려다보고 있었다. 해산물집으로 연인들이 짝지어 들어갔다. 아, 나도 잘 씹을 수 있는데. 나는 몸을 일으켜 뒤돌아보았다. 방안이 추운지 두치는 벗어놓은 군복을 다시 입은 채 침대맡에 기대앉아 손에 입김을 불어넣고 있었다.

오늘도 안 할 거지?

두치에게 묻자 두치는 아무 말 없이 고개를 숙였다. 추운지 손을 자꾸만 꼼지락거렸다.

미친놈, 말만. 안 할 거면 보여줄 수도 없지. 아님 너 돈 주든가.

나는 말을 툭툭 던지며 웃었다. 두치의 짧은 머리 속 빨간빛의 움찔거리는 두피가 너무 잘 보였다. 좆밥 같은 두치. 징그러운 애.

할 수 있어. 그치만 안 하는 거다. 일단…… 그 장교 새끼 죽여버린 다음에…… 이런 게 진짜야 영아.

나는 두치를 빤히 쳐다보았다. 두치의 동공이 조금 떨렸다. 두치는 무언가를 무서워하는 것처럼 보였다. 내가 무서운 거니. 아니면 장교가 죽지 않아서 무서운 거니. 아니면 너도 네 머리통이 징그러워서 그러니. 나는 두치에게 물어보려다가 말고 유리 재떨이를 원래 있던 자리에 조용히 올려놓았다.

나는 작은 손거울로 두치에게 햇빛을 몇 번 더 쏘아주다가 여관을 빠져나왔다. 두치는 늘 가던 슈퍼에서 비타민 음료를 마셨다. 나는 땅을 발로 차며 걸었다. 눈 쓸리는 소리가 자근자근 밟히는 모래 소리처럼 들렸다. 늘 가던 슈퍼에 늘 있던 개 뿌꾸가 플라스틱 의자에 몸을 기댄 채 앉아 있었다. 나는 뿌꾸의 테니스공 같은 머리통을 쓰다듬었다. 뿌꾸의 한쪽 눈이 이상했다. 슈퍼 주인은 얼마 전부터 뿌꾸에게 백내장이 생겼다고 말했다. 아직 이렇게 부드러운데. 뿌꾸는 자기보다 높은 곳에 있는 나를 쳐다보려고 애썼다. 애를 쓸 때마다 먼산을 바라보고 있는 뿌꾸의 한쪽 눈이 파르르 떨렸다.

에구, 우리 뿌꾸. 불쌍한 뿌꾸. 곧 죽겠구나.

옆에서 드링크를 마시고 있던 두치가 나를 노려보며 드링크 병을 바닥에 던졌다. 드링크 병이 깨졌고 나는 헬기장에서 본 콜라병이 이상하게 아름다워 보였다던 두치의 말을 떠올렸다.

너는 애가 어쩜 그러니. 뿌꾸한테서 손 떼라!

두치가 씩씩거리며 말했다.

집으로 들어가기 전부터 깡깡, 거리는 소리가 대문을 울렸다. 나는 대문을 밀고 대문 바로 옆에 맞닿아 있는 창고를 들여다보았다. 아버지가 맥주 캔과 커피 캔을 망치로 두드려 펴고 있었다. 아버지는 겨울 내내 그런 일에 몰두할 심산이었다. 그런 뜻을 겨울이 시작되기 전부터 밝혔으니까. 겨울이 되면 아무도 건드리지 말라는 뜻이었다. 아버지는 두드려서 얇게 편 알루미늄 판을 자기가 앉은 의자 옆에 모아놓고 있었다. 대문을 열고 들어서면 바로 정면에 보이는 다 썩은 나무를 장식하기 위해서라고 했다. 구질구질한 건 이제 질색이라고. 올해부터는 달라지고 싶다고. 그러나 아버지의 그런 구색 좋은 말은 언제나 구질구질했다.

아빠, 나 왔어요.

아버지는 얼굴을 살짝 들어 나를 확인한 뒤 다시 망치질을 시작했다. 아버지 뒤로 마루의 하얀 얼굴이 보였고, 마루의 얼굴 뒤로 선반 위에 놓여 있는 소총과 여러 가지 번잡한 장식의 목제품과 라디오가 보였다.

아빠, 마루 나오라고 해요. 거기 시끄러우니까. 정신만 더 나가.

아버지는 망치질을 멈추고 뒤에 쪼그려앉아 있는 마루에게 손짓했다.

마루야, 제발 좀 나가 있어라. 니가 여기 있으면 아빠가 집중을 못하잖니. 아직 한참 더 남았다.

마루는 아버지의 손에 떠밀려 창고 밖으로 쫓겨났다. 금방이라도 쓰러질 것처럼 비틀거렸고 온몸에 힘이 없어 보였다. 나는 병약한 마루를 '의자가 필요해 보이는 사람'이라고 몰래 부르곤 했다. 마루를 의자라고 부르면 어떨까. 의자야 이리 와. 의자야 앉아. 마루는 팔다리를 꼿꼿이 세워 앉아 나무 의자에나 어울릴 법한 사람이 된다. 어른이 된다. 나는 의젓하고 말수 적은 마루의 모습을 떠올린다. 그런 마루에게 더이상 억지로 앉히는 의자 따위는 필요가 없어진다. 내가 갑자기 사라진다고 해도 마루는 줄곧 의젓한 어른처럼 의자에 앉아 있겠지. 나는 이런 명칭이 내가 마루에게 느끼는 책임감으로부터 멀어질 수 있게 도와주고 있다고 생각했다. 좋다, 아름답다, 의자는.

마루는 무언가에 억눌려 있는 것처럼, 사실 그건 저 망치질 소리 때문일지도 모르는 일이지만, 의기소침한 표정을 지었다. 나는 마루에게 왜 그러냐고 이유를 물어보지 않았다. 마루는 병신이니까. 물론 병신이 되기 전 마루는 내 언니였다. 마루는 나보다 한 살 많고 오 킬로그램 적고 후추색인 나와 달리 아주 하얬다. 하지만 마루는 이제 그냥 마루다. 나는 마루를 데리고 집으로 들어왔다. 현관문을 닫아도 깡깡, 거리는 소리가 벽면을 울렸다. 가방을 바닥에 내팽개쳐놓고 거실에 누웠다. 머리가 울렸다. 내가 눕자 마루가 따라서 누웠다. 마루는 거실에 누워 무언가에 억눌린 듯한 표정을 유지하면서 웃고 있었다. 나는 마루가 가끔 정신이 돌아올 때도 있다고 생각했다. 언제든 돌아오려고 한다면 돌아올 수 있다고도 생각했다. 가스 같은 걸 좀 마셨다고 사람이 그렇게 쉽게 모든 걸 잊어버리지는 않을 테니까. 그럴 때 마루는 꿈을 꾸는 것 같았다. 마루는 거실에 누워 멀쩡한 목소리로 예전처럼 말하기도 했다. "지금 터널을 지나고 있어서 잘 안 들려요, 금방 갈게요. 네. 지금은 터널을 지나고 있어서. 네. 터널이요." 나는 이제 그 소리에 놀라지 않는다. 마루는 그저 어린아이처럼 잠을 많이 잘 뿐이고 나는 마루에게 운좋게 그런 시간이 생겨서 다행이라고 생각했다. 그렇기에 나는 마루에게 가끔씩 언니라고 불렀다. 마루는 그때마다 웃지도 울지도 않았다. 돌아오고 싶을 때 돌아오는 거겠지. 나는 입을 뻥끗거리며 말도 안 되는 유행가를 불렀다. 고개를 돌린 마루가 나를 보며 웃었다.

깡깡, 하고 울리는 소리는 밤까지 계속되었다. 마루는 그 소음 속에서도 잠을 잘 잤다. 어쩌면 진짜로 병신이 되어버린 걸까. 마음만 먹으면 정말로 병신이 될 수도 있는 건가. 아무래도 잘 알 수가 없었다. 나는 거실에서 자고 있는 마루를 두고 창고로 향했다. 살짝 뒤틀린 나무 문 사이로 작은 알전구가 빛을 뿜고 있었다. 나는 문을 활짝 열었다.

아빠, 시끄러워요. 그만 주무세요.

나는 문고리를 잡은 채 말했다.

인기척 좀 내고 들어올 수 없겠니. 몇 개 더 남았다. 아직은 안 돼. 마루는 자고 있니?

아버지는 옆에 놓인 식은 커피를 홀짝홀짝 마시면서 말했다. 아버지는 마루를 진짜 아기처럼 취급하고 있었다.

네, 마루는 거실에서 자요. 것보다 머리가 너무 아파요. 계속 얻어맞는 것 같다니까요.

나는 나무 문짝을 앞뒤로 여닫으면서 삐걱거리는 소리로 아버지를 채근했다.

넌 항상 엄살이 심했어. 금방 들어갈 거다.

아버지가 커피잔을 테이블에 내려놓으며 말했다. 테이블 위에는 커피잔의 모양대로 둥그렇게 마른 커피 자국이 도장처럼 찍혀 있었다.

차라리 그냥 사냥을 나가지 그러세요.

나는 선반 위의 소총을 쳐다보았다. 무의식적으로 튀어나온 그 말에 스스로 조금 놀랐지만 내색하지 않으려고 나는 문짝을 잡은 손끝에 힘을 줬다. 진짜 총인지 장식용 총인지 알 수 없지만 나는 가끔 총대를 만지작거리던 아버지를 기억한다. "너희 아버지는 밀렵꾼 새끼야. 알아둬, 애기야. 큰 곰도 잡아다가 팔기도 한 밀렵꾼 새끼다." 나는 그 말도 잊지 않고 기억해냈다. 누군가 정말 그랬었는지 아닌지 잘 알 수는 없었다. 의존하고 싶지 않은 기억과 아주 오래된 유년의 말들. 하지만 그런 말들을 묻어두고 자랐다면 무엇이든 곧이곧대로 받아들여, 나도 지금쯤 진짜 병신이 됐을 것이라고 나는 확신했다.

에이 병신 새끼. 그래 넌 그냥 경마쟁이다. 나는 언젠가 들었던 말의 그 어감, 그대로를 속으로 오래 발음했다. 경마쟁이라니, 이 씨발, 나는 경마쟁이가 아니라고. 경마라니, 난 돈에 관심 없다…… 기억대로라면 이번에도 아버지는 금방이라도 울음이 터질 듯한 표정을 지으며 길길이 뛸 것만 같았다. 아버지의 슬픈 표정을 떠올려보았지만 잘 상상이 가지 않았다.

사냥이라니……

아버지가 작게 말했다. 아버지는 손에 들고 있던 망치를 원래 자리에 조용히 내려놓았다. 새로운 슬픈 표정이라도 연구해야 될 것 같은 사람처럼.

나는 두치에게 샌드위치가 먹고 싶다고 했다. 치즈가 많이 들어간 샌드위치라면 상한 것이라도 상관없다고 했다. 두치는 내가 몹시 빠르게 살이 빠지고 있는 것 같다고 말했다. 나는 그런 것 같다고 말했다. 그리고 그렇구나, 하고 고개를 끄덕였다. 두치는 내가 걱정된다고 했다. 좀 규칙적으로 생활하는 게 어떻겠냐고.

그리고 나는 그때 아무 말 없이 두치의 한쪽 눈에만 생긴 쌍꺼풀을 쳐다보는 중이었다. 예쁘다. 나는 두치의 질문과 상관없이 속으로 조금 감탄하고 있었다. 이렇게 예쁜 눈의 두치가 내 생활에 대해 알 리가 없으니. 나는 지금 다이어트중인 거야. 처음으로 두치에게 변명을 하고 싶었다. 그러나 그러지는 않았다. 대신 나는 시간이 흐르고 난 뒤에도 치즈와 해산물이 무사히 이 세계에 남아 있을 것 같냐고 물었다. 두치는 아무 말도 하지 않고 나를 바라보기만 했다. 나는 두치의 이런 모습이 좋았다. 무엇도 물어보려 하지 않고 무엇도 얻으려고 하지 않는 두치의 표정이 좋았다. 두치는 아직 병신은 아니니까. 나는 두치의 머리를 쓰다듬어주려다 말았다. 두치의 머리통이 너무 빨개서 눈이라도 왔으면 좋겠다고 생각했다.

나는 될 수 있으면 몸피를 줄이고 싶어졌다. 이십 킬로그램가량 몸무게를 줄이고 앙상한 나신으로 눈밭을 걸어보았으면 좋겠다고 생각했다. 얼어죽는 순간이 오기 전까지. 그리고 그런 날이 온다면 두치에게 정말로 보여주고 싶었다. 그럴 수 있다면 그럴 수 있겠지. 요즘 나는 너무 쉽게 피로를 느꼈다. 코가 찡하니 울리는가 하면 바로 코피를 쏟았다. 하지만 감정이나 몸 같은 건 이렇듯 쉽게 상하지 않는다는 걸 나는 이미 알고 있었다. 단지 모든 건 내가 너무 쉽게 감동을 받는 사람이기 때문이라고 생각했다.

나와 두치는 근처 숲으로 갔다. 숲은 나무 하나 없이 황량한, 이름만 숲인 가짜 숲이었다. 걸을수록 속에서 자꾸 짠맛이 올라왔다. 숲은 늘 들었던 짤강대는 바람소리가 아닌 시원한 무음의 공기를 길 위에 쏘아대고 있었다. 두치와 걸을 때마다 손등이 자꾸만 부딪혔지만 두치는 아무것도 못 느낀다는 듯 멍한 시선을 길

위에 고정시킨 채 걸었다. 그리고 이야기를 계속했다.

그 장교 새끼가 나한테 물었다. 제대하고 뭐할 거냐고. 제대하면 장사하겠습니다. 대학은 돈이 안 됩니다. 그렇게 생각합니다. 이렇게 말했지……

군기가 바짝 들어간 목소리로 말할 때마다 두치는 굉장히 불안해 보였다. 나는 그 사실을 두치에게 말하지 않았다. 나는 조용히 두치의 말을 들어주었다. 숲의 나무 그림자들이 너무 짙어서 하마터면 웅덩이에 발을 그대로 담글 뻔했지만 두치는 나와는 상관없이 성큼성큼 잘 걸었다.

그치만…… 다음달이면 나도 제대다. 마지막으로 면회를 한번 와줘. 넌 한 번도 오지 않았잖아. 나는 매일 기다리기만 하고…… 넌 매일 어딜 그렇게 나가니. 이, 씨발년…… 나는 너 같은 족속들을 제일 혐오한다. 그거 알아?

두치는 숲의 중앙에 서서 그런 식의 욕을 한참 뱉었다. 나는 두치한테 개 같은 년도 되고 씨발년도 된다. 나는 두치가 욕을 할 때마다 알겠다는 듯이 고개를 끄덕여주었다. 그렇구나. 그래.

우리는 길 위에 정지해 있었다. 웅덩이를 구분하며 걷지 않아도 돼서 마음이 그다지 번거롭지는 않았다. 욕을 마친 두치는 한참을 멍한 표정을 짓다가 손등으로 눈을 꾹 눌렀다. 두치가 천천히 울었다.

씨발…… 넌 내가 왜 이런다고 생각하냐.

두치가 고개를 숙였다. 두치의 머리 위로 차가운 바람이 한차례 더 불었다.

두치야, 뭐 먹고 싶은 거 있어? 사줄게.

나는 고개 숙인 두치의 머리통을 보면서 말했다. 두치가 울먹이며 말을 계속했다.

나 진짜로 나중에는 장사를 할 거다. 일단 제대하면 밑돈부터 모을 거야. 하청업체에 들어가서 열심히 일할 거야. 돈도 벌고 누구든 오더만 내리면 그 오더대로 흠씬 두들겨패줄 거다. 그게 질서니까. 나중엔 샌드위치랑 새우랑 다 사줄게. 그니까 이상한 새끼들 만나고 다니지 마. 다 죽여버린다고…… 내가……

면회 갈게, 두치야.

나는 두치의 머리를 쓰다듬어주었다. 두치는 늘 그렇듯 잠깐 생각에 잠겼고 나는 그걸 두치가 지금 줄을 세우고 있는 중이라고 이해했다. 두치는 내가 쓰다듬었던 자신의 빨간 두피를 손바닥으로 쓸어내렸다.

머리맡에 놓아둔 휴대폰이 울렸다. '갈까'라는 문자가 와 있었다. 나는 전화를 걸었다. 얼마 지나지 않아 상대방이 전화를 받았다. 뚱보였다. 나는 뚱보에게 다짜고짜 강아지를 사줄 수 없겠냐고 물었다. 작고 하얀색이고 눈이 건강한 애면 좋겠다고 덧붙여 말했다. 뚱보가 쉽게 제안을 받아들였다.

나는 뚱보와 여관에 갔다. 뚱보가 먼저 돈을 줬다. 강아지를 사고도 훨씬 넘칠 돈이었다. 나는 그 돈을 주머니에 넣음과 동시에 옷을 벗었다. 뚱보는 전혀 뚱뚱하지가 않았다. 하지만 나는 뚱보를 뚱보라고 불렀다. 뚱보의 표정이 너무 뚱해서. 뚱보는 얼굴이 항상 반들거렸다. 나는 눕기 전 뚱보에게 세수를 좀 하고 오라고 말했다. 뚱보가 나체로 열심히 세수를 했다. 뚱보는 다른 사람들과 달리 말을 잘 들었다. 뚱보는 오기 전에 항상 갈까, 라는 문자를 보냈다. 뚱보는 조금 귀엽다. 나는 돈 주는 뚱보가 귀여웠다.

세수를 마친 뚱보가 침대 끝에 걸터앉았다. 보여줘. 뚱보가 입만 뻥끗거리며 말했다. 나는 이불을 걷어내고 뚱보에게 보여주었다.

오십 일…… 나는 혼자 중얼거렸다. 오십 일 정도면 충분히 기다릴 수 있는 시간이라고 생각했다. 면회를 오라고 한 두치의 말이 떠올랐지만 가지 않을 생각이었다. 오십 일이라는 시간이 어느새 성큼 다가와 있었고 두치도 나도 시간이 지나기를 기다리는 데도사니까. 그게 우리에게 어울리는 질서라고 생각했다.

아버지는 얇게 편 알루미늄 끝을 망치로 동그랗게 말았다. 펜치나 집게로 하면 쉬운 일일 텐데, 아버지는 꼭 한 가지 도구로만 만든 장식품을 나무에 걸고 싶다고 했다. 많은 건 필요 없다고 했다. 그냥 이렇게 하고 싶어서. 아버지는 그렇게 말했다. 나는 나무 문짝을 잡고 아버지가 하고 있는 일을 지켜보았다.

아빠는 괴짜예요.

괴짜는 너다.

아니요. 아빠예요.

아니다. 그러나 너도 마찬가지잖니.

아니, 난 진짜 아니라니까요. 난 그냥 머리가 아프고 피곤할 뿐이에요.

아니다. 너는 밖에 한번 나가면 도통 돌아올 생각을 하지 않잖니? 이상한 애를 만나고 다녀서 그럴지도 모르지. 여관에는 너무 자주 드나들지 마라. 남들이 보면 널 흉하다고 생각할 거다.

여관엔 이야기를 하러 간 것뿐이에요. 두치는 이야기를 하고 싶으면 여관엘 가니까. 그리고 집이 이렇게 시끄러운데 어떻게 해요. 그것 좀 관두세요. 그러면 한결 나아질 것 같으니까.

나는 나무 문짝을 발로 찼다. 뚱보에 관한 이야기는 하지 않았다. 사실 뚱보든 뚱뚱보든 여관에 간 건 두치 외엔 누구도 생각나지 않았다. 갈까, 라는 연락이 올 때에만 나는 그들을 생각했다. 그게 내 질서니까. 아버지는 내가 말하는 도중에도 망치질을 멈추지 않았다.

해진 나무 문짝이 너덜거렸다. 바람이 불어 주변에 떨어진 나무 파편이 흩어졌다. 아버지 옆의 알루미늄 판들이 짤강거렸다. 바람 불 때 나는 좋은 소리, 아버지도 그걸 알고 있을까. 알지도 못한 채 저 깡통들의 쓸모를 정말로 의미 없게 만들고 있는 걸까. 바람이 불지 않았다면 당장이라도 아버지 옆에 쌓여 있는 알루미늄 판들을 죄다 밟아 구겨버렸을지도 모른다. 하지만 그러지는 않았다. 바람 불 때 나는 좋은 소리, 나는 그걸 알고 있었다.

나는 나무 문짝 옆에 고개를 숙이고 쪼그려앉았다. 목구멍 아래로 뜨거운 게 자꾸만 넘어갔고 그게 너무 짰다.

경마쟁이 새끼. 돈만 밝히는 놈이었으면서.

나는 아버지에게 말했다. 아버지는 주파수가 잘 맞지 않는 라디오를 크게 틀었다.

나는 거실에 누웠다. 선잠에 눌려 이도 저도 아닌 생각을 했다. 두치와 아버지와 마루에 관한 생각이 다였다. 그들에 대한 이야기를 글로 짓는다면 참 좋겠다고 생각했다. 누구도 웃지 않을 이야기를 혼자만 웃으면서 이야기할 수 있다면 좋겠다고 생각했다. 깊은 잠을 자려고 노력했지만 그것도 쉽지는 않았다. 며칠 내리 잠만 잘 수 있다면 밥을 안 먹어도 좋을 텐데. 나는 얇은 눈꺼풀을 살짝 떴다.

마루의 흰 맨살이 보였다. 마루는 차가운 바닥에 바지를 벗고 앉아 있었다. 자기의 가랑이 사이를 열심히 들여다보고 있었다. 마루는 자신의 몸을 난생처음 보는 사람처럼 신기해했다. 몸의 일부를 손으로 샅샅이 살피며 마루는 그렇게 자신을 천천히 들여다보고 있었다. 그런 시간이 필요했을지도 모른다, 마루는. 나와 아버지를 위해 피곤하게 일만 해왔으니까. 마루는 자꾸만 가랑이 사이를 덮어 내려오는 흰 티셔츠를 열심히 들어올렸다. 나는 고개를 돌렸다. 잠이 들었으면 좋았을 텐데 그것도 쉽지 않았다. 꿈을 꾼다면 두치와 아버지와 마루가 몽땅 나와서 춤을 추는 꿈이었으면 좋겠다고 생각했지만, 그쪽에 가까운 꿈은 나와 한패가 되어주지 않았다. 나는 마루에게 의자에 가서 좀 앉아, 라고 말하고 싶었다. 하지만 내가 잠들어 있지 않다는 사실을 마루가 알면 부끄러워질까봐 그러지 않았다. 대신 몸을 조금씩 뒤척이다가 부스스 일어나는 척을 했다. 마루는 내가 몸을 뒤척일 때마다 흠칫 놀라는 듯했고 내가 일어날 것 같자 옷을 주워 입고 알아서 거실 벽면에 박아놓은 의자에 가 앉았다. 나는 뜨거운 눈꺼풀을 손등으로 천천히 누르며 일어났다. 그러곤 마루에게 다가가 헐렁하게 걸쳐진 고무줄 바지를 다시 꼼꼼하게 추켜주었다.

나 좀 나갔다 올게, 마루야. 누가 바지 건드리려고 하면 죽여버려. 알았지?

나는 그런 말도 잊지 않았다.

나는 동네 골목을 여러 번 돌았다. 잠도 오지 않았고 그렇다고 해서 딱히 할일이 있는 것도 아니었다. 골목은 조용하고 한적하고 무엇보다 가끔 바람이 불어서 좋은 소리가 났다. 나는 커다란 돌을 가슴 위에 올려놓고 싶었다. 실은 계속 그만큼의 무게가 묵직하게 느껴지는데 눈에는 보이지 않으니까, 눈에 보이는 그만큼의 무게를 실어주고 싶었다. 그런다면 정말로 뭐든 괜찮아질 것 같았다. 나는 돌을 얹은 사람이다, 그러니 누구든 나를 돌을 얹은 사람으로 불러주었으면, 하고 바랐다. 내가 마루를 의자라고 부르는 것처럼. 나는 밖에 나와 담배를 피우는 상가 주인들과 여러 번 눈이 마주쳤다. 그들은 하나같이 나를 매일 할일 없이 주변만 빙빙 도는 애로 보는 것 같았다. 눈이 마주치면 그들이 먼저 시선을 하늘로 돌렸다. 인사 좀 해주지, 나는 속으로 생각했다.

나는 우리집에서 멀지 않은 기숙학교 근처를 걸었다. 아직 겨울인데도 그 건물로 학생들 여럿이 슬리퍼를 질질 끌며 들어갔다. 정감이 가지 않는 곳이었다. 출입문은 페인트가 다 벗겨져 있었고 무엇보다 주위를 둘러싼 담벼락이 감옥 같았다. 하지만 그곳 담벼락에는 사오월쯤에 꼭 장미가 피었다. 나는 그게 좋았다. 여기도 장미가 핀다. 나는 담벼락 앞에서 조금씩 무성해질 넝쿨을 보았다. 아직 봉오리도 맺히지 않은 상태였다. 작년에도 재작년에도 두치를 만나서 꼭 여기에 왔었는데. 두치는 이곳에 핀 무성한 장미를 한 번도 본 적 없었다. 그저 늘어진 넝쿨만 보았다. 두치는 장미가 무성할 때에만 내 옆에 없었다. 이번에 두치가 제대를 하면 장미가 무성해질 때를 맞춰 두치와 이곳에 들르면 좋겠다고 생각했다. 이제 봄이 오고 나무 장식을 끝내면 아버지도 마루도 함께 이곳에 오면 좋을 것 같았다. 쉬지 않고 떠드는 두치의 이야기를 모두가 여기서 듣는다면 진짜로 봄이 올 것만 같았다. 나는 넝쿨을 만지려다 말고 휴대폰을 열었다. '갈까'라는 문자가 한 통 와 있었다. 나는 뚱보에게 문자를 보냈다.

뚱보, 나 아직 돈 많아.

두치에게서 두 통의 편지가 왔다. 두 통 모두 큼지막한 그림이 그려져 있었다. 하나는 작은 생쥐와 커다란 치즈가 그려져 있고 하나는 수족관에 든 낙지와 생선이 그려진 편지였다. 아버지는 내가 집에 들어오기 전에 편지를 먼저 뜯어본 모양이었다.

그렇게 유치한 놈은 안 된다. 결국엔 널 고생시킬 게 뻔해.

아버지는 말할 때에도 망치질을 계속했다. 망치질 소리가 이제 그다지 거슬리지 않는 지경에 이르러서 아무래도 괜찮았다. 뭐든 괜찮아 이게 질서니까, 나는 두치의 말을 속으로 따라 하며 웃었다. 두치는 편지지 밑에 'D-30'이라고 작게 적어놓았다. 편지 속 날짜대로라면 삼십 일이지만 실은 이십 일 정도가 남아 있었다. 나는 두치의 전역 날이 얼마 남지 않았다는 것을 실감했고 그뒤로 더 자주 기숙학교의 담벼락에 갔다. 장미가 피려면 아직 먼 것 같았다. 나는 날짜가 다가오면서 점점 추워지는 날씨를 걱정했다. 그리고 이번에 두치가 제대하면 선물을 하나 주기로 마음먹었다. 꽃이 활짝 핀 장미 넝쿨 말고 흰 개 말고 다른 것이 필요했다.

아버지는 장식이 거의 다 완성되어간다고 들뜬 목소리로 말했다. 창고에는 반짝이는 무언가가 잔뜩 쌓여 있었다. 아버지는 장식이 완성될 때까지 창고 출입을 금했고 나와 마루는 그 말을 지켰다. 며칠 뒤 아버지는 다 죽어서 삭아가는 나무에 알루미늄 장식을 매달았다. 무수한 알루미늄 장식은 끝이 구부러진 바람개비 모양을 하고 있었다. 아버지는 새벽에 몰래 나무를 장식하고 아침 일찍 우리를 깨웠다. 아버지는 너희는 놀랄 게 뻔하다, 는 표정으로 나무를 멍하게 바라보고 있는 우리를 기세 좋게 쳐다보았다. 나는 마루를 의자에 앉히고 아침부터 점심이 될 때까지 천천히 돌아가는 바람개비를 보았다. 특히나 소리가 좋았고 가끔 반짝거리기도 했다.

아빠 대단해요.

나는 처음으로 아버지에게 그런 말을 했다. 아버지가 멋쩍게 머리를 긁으며 창고로 들어갔다. 아버지는 바람개비를 대신해 다음에 만들 다른 무언가를 빨리 궁리하지 않으면 안 될 것 같다고 말했다. 몸이 막 가려워지기 시작했다고.

두치의 전역 날, 나는 내가 가장 좋아하는 검정색 옷을 골라 입었다. 특별한 날 구색을 맞추려는 성정은 아버지를 닮은 것 같았다. 나는 밖에 나가지도 않고 거실에 앉아 조용히 전화를 기다렸다. 바람이 많이 불고 추운 날이어서 오늘 당장 장미 넝쿨을 보여줄 순 없지만 우리에게 앞으로도 시간은 많이 남아 있으니까. 마루는 거실에 누워 늘어지게 낮잠을 잤다. 오후가 지나고 있었다. 나는 조금 초조해지기 시작했다. 혹시나 마지막까지 면회를 가지 않은 것에 대해 두치가 이해하지 못하면 어쩌나 걱정했다. 하지만 두치는 금세 그걸 이해할 수 있는 애라고 생각했다. 우린 아주 오래된 친구니까. 나는 주머니 속에 접어둔 돈을 꺼내 세어보았다. 두치에게 해산물이든 치즈가 듬뿍 들어간 샌드위치든 사줄 수 있는 돈이었다. 나는 한참을 앉아 있었다. 두치에게서 전화가 오지 않았다. 나는 휴대폰을 들고 마당으로 나갔다. 바람개비가 돌고 있었다. 나는 주머니에 손을 넣고 돈을 만지작거렸다. 배가 고프고 추웠다.

그 이후에 정확한 날짜는 잘 모르지만 골목을 같은 궤도로 여러 번 돌고 왔던 길을 다시 꺾어 돌아가는 날들이 많아졌다. 그렇게 골목을 돌 때면 시간이 잘 갔다. 그러나 여러 날이 지난 후에도 두치에게서 전화가 오지 않았다. 그렇지만 내가 두치에게 먼저 전화를 걸지는 않았다. 두치에게 전화를 걸 그럴듯한 구실을 생각했지만 아무것도 떠오르지 않았다. 그런 것 따위는 없을지도 몰랐다. "이런 게 진짜야"라고 말했던 두치와 달리 나는 진짜가 아닐지도 몰랐다. 나는 기껏해야 치즈와 해산물에 열광하는 여자아이일 뿐이었다.

나는 며칠을 그렇게 똑같은 궤적을 유지하며 지냈다. 그러다 아버지가 무엇인가를 찾으러 밖으로 나간 사이 비어 있는 창고에 들어가 나무 테이블에 맥없이 망치질을 했다. 쿵쿵, 세게 내리쳐도 테이블엔 흠집 하나 나지 않았고, 오히려 손끝을 타고 저릿하게 아픈 전율이 올라왔다.

점점 따듯한 바람이 골목에 불어왔다. 연락이 오지 않자, 나는 조금씩 두치를 잊었다. 그 일이 그렇게 어렵지는 않았다. 조금이나마 모아놓았던 돈을 치즈가 들어간 샌드위치와 해산물을 사 먹는 데 다 써버렸다. 돈을 다 쓰고 나니까 두치가 정말로 오지 않는다는 것을 알게 되었다. 그리고 오지 않았으면 좋겠다고 생각했다. 더이상 줄 선물이 없으니.

치즈와 해산물에 열광했지만 살이 전혀 불어나지 않았다. 그 외에 흥미를 끄는 음식을 찾아보고도 싶었지만 어쩐지 몸에서 힘이 자꾸 빠지는 것 같아 그만두었다. 길가에 피어 있는 잡초나 돌멩이를 씹어보기도 했지만 이상하게 맛이 다 비슷했다. 그래도 나는 그중에서 잡초를 가지고 놀아보기로 했다. 잡초는 어느 것보다 구하기 쉬웠다. 나는 잡초를 씹을 때면 거실에 누워 있는 마루에게 거구가 되어가고 있는 것 같지 않냐며 습관처럼 물었다. 그럴 때면 늘 그렇듯 마루는 무언가 억눌린 표정을 유지하면서도 환하게 웃어주었다.

나는 오늘도 잡초를 입안에 넣고 여관 앞에 섰다. 나만 모르던 아주 오래된 이야기처럼, 시간이 많이 흐른 뒤에야 두치의 소식을 들을 수 있었다. 두치와 자주 갔던 여관의 주인은 카운터에 앉아 죽은 군인에 대해 이야기하며 혀를 찼다. 나는 여관 앞으로 터벅터벅 걸어오는 뚱보에게 먼저 올라가라고 손짓했다. 말 잘 듣는 뚱보가 잡초 씹는 나를 비켜 계단을 올랐다. 나는 입구에 잠깐 서 있었다. 주인은 그 군인을 두치라고 이야기하지 않았고 그건 두치가 아닐 수도 있었다. 하지만 나는 알 수 있었다. 두치가 죽었다. 여관 주인의 말을 정확히 이해할 수는 없었다. 두치가 정말로 죽은 것인지조차 확실히 알 방법이 없었다. 죽었다면 정말로 죽은 것이고 죽지 않았다면 죽지 않은 거겠지. 나는 멍한 표정의 두치를 떠올렸다.

씨발년. 나는 두치처럼 중얼거렸다. 씨발년. 맨날 얻어맞고 다니는 주제에. 넌 장사꾼 기질이 없다. 두치를 떠올리면 씨발년이 생각나고 씨발년이 생각나면 두치가 생각나서 두치는 이제 나에게 씨발년이 된다. 나는 마음이 아팠다. 여관 입구에 난 듬성듬성한 잡초가 보였고 나는 그것들을 몽땅 뜯어 주머니에 넣었다.

나는 뚱보에게 세수를 좀 하고 오라고 말했다. 뚱보는 옷을 벗은 채로 열심히 세수를 했다. 물소리가 방안을 가득 메웠다. 나는 스스로에게 휴식이 필요하다고 느꼈다. 매일 피곤하니까. 나는 뚱보가 나오기도 전에 이불을 걷어올렸다. 얼굴 아래로 덮고 있던 이불을 얼굴만 가릴 수 있도록 끌어올렸다.

나는 이불 속에서 풀을 씹었다. 그러면서 이따금 멈춰서 다 하지 못한 말을 오물거리던 두치의 입술을 떠올렸다. 쉴새없이 터져 나오던 두치의 쓸데없는 이야기들. 헬기장에 놓인 술병과 눈 덮인

산. 치캉치캉, 눈 밟는 소리가 들렸다.

나는 뚱보가 가고 난 뒤에도 상가가 다 닫힌 깜깜한 밤이 돼서야 밖으로 나왔다. 요즘에는 그게 더 편했다. 나는 집을 향해 걸었다. 집으로 가기 전 기숙학교에 들르는 것도 잊지 않았다. 담벼락에서 장미가 활짝 피다못해 아래로 넘쳐흐르고 있었다.

파수

울지 마. 시끄러. 울지 마. 시끄러. 나는 울고 있는 개에게 그런 말을 중얼거렸다. 개는 덜 자란 것처럼 보이는 한쪽 다리를 들어 올린 채 울음을 멈추지 않았다. 어느새, 햇빛이 발등을 뒤덮고 있었다. 나는 잠깐만 더 앉아 있자고 생각한 뒤 정말 얼마간 그렇게 더 앉아 있다가 자리에서 일어났다. 무릎에서 요상한 소리가 났다. 심하게 어긋나게 자란 나무의 잔가지가 서로를 건드릴 때마다 우득우득거리는 불쾌한 소리 같았다. 한 번만 더 울면 진짜로 죽여버린다. 괜히 데려왔어. 개새끼. 죽게 놔둘걸. 나는 일어서서 개의 꽁무니에 대고 말했다. 개가 울 때마다 생각하고 싶지 않은 것들이 불쑥불쑥 생각날 것만 같았다.

나는 성아를 떠올린다. 매일같이 사소한 것에 자기를 걸던 성

아. 그것을 내기라고 해야 할지 약속이라고 해야 할지 알 수 없었지만 성아는 매일 그랬다. 성아는 언젠가 한번 티브이에서 본 영화처럼 문고리에 끈으로 목을 매서 정말로 죽을 수 있는지 실험해본 적도 있었다. 근육 이완제 같은 것을 얼마나 먹어야 심장이 멈추는지에 대해서 적어놓기도 했고, 아직 시도는 못했지만 가능하다면 마지막으로 양쪽 손목을 다 잘라낸 뒤 과다 출혈로 죽는지 실험을 해보고 싶다고도 했다.

엄청 끔찍할 거야. 그렇지. 온통 피범벅이겠지. 끔찍하다. 내가 누군지도 모르겠지. 바람 빠진 풍선 같겠지.

성아는 말했다.

우리는 자주 골목길에 슬리퍼를 끌고 나와 서 있곤 했다. 나는 그게 좋았다. 그런 것에는 별 이유랄 것이 없었다. 문득 성아를 떠올리면 아직도 성아의 혀를 다시 한번 꽉 깨물어주고 싶다는 생각이 전부였다. 성아가 부끄러운 듯이 얼굴을 긁는 모습을 보고 있을 때면 기분이 좋았다.

성아는 그 골목을 지날 때마다 골목 끝 막다른 담벼락 위에 깨진 유리병으로 파수를 세운 집을 가리키며 저기까지만 달리자고 말했다.

저기까지만 뛰자. 십 초 안에 들어가는 거다.

담벼락을 가리킨 성아의 손끝이 햇빛에 반짝였다. 둥글고 매끈하고 그리 길지는 않지만 가는 손가락이었다. 나는 그런 성아의 손끝을 잘 알았다. 따닥따닥, 딱정벌레가 움직이는 것처럼 탁자에 요상하게 굴러대던 그 손끝을. 요즘 나는 성아의 얼굴보다 가늘고 매끈한 그 손가락을 자주 떠올린다. 지금 나에겐 그 손끝이 성아보다 크다.

뛰자고?

내가 말했다.

응. 십 초 안에 들어가는 거야.

성아가 웃으며 말했다. 나는 성아가 웃는 모습을 다시 한번 떠올렸다. 예쁜가. 아닌가. 아닌가, 그때는 분명 예쁘다고 생각했었나. 나는 잠깐 골똘해졌다. 성아는 떠올릴 때마다 나에게 자주 표정을 바꾸었다.

그런 걸 왜 해.

그냥, 재밌잖아. 딱 십 초야. 만약에 십 초가 넘으면 그냥 죽어버리는 거야.

성아는 말이 끝나자마자 미리 달릴 준비를 했다. 성아가 달릴 준비를 하면 우리는 어느새 같은 출발선상에 서 있었다. 성아의 눈이 앞을 또렷하게 응시했다. 성아는 그런 채로 눈을 한 번도 감지 않았다. 나는 언제부턴가 그게 우리의 출발선을 엇갈리게 한다는 느낌이 들었다. 결국 나만 제시간에 들어가지 못하고 혼자 길 위에 덩그러니 서 있을 것만 같은 기분이었다.

나는 나보다 몇 걸음 더 앞에서 숨을 골라 내쉬고 있는 성아를 물끄러미 바라보았다. 그러고 있으면 성아는 기다렸다는 듯이 내게 무엇인가를 성공한 사람처럼 웃어 보이곤 했다. 자, 봐봐. 성아가 말했다. 내기는 항상 그런 식으로 끝이 났다. 이런 것 그만두고 죽고 싶으면 그냥 지금 죽어버려, 차라리 그렇게 말해버릴걸.

나는 계단을 올랐다. 집주인과의 통화를 마치고 난 뒤였다. 약속 시간을 조금 어긴 것 같아 걸음을 빨리했다. 이곳에 다시 온 게 오랜만인 것 같지가 않았다. 모든 게 그대로인 것 같았다. 날씨가 무더워 계단을 하나씩 오를 때마다 온몸에서 기름이 흘러 바닥에 뚝뚝 떨어지는 느낌이었다. 계단은 총 두 개의 문을 열어야지 끝이 났다. 이층으로 오르면 문이 하나 나왔고, 그 문을 통과해 삼층에 올라서 두 개의 가정집 문을 오른쪽에 끼고 돌아 마지막 옥탑으로 가는 문 하나를 열면 계단이 끝나 있었다. 나는 이렇게나 많은 문을 지나면서 집에 도착하면 어떤 기분일까 생각했다. 계단을 오를 때마다 몸이 전보다 모자란 기분이 들었다. 다리를 완전히 쭉 뻗었지만 언제나 계단을 반만 밟고 있는 느낌. 몸에서 나도 모르는 사이에 무엇인가 커다란 것이 마음대로 빠져나가 옥상에 도착했을 때는 어쩐지 완전히 쪼그라든 내가 서 있을 것만 같기도 했다. 아무도 못 알아보겠지. 엄청 끔찍할 거야. 그렇지. 온통 피범벅이겠지. 나는 그런 말을 하며 아무렇지 않게 웃어 보이던 그 얼굴을 다시금 떠올렸다.

그곳은 방음도 잘 되지 않았고 저녁에는 집집마다 어떠한 반찬으로 저녁을 먹는지 냄새로도 알 수 있었다. 종종 여러 집의 대화가 섞여서 하나의 큰 이야기를 완성하기도 했다. '씨발, 니가 그렇게 잘났어? 왜 묻는 말에 대답을 재깍재깍 안 해?' '사실은 전화했는데 전화를 안 받잖아요, 그 사람이. 찔리니까 전화를 안 받아요. 웃겨.' '왜 당최 대답이 없냐고. 사람 말이 안 들려? 벙어리야?' '아니, 그러게요. 그러면 갑자기 말이 턱 막히잖아요. 사실은 그 사람이 한두 번 그래본 솜씨는 아닌 것 같아요.' '씨발…… 무슨 말이라도 해봐라, 좀.' '에이. 그런 거론 안 되지. 한번 더 그러면 경찰 불러야죠, 뭐.'

나는 어설프게 섞이는 그들의 말소리를 들으며 혼자 계단을 올랐었다. 극성스러우면서도 음울한 목소리들을 들을 때면 이유 없이 심장이 두근거렸다.

옥상 바닥에는 어디서 떨어졌는지 모를 낡고 조각난 판자들이 바람에 이리저리 흩어져 있었다. 옥탑방 문 바로 옆에 허술한 방범창 하나가 간신히 붙어 있었고 그 앞 빨랫줄엔 물이 빠져 거의 하늘색에 가까워진 빨래집게들이 군데군데 빠진 이처럼 걸려 있었다. 나는 벌어진 방범창 사이로 손을 들이밀고 있는 성아를 상상했다. 그러자 금방이라도 성아가 방안 탁자 위에 놓인 열쇠를 꺼내며 말을 걸어올 것 같았다. 어쩐지 이곳에 오니 그런 모습이 불쑥불쑥 튀어나왔다.

요즘에 누가 열쇠를 쓰냐. 그런 건 아무도 안 써. 그러다가 누가 들어오면 어쩌려고. 맨날 열쇠 잃어버려서 맞추는 거 귀찮지도 않아?

나는 말했다. 아마 그때 나는 맞지 않는 열쇠 구멍에 클립 같은 것을 마구 욱여넣다가 포기한 상태였다. 어딘가에서 팔뚝에 뚝뚝 흘린 복숭아 과즙을 핥아먹는 듯한 소리가 들리는 저녁이었다. 모든 것이 어제 벌어진 일처럼 기억이 생생했다. 성아는 하나밖에 없는 창에 가는 팔을 넣어 열쇠 쪽으로 힘껏 뻗는 중이었다. 열쇠가 성아의 손에 잘 닿지 않아 따닥따닥 탁자를 짚어대는 소리가 났다.

여긴 너무 높아서 도둑도 잘 안 와. 우리집에 가져갈 거라곤 나랑 우리 애기밖에 없어. 아니다. 우리 애기가 전부구나. 난 쓸모가 없잖아.

성아가 말했다. 나는 그 말이 떠오르는 동시에 오늘 아침에도 열심히 낑낑대던 그 개의 울음소리를 떠올렸다. 또 울면 진짜로 죽여버린다. 정말 또 울면, 진짜로. 나는 개의 울음소리가 생각날 때마다 나도 모르게 똑같은 말을 반복했다. 그런 말을 중얼거리고 있다보면 언젠가 용기가 아니라 홧김에라도 그 커다란 짐 같은 개를 죽여버릴 수 있을 것 같았다.

기억 속 성아는 여전히 쇠창살에 머리를 바짝 붙여 구겨진 얼굴을 하고 있었다. 나는 그게 무서워, 성아의 얼굴은 흐릿했지만 어쩐지 그 둥글고 매끈한 손톱이 탁자를 더듬거리는 모습은 또렷이 떠올랐다. 나는 지금이라도 성아의 손이 불쑥 튀어나와 탁자를 만지는 것처럼 내 온몸을 헤집어놓을 것만 같았다.

넌 가슴이 진짜 작다. 무슨 열매를 따온 것같이 작아. 그래도 예뻐. 넌 나보다 전부.

나는 그런 말을 하던 성아의 모습을 아직도 생생히 기억했다. 성아의 숨이 가슴팍에 닿는 기분이 들었다.

집주인 할아버지가 한 손은 허리에 얹고 다른 손으론 주름진 이마 위에 그늘을 만들고 있었다. 나는 천천히 그에게로 다가가 기척을 냈다. 한참 뒤에야 나를 확인한 그가 대뜸 소리를 질렀다.

아니, 사람이 전화를 했으면 바로바로 와야지. 벌써 몇 달째 그냥 두는 거야. 재수없게. 반년이 넘었어, 반년이. 주인 없는 집이라고 이렇게 나 몰라라 하면 됩니까. 내가 그전에 살던 애랑 아가씨랑 언니, 언니 하면서 드나드는 거 많이 봤는데, 정말 이래도 돼?

나는 그대로 시선을 땅에서 떼지 않았다.

죄송합니다.

나는 중얼거리듯 말했다.

안 치울 거야? 짐 다 안 뺄 거냐고. 다 버리든가. 이게 뭐하는 짓이야. 보증금도 벌써 월세로 다 깎아서 줄 것도 없어. 내가 돈 더 받으려다가 안 좋은 일도 있고 해서 그나마 딱하니까 그만두는 거야. 이게 얼마나 짐짝 같은지 알아? 재수없게.

화가 난 주인이 말을 쏟아부었다.

죄송합니다.

나는 한번 더 말했다. 사실 나는 정말 건물 꼭대기에 짐짝 혹은 무덤처럼 붙어 있는 그 집을 머리로 한번 더 그리고 있었다. 밤에는 꼭 와야 된다. 나 잠 못 자. 밤엔 꼭 와야 돼. 무서워. 약속해. 그런 것들을 생각하고 있으니 성아가 어딘가에서 거짓말처럼 튀어나와 그런 말을 뱉을 것만 같았다. 쨍한 햇볕을 피해 모두가 도망이라도 간 듯 주변이 조용했다.

오늘 안에 다 정리해요. 이 방도 어차피 다른 사람 세줘야 하는데, 이게 빨리 처리가 안 되니까 집 보러 온 사람들도 돌아가는 거 아니야. 죽은 사람 물건은 바로바로 정리해서 집에 가져갔어야지. 이게 뭐야, 진짜.

나는 아무 말 없이 알겠다는 듯 그저 간간이 고개를 끄덕였다. 고개가 이대로 뚝 바닥으로 떨어져버릴 것만 같았다. 그냥 오지 말걸. 나는 속으로 중얼거리며 조금 후회했다. 머리에 갑자기 뿔이라도 돋아나 듣기 싫은 말소리를 쏘아대는 주인을 받아버리면 좋겠다고도 생각했다.

모든 게 그대로였다. 벽에는 대충 그린 낙서가 아직 남아 있었고 신지는 않고 계속 햇빛에 말려두기만 한 신발이 여전히 출입문 옆에 한 켤레, 유리창이 깨진 보일러실 안에는 언젠가 부수기 위해 싼값에 사들인 기타가 누워 있었다. 나는 짧은 시간 안에 그것들을 다시금 확인했다. 무섭다거나 슬프다거나 하는 감정은 없었다. 나는 그저 그것들을 다시 생각하고 싶지 않았다. 입안 가득 단침이 고였다. 그렇게 단 것이 내 몸에 맴돌고 있다는 게 어쩐지 싫었다.

오늘이 마지막이야. 안 그러면 내가 다 갖다 버릴 거니까. 그것도 일이야, 아가씨. 알아요?

나는 고개를 끄덕이지도 대답을 하지도 않았다. 아직 그에게 계약기간 동안 월세로 까먹은 돈을 제외하고도 꽤 많은 보증금이 남아 있다는 것을 알고 있었다. 하지만 나는 아무 말도 하지 않았다. 그저 그가 빨리 가주었으면 싶었다. 나는 고개를 숙인 채 목안으로 넘어가는 뜨겁고 단 침을 입안 가득 물었다가 삼켰다. 그 침은 몸속으로 넘어가면 넘어갈수록 속을 쓰리게 했다.

침묵을 깨고 꼭 맞춤 열쇠를 꽂고 돌려야만 열리는 철제문이 요란하게 흔들렸다. 바람이 부딪치는 소리가 마치 그 안에서 누군가 발길질을 해대는 소리 같았다.

아무도 안 온다니까. 그냥 바람이라고.

성아는 바람이 불 때마다 그 소리에 맞춰 고개를 자꾸만 철제문 쪽으로 돌리곤 했다. 그런 성아는 마치 날마다 무언가를 기다리고 있는 것만 같았다. 성아는 아무 일 없이 집에 앉아 있을 때도 발끝을 오므리고 있거나 몸을 가만두지 못하고 이리저리 굴렀다. 바람만 불어도 속옷만 입은 채 문밖으로 뛰쳐나가곤 했다.

아무도 없다고. 바람이라니까.

나는 그렇게 뛰쳐나가 문밖을 이리저리 살피는 성아를 보며 말했다. 그러나 성아는 그런 말이 들리지도 않는지 바람이 불 때마다 나가는 일을 한 번도 거르지 않았다.

누가 왔을 수도 있지. 옆에 숨어 있을 수도 있잖아. 귀한 손님일 수도 있어.

성아는 그때마다 아무렇지 않은 듯 말했다. 나는 불안했다. 성아가 기다리는 무언가가 언제라도 그런 성아를 데려가서 나를 영원히 혼자 내버려둘 것만 같아서. 나는 바람도 불지 않고 조용한 날이면 일부러 바람이라도 기다리는 사람처럼 허공을 쳐다보며 조용히 누워 있는 성아에게 발길질이라도 하고 싶었다.

아무도 안 온다고, 병신아.

그런 성아를 볼 때마다 나는 일부러 그런 욕을 했다.

나는 철제문에서 눈을 돌렸다. 가는 철로 만든 분홍색의 녹슨 토끼장이 눈에 들어왔다. 토끼는 한쪽 다리가 불구인 그 개가 오기 전 성아가 키운 애완동물이었다. 나는 그것을 발견하고는 순간 웃음이 나오려는 것을 가까스로 참았다. 그러고는 조용한 인상을 주는 토끼와 입을 다문 채 문밖을 쳐다보고 있던 성아가 꽤 닮았다는 생각을 했다.

주인이 신발을 끌며 계단을 내려갔다. 중간중간 끌끌끌 혀를 차는 소리가 들렸다. 나는 그 소리가 완전히 멀어졌을 때에야 고개를 들었다. 얼굴에 땀이 줄줄 흐르고 있었다. 나는 철제문 옆으로 가서 곰팡이 냄새가 나는 축축한 바닥에 그대로 앉았다. 더이상 움직이고 싶지가 않았다. 간간이 바람이 불 때마다 늘 그렇듯 문 쪽에서 요란한 소리가 났다. 나는 손을 뻗어 오래된 그 토끼장을 쓸었다. 손에 검은색 먼지가 구덕구덕하게 묻어났다.

이 토끼가 죽으면 진짜로 죽어버릴 거야. 적어도 이 토끼는 이십 년은 키울 거야.

나는 토끼장을 쓸며 성아가 했던 말을 떠올렸다. 성아는 그때도 알 수 없는 말을 했었다. 내 기억 속 성아는 여전히 매일같이 별것 아닌 일로 죽는다고 으름장을 놓고 있었다. 하지만 비장한 말투로 그렇게 선언한 뒤로는 아무 일 없다는 듯이 다시 이를 다 드러낸 채 활짝 웃었다. 나는 그게 싫었다.

나는 성아의 품에 안겨 있던 작은 토끼의 생김새를 기억해냈다. 온몸이 까만데 유독 꼬리만 하얀 토끼였다. 마치 어떤 표식이라도 되는 것 같은 흰 털. 토끼에게 이름도 있었던 것 같은데. 아무리 머리를 굴려도 잘 기억이 나질 않았다. 사람의 이름과 너무 닮아서 그 토끼의 이름을 부를 때마다 묘한 감정이 들었다는 것이 기억의 전부였다. 나는 토끼를 아기처럼 정성스럽게 품에 안아올리는 성아를 뚫어져라 쳐다보다가 하려던 말을 잊었다. 토끼는 어디서 산 거야? 갑자기 그건 왜 산 거야. 토끼는 이십 년은 못 살아. 토끼는 육 년밖에 못 살아. 나는 그저 그런 시시한 말을 하고서 토끼의 연약한 등뼈를 손등으로 한두 번 쓸어보다가 말았다. 품안의 토끼가 너무 작아서 금방이라도 바스라질 것 같았다.

손가락을 뻗어 토끼장의 문을 열었다. 처음엔 잘 열리지 않았지만 두세 번 힘을 가하니까 원래처럼 쉽게 문이 열렸다. 토끼는 없었다. 아마 토끼는 이 년도 채 제대로 살지 못하고 죽어버렸을 것이다. 토끼가 죽으면 진짜로 죽어버릴 거야. 그 말을 다시 한번 떠올렸다. 토끼 얼마 못 산다니까. 나는 그때 했던 말을 다시금 중얼거렸다. 집주인이라도 다시 올라와 혼자 중얼거리고 있는 나를 본다면 완전히 미쳐버린 사람으로 여길 것만 같았다. 나는 요즘 들어 그때의 말들이 생각나면 어디서라도 혼잣말을 뱉었다. 그것을 의식하는 것보다 더 혼자인 기분은 없었다. 나는 그것들이 차라리 익숙해졌으면 좋겠다고 생각했다. 도통 괜찮아지지 않는 것들을 반복하고 있으면 언젠가 아무렇지 않은 듯 괜찮아질 것이라고 믿고 싶었다. 지금 와서 생각해보면 성아는 토끼가 얼마 살지 못한다는 것을 알면서도 그런 말을 한 것인지도 몰랐다. 매일 그런 말을 입에 달고 살던 애였으니까. 성아는 그렇게 쉬운 말로 모든 것을 정해놓는 것 같았다. 언제 사라지더라도 아무런 죄책감이 들지 않게, 그저 죽는다는 것이 무슨 결승선에 도착한 후련한 일인 것처럼. 나는 힘을 주면 힘을 주는 대로 구부러지는 그 철장을 내리

치려다가 그만두었다. 그 안에서 토끼라도 살아 나와 커다랗고 빨간 눈을 부릅뜰 것만 같았다.

나는 한참을 철제문 앞에 앉아 있었다. 밖에 설치된 세탁기 밑에는 아직도 열쇠가 그대로 놓여 있었다. 열쇠를 줍지는 않았다. 그저 팔을 뻗어 열쇠의 돌기와 구멍을 손끝으로 몇 번 만져보다가 말았다. 그 안에 변함없이 그대로 놓여 있는 것들을 다시 보고 싶지 않았다.

나는 토끼장의 손잡이를 들고 계단을 천천히 내려갔다. 가져가고 싶은 것은 그게 전부였다. 침 때문인지 입안에서 단내가 진동을 했다.

집에 들어오자마자 토끼장을 거실에 내려놓고 화장실로 향했다. 옷을 입은 채로 샤워기를 틀어놓고 그 물을 한참 받아 마셨다. 침이 계속해서 고이는데도 목이 너무 말랐다. 아무리 해도 갈증이 풀리지가 않았다. 목안으로는 따듯하고 단 침이 자꾸만 넘어갔다. 날은 계속해서 더워지는 것만 같았다. 이대로 여름이 끝나기도 전에 죽어버릴 수도 있을 것 같다는 생각이 들었다. 여름이 끝나기 전에 그냥 죽어버릴까. 나는 그런 말을 떠올렸고 그 말을 한 사람이 성아인지 나인지 헷갈리기 시작했다. 샤워기를 입 가까이 더 들이밀었다. 눈과 코 주변에 물이 튀었다.

나는 그때를 떠올린다. 아마 지금과 같이 시야가 물에 번진 것처럼 확실하게 보이지 않던 밤이었다. 밤이 너무 길어서 밤이 꼭 두 번이나 온 날처럼 느껴졌다. 성아가 가부좌를 틀고 울퉁불퉁 발라진 옥상 시멘트 바닥에 앉아 있었고, 나는 조금 먼발치에서 성아가 입은 민소매 밖으로 불툭 튀어나온 여린 어깨뼈를 몰래 잠깐잠깐 보다가 고개를 돌렸다. 성아의 주변으로 까맣고 작은 알 수 없는 벌레들이 모였다가 흩어졌다가를 반복하고 있었다. 나는 손을 뻗으면 닿는 거리에 있는 옆집 화분 속 늙은 토마토를 건드리며 장난을 쳤다. 그때 나는 토마토를 건드리는 것으로도 간지러움을 타는 사람처럼, 매일 별것 아닌 일로 웃고 있었다. 웃고 있지 않을 때의 어쩐지 무표정하고 어정쩡한 진짜 내 얼굴을 보여주고 싶지는 않았다. 그런 일은 피곤했지만 나는 늘 고집이 셌다.

성아가 술에 취한 듯 고개를 떨어뜨리고 있었다. 사실 나는 그날, 그애가 술보다 더 독한 무언가에 취해 있다고 생각했다. 나는 냄새를 잘 맡았다.

너는 나를 정말로 좋아해?

성아가 말했다.

응, 좋아.

나는 말했다.

뭐가 좋은데?

뭐가 좀 비슷한 것 같아서.

나는 뒤를 돌아보고 서서 장난치던 손을 허리 뒤로 숨겼다. 성아는 그런 말을 하면서도 무언가에 사로잡힌 것처럼 바닥의 어느 한 곳만 뚫어지게 쳐다보았다.

생긴 것도 좀 닮은 것 같고 좋아하는 것도 비슷하잖아.

나는 그런 성아를 보며 덧붙여 말했다. 성아에게 그런 말을 들은 것은 그날이 처음이었다. 나는 그때의 당황스러움을 아직도 잊지 못한다. 그때까지 성아는 나에게 한 번도 이유를 묻거나 궁금해하지 않았다. 성아는 어떤 이유에 대해서는 자기가 길렀던 토끼처럼 목소리를 내지 않았다. 그리고 나는 그와 비슷하게 성아의 어떤 것이 좋은지에 대해 제대로 말하지 못했다. 어떤 이유들은 너무 멀게만 느껴졌다. 나는 그냥 좋았고 그냥 싫었고 그냥 불쾌했다. 이유 같은 건 애초에 필요하지 않았다. 그런 건 결국은 진실을 가리기 위한 구실 좋은 말 같았다. 진실과 아주 가깝지만 결국엔 다른, 작은 거짓말 같은 것. 성아는 내 말이 끝나자마자 머리를 조아리듯이 아래로 푹 숙였다가 들었다. 그러곤 언제나처럼 불안한 표정을 지었다.

아니, 달라. 난 너랑 달라. 나랑 같다고 이야기하지 마.

성아가 여러 번 쏘아대듯 말했다. 성아의 입에서 열은 시너 냄새가 났다.

우린 달라. 나는 아니야. 우리가 같다고 생각했는데, 널 볼수록 아닌 게 느껴져.

성아의 눈에 무언가 가득 들어차 있는 것이 느껴졌다. 성아가 고개를 들어올린 채 계속 말했다. 작지만 분명한 목소리였다.

징그러워. 나는 니가 가끔 징그러워.

성아가 또박또박 말을 뱉었다. 나는 아무 말도 하지 않았다. 몸이 떨려왔다. 화가 난 것은 아니었지만 그애를 당장에 밀쳐버리고 싶었다. 그저 이런 말을 듣고도 가만히 있으면 안 될 것 같다는 생각뿐이었다. 나는 그때 무엇이 잘못된 것인지도 제대로 알지 못했다. 나는 성아의 속도를 따라가지 못했다. 출발선이 처음부터 달랐던 것처럼 나는 매일 조금씩 더뎠다. 그리고 아마 그때에도 이상한 고집으로 애써 웃고 있었는지도 몰랐다. 지진아. 지진아 새끼. 앞으로 나아가고 싶었지만 다리가 잘 떨어지지 않았다. 나는 뒤쪽으로 조금 붙어 손바닥으로 난간을 짚었다. 성아가 나를 빤히 쳐다보았다. 어쩐지 울고 있는 듯해 보였지만 울지는 않았다.

넌 사람들이 우릴 어떻게 생각하는지 생각이나 해봤어? 넌 이상해. 이런 것에 대해 아무런 말도 안 해. 니가 밤마다 여기 올 때 사람들이 이상하게 쳐다보는 거, 모르는 거 아니잖아. 근데 넌 그런 거엔 도무지 관심이 없어. 머리가 반쪽은 떨어져나간 사람같이……

니가 오랬잖아. 약속한 거니까. 그게…… 왜 이상해?

나는 말했다. 조금 떨리는 듯한 목소리였다.

아니. 그런 말이 아냐. 넌 부끄러운 게 없는 거야. 넌 부끄러운 걸 모르는 사람 같아.

나는 난간을 꽉 잡았다. 성아의 말을 잘 이해할 수가 없었다. 나는 그런 걸 잘 몰랐다. 성아는 매일 알 수 없는 말만 늘어놓았다. 문이 흔들리기만 하면 누군가 올 것 같다고 말하는 것도 당장이라도 죽어버리겠다는 듯 이상한 말을 해대는 것도 나는 이해할 수 없었다. 부끄러운 거…… 나는 입속으로 그것을 계속 웅얼거렸다. 성아가 나에게 하는 말들이 오히려 나를 몇 갑절 더 부끄럽게 만들고 있었다.

와달라고 부탁한 건 너잖아.

나는 한참을 있다가 그렇게 말했다.

내가 왜 이상해? 나는 하나도 안 이상해. 정말로 이상한 건 이런 질문이나 하고 있는 너야. 니가 날 찾은 거야. 내가 널 찾은 적 없어. 니가 맨날 죽는다면서 운이나 시험하는 거, 그거. 그게 이상한 거야. 정말로 죽고 싶으면 아무 말 없이 죽어버리면 되잖아. 밤만 되면 옆에 있어달라고 징징대는 건 너였어. 누가 만져줘야만 잠드는 거, 그게 징그럽지.

말이 끝나기도 전에 성아가 벌건 얼굴로 나를 노려봤다. 간이라도 떼어낸 듯 온통 핏기로 가득한 눈이었다.

아니. 난 이런 것쯤은 아무것도 아니야. 죽으려면 언제든지 죽어. 너도 이제 필요 없어. 그러니까 여기 이제 오지……

성아가 말끝을 흐렸다. 나는 성아의 흐린 말끝을 빠르게 받아쳤다. 화가 난 것은 아니었는데 정말로 화가 난 것만 같았다.

난 이제 여기 안 와. 너처럼 죽는다고 떠드는 애들은 많아. 특히 취했거나 제정신이 아닌 애들. 이상한 말 좀 그만해. 너한테서 지금 술보다 더 독한 냄새 나. 그거 아니? 아마 그것 때문에 사람들은 니가 완전히 미쳐버린 거라고 생각할지도 모르지. 내가 아니라. 앞으로 잠은 혼자 자는 버릇 좀 들여. 맨날 여기 앉아서 누가 올 것처럼 굴어도 너한테 아무도 안 와.

나는 그 말을 뒤로한 채 성아를 그대로 비켜 집으로 돌아가는 발걸음을 요란하게 굴렀다. 몸이 심하게 떨리고 있었다. 언제든지. 달리기에 실패하든. 애완용으로 키우던 토끼가 일찍 죽어버리든. 아무때나. 나는 억지로 웃었다.

나는 거의 배가 터질 정도로 한참 물을 마신 뒤에야 화장실을 빠져나왔다. 벌써 해가 지고 있었다. 나는 젖은 채로 물 발자국을 찍으며 거실에 나와 그대로 누웠다. 숨이 막혔지만 어쩐지 가슴에 구멍이라도 난 것 같은 기분이 들었다. 개 같은 년…… 나는 중얼거렸다. 휑한 가슴 왼편에 자꾸 손이 갔다. 그때마다 살집이 별로 없어 딱딱한 가슴이 만져졌다. 이런 것도 가슴이 될 수 있나. 이렇게 작고 아무것도 없는 것도 가슴이 되나. 넌 가슴이 진짜 작다, 무슨 열매를 따온 것 같아. 나는 그런 말이 떠올라 왼쪽 가슴을 한 번 더 쓸었다. 투박한 살집이 손에 조금 잡혔다. 미친년. 잘 알지도 못하면서…… 차라리 잘 죽은 거야. 나는 천장을 보며 다시금 여러 번 중얼거렸다. 머리맡에 놓인 토끼장은 토끼가 살아 있을 때처럼 조용했다. 나는 거실 구석에 바짝 붙은 개를 만지려다가 그만두었다. 개는 커다란 몸에 비해 한쪽 다리가 휴지를 말아놓은 것처럼 가볍고 여려 보였다. 부드럽겠지. 개를 만지지 않아도 그런 생각만으로 충분했다. 이따금씩 바람이 불 때마다 몸에서 물에 젖은 고무 냄새가 퍼졌다. 온몸을 감싸고 있는 피에서도 왠지 그런 냄새가 날 것만 같았다.

배고파.

나는 말했다. 그가 웃으며 알겠다고 했다. 그는 나의 새 애인이었다. 그는 나에게 살가웠다. 쓸데없는 말로 죽는다고 으름장을 놓지도 않았고 나를 징그럽다고 말하지도 않았다. 하지만 나는 그가 정말로 친절한 사람인지는 잘 알지 못했다. 그는 어떨 때는 나를 벌세우듯이 벽에 세워놓고 나를 박아댔다. 나는 그가 그런 모습을 보일 때마다 그는 절대 알지 못하는 표정으로, 스스로를 창녀라고 불렀다. 나는 좋았다. 그가 나를 그렇게 다루는 것이 느껴질 때마다 완전하고 무감동한 창녀가 되어가고 있다고 생각했다. 그래, 씨발. 나는 이렇게 징그러워. 징그럽지. 나는 가끔 그렇게 나 자신을 을러댔지만 왠지 모르게 여전히 마음이 아팠다. 아무런 마음을 지니지 않게 될 때까지 그가 나를 패주었으면 좋겠다고 생각하기도 했다. 하지만 그는 딱 그 정도에서 더이상 나아가지 않았다. 나는 그 또한 결국 아주 시시한 생각만 하는 나와 비슷한 사람이라고 생각했다.

그는 거대한 체격에 굳이 특징을 말하자면 걸을 때마다 다리가 안으로 말리는 안짱다리였고, 덩치에 비해 이가 아주 작았다. 그는 모든 치아가 젖니만큼 작았다. 그는 그 짓이 끝나고 나면 한참 뒤에야 작은 이를 드러내며 웃었다. 나는 그런 이를 입안에 숨기고 바닥을 걷는다기보다 거의 쓸어 담는 듯한 그의 모습을 보고 있을 때마다 묘한 기분이 들었다. 그리고 그 묘한 기분을 더는 알고 싶지 않아, 금방 머릿속에서 지워버렸다. 그도 나처럼 반복적으로 무언가를 견디고 있을지도 모르니까.

내가 배가 고프다고 말하면 그는 떡볶이 한 봉지를 포장해 한 손에 든 채 터덜거리며 나에게 다가왔다. 우리는 서로가 좋다고 생각하는 것들을 맞바꿨다. 나는 그때마다 기도가 턱 막힐 때까지 떡볶이를 물었다.

나는 옷을 벗으며 방을 둘러보았다. 작은 침대에는 아주 하얗고 빳빳한 이불이 펴져 있었다. 나는 침대보를 손으로 만졌다. 코를 가까이 가져다댈 때마다 지독한 소독약 냄새가 났다. 나는 그게 좋았다. 이곳은 아무런 향기도 흔적도 없는 곳 같았다. 이불 냄새, 거울 속 지문, 머리카락까지 하루 혹은 몇 시간이 지나면 사라지는 것들이었다. 나는 창문을 활짝 열었다. 불을 켜고 싶진 않았는데 문을 닫으면 너무 어두워서, 그저 햇빛을 좀 보고 싶은 마음도 있어, 창문을 열어놓은 채로 그와 했다.

나는 그 짓이 끝나고 제대로 씻지도 않은 채 바로 옷을 입었다.

왜 이렇게 옷을 빨리 입어. 조금만 벗고 있지.

그가 말했다. 그의 작고 흰 조약돌 같은 이가 번뜩였다.

추워서.

나는 짧게 말하고 신발을 신었다. 그가 뒤에서 헛웃음을 치는 소리가 들렸다. 나는 그의 웃는 모습이 보이지 않으니 어쩐지 그와 같이 있을 땐 거의 등을 돌린 채 있는 것도 나쁘지 않겠다고 생각했다. 나는 먼저 방에서 나와 계단을 내려갔다. 입 주위에서 달콤한 맛이 났다. 나는 길을 걷다가도 무엇인가 언뜻언뜻 생각나는 기억들을 일부러 무시했다. 완전한 바보처럼 아무렇지 않은 척 아무에게나 웃어 보이고도 싶었다. 그러나 거리엔 아무도 없었다. 나는 거리 위, 청명하게 울리는 소리를 들었다. 피아노 소리. 어쩐지 그런 게 나를 자꾸만 따라오는 것 같았다. 작고 미미했지만 끊이지 않는 소리였다.

나는 집으로 돌아와 토끼장 옆에 쭈그리고 잠을 자고 있던 개에게 물을 한 접시 떠주었다. 개가 목이 말랐는지 접시에 주둥이를 박은 채 물을 핥아먹었다. 개는 적당한 양의 물만 줘도 죽지 않았다. 개는 요즘 조용했다. 다시 울면 정말로 죽여버리려고 했었는데. 그런 말 때문인지 개는 더이상 잘 울지 않았다. 고요하다. 나는 개와 같이 있는 이런 생활이 개가 없었을 때보다 조금 더 외로웠다. 나는 개의 덩어리진 털을 바라보다가 개에게 손을 뻗었다. 손끝에서 개의 부드러운 촉감이 느껴졌다. 따뜻한 피부는 거대한 몸집에 비해 뭉개질 것처럼 연약했다. 나는 손을 펴고 개에게 좀 더 다가갔다. 개의 단단한 척추가 만져졌다. 개가 작고 빠른 숨을 뱉고 있었다. 성아는 토끼가 죽고 나서 데려온 그 개를 두고는 장난스럽게 죽어버린다는 말을 하지 않았다. 다만 우리 애기, 라고 자주 불렀고 그 큰 개를 내 옆에 세워두고 번갈아가며 쳐다보곤 했다. 못생긴 게 닮았네. 성아는 그런 말을 하며 자주 깔깔댔다.

나는 목에 뭐라도 걸린 것처럼 가슴이 답답했다. 마치 내가 모르던 나의 영혼 같은 게 내 몸을 막 떠나가려 하는 것만 같았다. 나는 미친 척 어떤 말이라도 다시금 중얼거리고 싶었지만 그러지는 않았다. 등을 낮게 숙인 개가 곁으로 다가와 조용히 그 등을 여러 번 쓰다듬어주다가 말았다.

나는 옆으로 누워서 앞을 똑바로 바라보았다. 젖니 같은 작은 이가 눈앞에 맞닿아 있었다. 그와 있을 때면 나는 어쩐지 그와 같은 출발선상에 선 기분이 들었다. 내가 어딘가로 먼저 뛰어가버린다고 한들 반칙이 아닐 것만 같았다. 그래서 그와 같이 있을 때면 마음이 편했다. 그가 규칙적으로 내 머리칼을 오른쪽으로 쓸어넘겨주었다. 나는 그 손길에 맞춰 잠깐 잠이 들 것도 같았다. 넌 누가 만져주지 않으면 잠도 못 자잖아. 나는 눈을 감고 조금 잠을 자려고 하다가 그 말이 마치 그의 벌어진 작은 이 사이에서 새어나오는 것만 같은 기분이 들어, 눈을 떴다. 요즘은 시도 때도 없이 머릿속 말들이 귓가를 울리고 있었다.

오늘은 너무 일찍 가지 마.

그가 말했다. 우리는 최근 들어 거의 매일 만나고 있었다. 나는 막 이불 속을 빠져나가려고 하다가 그만두었다.

왜?

나는 말했다.

그냥, 같이 있으면 좋잖아.

나는 조용히 그가 있는 쪽을 바라보았다. 그는 지금 이 자리에서 나보다 먼저 일어나거나 나를 두고 어딘가로 멀리 뛰어갈 것 같지는 않았다. 그는 느긋하게 배를 침대 위에 깔고 엎드려 있었다.

뭐가 좋은데?

나는 말했다.

뭐가 좀 비슷한 것 같아, 보고 있으면. 나 어렸을 때가 생각나. 웃기지.

그가 말했다. 나는 그의 얼굴을 똑바로 쳐다보았다. 아무리 보아도 그는 나와 닮은 곳이 없었다. 나에게는 작은 젖니도 그리고 감정을 제대로 알 수 없는 눈도 거대한 몸집도 없었다. 아니, 안 닮았어. 나는 하려던 말을 그만두고 그저 조용히 고개를 끄덕여주고는 침대에서 일어났다. 나중에 완전한 어른이 된다고 한들 그처럼 되고 싶지는 않았다. 그는 누구보다 쓸쓸해 보였다.

넌 왜 이렇게 맨날 쌀쌀맞니. 정 붙이는 것도 한참 지났어야 할 때야. 혹시…… 내가 오늘 하자고 한 게 별로였니?

나는 잠깐 동안 아무 말도 하지 않았다. 그러고는 옷을 입다 말고 돌아서서 말했다.

아니. 좋아. 난 다 해. 난 부끄러운 거 몰라. 나는 부끄러운 걸 모르는 것 같대. 누가 그랬어. 나한테 있어서 그게 제일 좋대. 난 그런 게 없어.

살집이 없는 젖가슴이 내 눈에도 잘 보였다. 그가 아무 말 없이 작은 이를 살짝 드러낸 채 무표정한 얼굴로 나를 가만히 바라보았다. 그 모습이 어쩐지 나처럼 일부러 미소를 짓는 것도 같았다. 뭐가 좀 비슷한 것 같아. 나 어렸을 때가 생각나. 웃기지. 나는 그런 말을 떠올리며 등을 돌린 채로 옷을 입고 곧바로 밖으로 빠져나왔다.

집으로 돌아와 거울을 들여다봤다. 예전엔 조금 닮았다고 생각했었는데. 성아의 말이 맞았다. 나는 성아와 닮지 않았다. 그리고 성아가 살아 있었다면 어쩌면 시간이 지날수록 성아와는 완전히 다른 사람이 될 수도 있었을 것이었다. 나는 아무것도 느끼지 못한 채, 남들보다 한 발 물러서 있는 사람일 뿐이었다. 나는 잘 몰랐다. 그러나 늘 외로웠다. 성아가 옆에 있을 때에도, 항상 죽는다는 말을 장난스럽게 던질 때에도, 바람에 문이 덜컹이는 소리에 속옷만 입은 채 누군가를 찾으려고 할 때에도 나는 외로워하고 있었다. 언젠가 모든 게 떠나버릴 것만 같았다. 내 곁에 있는 모든 것들은 늘 언젠가 떠나려는 포즈를 바꾸지 않았다. 나는 어느 한 순간 기절이라도 하고 싶었다. 하지만 그런 생각을 할 때마다 더 추한 모습으로, 비정상적인 양의 침이 입안에서 흘러나왔다. 나는 그것들에 한 번도 적응하지 못했다. 어떤 기분은 매번 새로웠고 끔찍했다. 밤마다 잇몸을 축축하게 적시는 침을 삼키고 있는 것이 나를 자꾸만 우는 사람처럼 보이게 했다. 나는 침이 흘러나올 때마다 아무도 모르게 쓰읍쓰읍 하는 소리와 함께 울었다.

나는 여전히 작고 딱딱한 가슴이 두근거리는 소리에 잠에서 깼다. 얼굴이 온통 축축했다. 어느새 개가 곁에 다가와 입술과 코 주변을 핥고 있었다. 목이 말라 물을 찾고 있는 듯했다. 얼마나 얼굴을 핥아댔는지 온 얼굴이 죄다 부르튼 것처럼 얼얼했다. 그런 개를 보고 있을 때마다 집요하게 살아 있다는 생각이 들었다. 나는 개를 손으로 밀쳐냈다. 휴대폰이 쉴새없이 울렸다. 나는 그 전화벨 소리에 두어 번 뒤척인 뒤에야 완전히 신경을 끌 수 있었다. 누구든 상관은 없었다. 그였다면 나에게 새롭게 주고 싶은 벌에 대해 얘기할 것이고, 집주인이었다면 나머지 짐들을 모조리 태워버려도 상관없냐며 윽박지를 것이었다. 나는 입술을 잘근잘근 씹었다. 갑자기 참을 수 없는 무언가가 가슴을 꾹 누르는 듯했다. 나는 숨을 크게 쉬었다. 숨이 잘 쉬어지지가 않았다.

나는 오랜만에 달렸다. 성아와 뛰던 골목이었다. 이번을 마지막으로, 다신 여길 찾지 않을 것이었다. 질릴 때까지 뛴 다음에 모든 걸 다 잊어버릴 심산이었다. 나는 시시때때로 귓가를 울리는 모든 것들에 진저리가 났다. 온몸에서 땀이 흘렀다. 목이 타들어가듯이 아파왔다. 나는 목안으로 넘어가는 뜨거운 침이 그대로 흐르도록 두었다. 햇빛이 너무 비쳐서 눈이 따가울 정도였다. 지나는 사람은 아무도 없었다. 이렇게 더운 날 골목을 누비는 사람은 나 하나뿐이었다. 나는 멀리서 눈을 찌를 듯이 반짝이는 유리병 조각들을 바라보았다. 깨진 유리병을 시멘트에 꽂아 파수를 놓았던 그 집이었다. 나는 뚫어져라 그 집을 응시했다.

그냥 죽어버리는 거야. 그건 아무것도 아니야.

나는 그런 환청을 들었다. 그리고 이따금 밝아졌다가 어두워지는 구름 그림자 위로 들려오는 쇠사슬 흔들리는 소리, 그리고 중후하고 낮은 음을 계속 반복하여 누르는 피아노 건반 소리를 들었다. 나는 숨을 골라 내쉬었다. 신발이 벗겨져 골목에 나뒹굴었다. 나는 개의치 않았다. 뛰다가 뾰족한 돌멩이라도 밟았는지 통증이 느껴졌고 뜨거운 아스팔트에 발을 디딜 때마다 고통스러웠다. 하지만 나는 모든 게 끝났다, 모든 게 끝이 났다, 그렇게 속으로 여러 번 중얼거리면서 뛰었다. 그러나 무엇이 끝났고 어떤 것이 날 끝나게 했는지는 알지 못했다. 아마도 환청 같은 성아의 말이, 아니면 성아가 남기고 간 이상한 기억이, 그것도 아니면 끝나지 않는 이 더위가 그랬을 수도 있었다. 나는 알 수 없는 말을 계속 중얼거렸다. 끝이 났다. 끝이 났다. 그리고 이런 말들은 내가 아니라 내 속에 있는 어떤 분신 같은 그애의 중얼거림일 뿐이라고 그애를 탓했다.

나는 그 집에 도착하기도 전에 길바닥에 털썩 주저앉았다. 발톱이 부러져 피가 나고 있었다. 아지랑이로 길이 이리저리 휘어지고 있었다. 나는 고작 출발선에서 담벼락에 닿기까지, 딱 반토막 되는 지점에 앉아 있었다. 멀리서 성아가 웃는 모습이 아른거렸다. 그런 건 아무리 해도 잘 잊어지지가 않았다.

나는 그에게 전화를 했다. 배가 고팠다. 나는 목이 메어서 죽어버릴 때까지, 될 수 있는 한 떡볶이를 많이 먹고 싶다고 말했다. 그가 배실배실 웃었다. 그러고는 여러 번 알겠다, 라고 말했다. 나는 대답을 하지 않고 전화를 금방 끊었다. 참을 수 없이 허기가 몰려왔다.

나는 모텔에 먼저 가서 앉아 있다가 창문을 열었다. 여전히 가늘지만 길게 울리는 피아노 소리가 들렸다. 나는 살집이 잘 잡히지 않는 미지근한 가슴을 만지작거렸다. 얼마 안 있어 초인종 소리가 들렸다. 떡볶이를 양손에 한 봉지씩 든 그가 서 있었다.

많이 먹고 싶대서.

문을 열자마자 그가 작고 추한 이를 번뜩이며 가만히 웃어 보였다. 나는 나와 닮은 것 같은 그 웃음이 어쩐지 가엾다는 생각이 들었다. 그는 언제까지나 그런 어설픈 웃음을 띤 채로 쓸쓸하게 남아 있을 것 같았다. 나는 그런 그에게 웃어 보이고도 싶었지만 그러지는 않았다. 피가 잘 굳질 않아, 발톱에 맺힌 핏방울이 바닥에 군데군데 떨어져 있었다. 나는 아무 말도 하지 않고 옷을 벗었다.

눈앞에는 깨진 유리병으로 파수를 세운 높은 담이 하나 있다. 나는 이 장면을 잊지 못할 것이다. 아마도 평생 나는 여기에 남아 어쩌지 못하는 교활한 마음으로 누군가를 원망하고 있을지도 몰랐다. 기억 속, 성아가 길 위에 서 있었다. 성아는 나를 보며 여전히 예쁘게, 그러나 마지막인 양 웃어 보이고 있었다. 결국엔 나를 혼자 두는 것에 성공한 승자의 표정 같았다. 좋겠다. 좋겠다, 너는. 나는 성아가 절대 들을 수 없는 목소리로 작게 중얼거렸다.

간헐적으로 들리던 가느다란 피아노 소리가 자꾸만 끊겼다. 나는 그 소리에 잠에서 깼다. 밖에서 환한 빛이 들어와 잠시 동안 눈에 아무것도 보이지 않았다. 나는 몸을 웅크려 말았다. 깨진 발톱 밑에는 어느새 새카만 피가 거머리처럼 말라붙어 있었다.

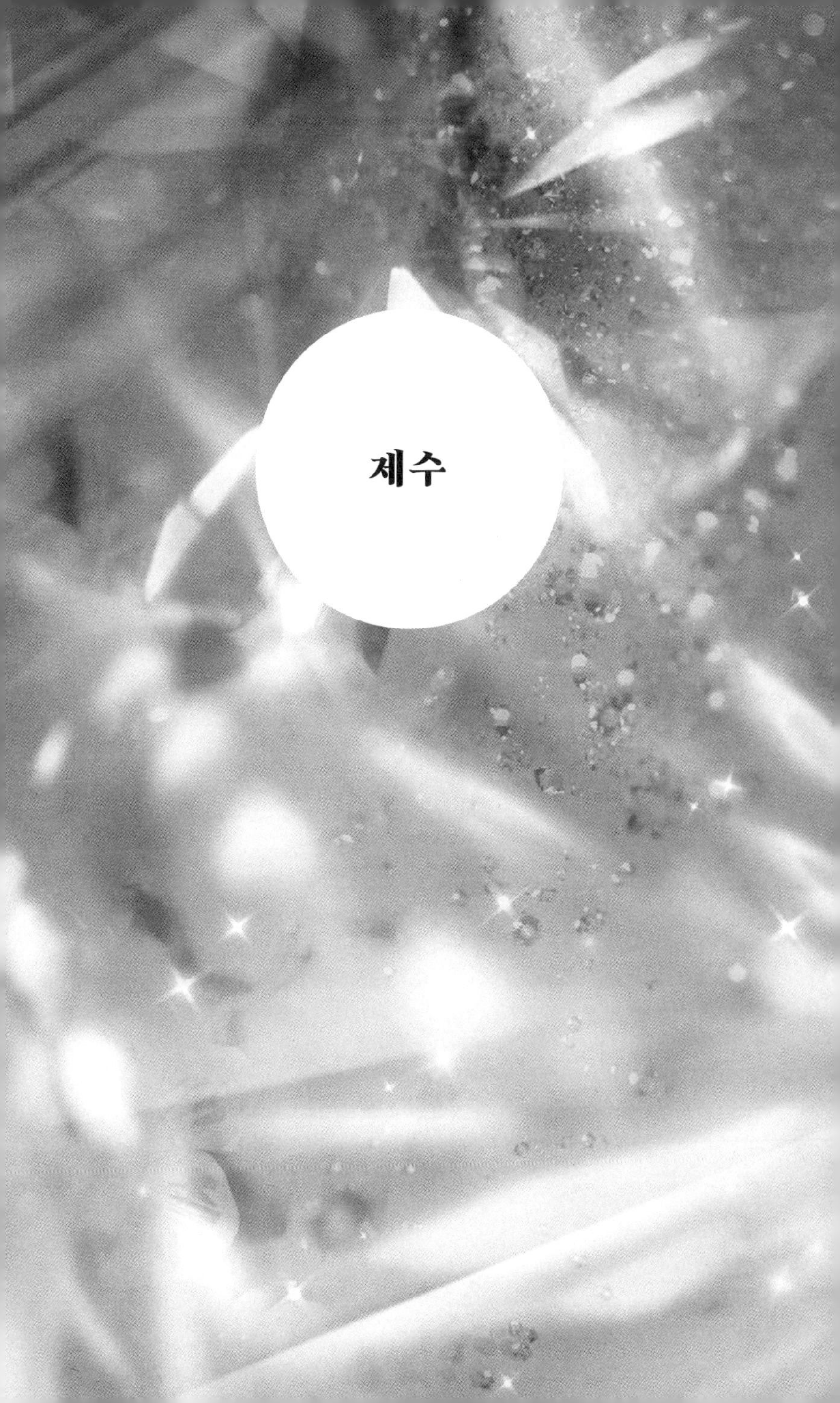

제수

나는 간판 불을 끈다. 아비숑, 이라고 쓰여 있는 출처 없는 단어의 불빛이 완전히 사라진다. 새벽 두시 사십이분, 구화동 2225번지 골목의 마지막 불이 꺼진다. 간판을 끄면 더이상 객실 손님이 오지 않는다. 물론 손님이 오더라도 방이 없다고 그들에게 대충 둘러댄다. 나는 쏟아지는 졸음을 참는다. 완전한 새벽도 완전한 밤도 아닌 시간, 나는 네시까지 제수를 기다린다.

제수는 내 유일한 친구다. 머리숱이 별로 없고 발음이 잘 새지만 착한 제수. 제수는 고등학교를 졸업하자마자 공장지대 하청업체에서 일을 하다가 카센터에 자리를 잡았다. 하루빨리 자기만의 기술을 배우고 싶다는 것이었다. 하지만 제수는 이곳에 있는 합지 공장 노동자 쪽에 더 가까웠다. 한쪽으로 살짝 기울어진 어깨도 그렇지만 까만 얼굴에서 느껴지는 무구한 표정 같은 것들이 그랬다. 제수는 겁이 많은 것을 빼면 그들과 별반 다르지 않았다. 제수는 겁이 날 때마다 이 개새끼들, 씨발놈들, 하면서 허공에 괜히 엉뚱한 으름장을 놓았다. 제수는 텅 빈 거리에서도 쉽게 겁을 먹었다. 제수가 왜 그러는지 정확히 알 수는 없었다. 제수는 가끔씩 여유롭게 거리를 거닐고 있는 길고양이나 비에 젖은 개에게도 욕을 뱉곤 했다. 불쌍하고 가여운 것들. 나는 그들을 보며 혀를 찼다.

나는 프런트에 앉아 손끝을 펼쳤다. 아까 눌러 죽였던 개미가 보이지 않았다. 죽었나, 살았나. 잘 알 수 없었다. 이곳 개미들은 죽은 듯 몸을 웅크리고 있다가도 금방 다시 살아나기도 했다. 날씨가 더워지면서 프런트에는 개미들이 들끓었다. 나는 손끝에 코를 대고 킁킁거렸다. 들쩍지근한 개미 진물 냄새도 살짝 났지만 여전히 락스 냄새가 진동을 했다. 나는 이 냄새를 좋아했다. 내 몸에서 이런 냄새가 나면 어쩐지 무균의 깨끗한 사람이 된 것 같은 기분이 들었다. 나는 깨끗한 사람이다, 나는 깨끗한 사람이다, 속으로 그렇게 중얼거렸다.

나는 이곳에서 그런 일을 했다. 방을 깨끗이 치우고 화장실에 낀 때를 물로 쓸어내리고 퀴퀴한 냄새를 지우는 일. 이 일에 특별한 소신이 있는 건 아니었다. 그렇지만 나는 주기적으로 악취가 나는 사람이니까, 오히려 이런 일에 누구보다 잘 어울리는 사람일지도 모른다고 생각했다. 언제부터 내게 고약한 냄새가 났는지는 모른다. 아주 어렸을 적, 아니면 그보다 훨씬 이전일 수도 있었다. 나는 어느 순간부터 살에 코를 파묻고 자주 킁킁거렸다. 그럴 때마다 제수는 나를 보며 꼭 커다란 개나 멧돼지 같다고 놀리곤 했다.

제수는 나에게서 아주 고약한 냄새가 날 때부터 혹은 그 이전부터 내 곁에 있었다. 제수에게 혹시 내게서 고약한 냄새가 나지 않느냐고 물어본 적은 없지만 나는 안다. 제수의 코가 둔감한 것도 있지만 제수는 이 냄새를 참을 수 있는 유일한 사람이라는 것을 말이다. 그렇기에 나는 제수를 좋아했다. 제수가 좋은지, 이 냄새를 참을 수 있다는 것이 좋은지는 아직 잘 알 수 없었다.

나는 프런트 앞 유리창으로 다가가 고개를 빼고 골목골목을 쳐다보았다. 제수는 아직 보이지 않았다. 어두운 골목 사이사이 사람들이 분주히 움직이고 있었다. 그들은 꼭 뭉개버린 개미들 같았다. 이국적인 향신료와 땀 냄새가 나는 개미들. 나는 때때로 그들에게서 나는 냄새가 정육점 푸주한에게서 나는 냄새와 비슷하다고 생각하기도 했다. 그리고 나보다 더 고약한 냄새가 날 것 같은 저들을 보면서 속으로 몰래 안심하기도 했다. 푸주한들, 더러운 땀냄새들. 나는 중얼거렸다.

나는 고개를 돌려 입구에 걸려 있는 큰 달력을 보았다. 벌써 이곳에서 일한 지 두 계절이 지나고 있었다. 겨울과 봄. 나는 이곳에 온 이후로 집에 거의 가지 않았다. 새벽까지 일을 하고 남은 시간엔 손님이 나간 빈방에서 시간을 때웠다. 나는 욕조에 락스 물을 풀고 한동안 앉아 있기를 좋아했다. 피부가 벗겨지면서 벌어진 틈에서 피가 새어나올 때도 있었지만 나는 그게 좋았다. 그렇게 한참 동안 락스 물에 몸을 담그고 있다보면 나에게서 나는 악취도 모두 사라지는 것만 같은 기분이 들었다. 깨끗한 빨래가 된 것 같은 기분. 나는 욕조에서 노래를 부르기도 했지만 특히나 자주 하는 건 손가락으로 그림자를 만드는 일이었다. 나는 이 속에서 새와 늑대와 강아지와 나비와 놀았다. 그러다보면 평생 집 같은 건 없이 떠돌이 인생으로 이렇게 지내는 것도 나쁘지 않다는 생각이 들기도 했다. 그런 건 외롭지도 그다지 쓸쓸한 기분이 들지도 않았다.

내가 사는 집은 골목에서 문을 열면 바로 방으로 이어지는 집이었다. 우리집의 대문은 딱 하나였다. 신발장을 놓을 곳도 따로 없어 문을 열고 항상 정해놓은 작은 칸 안에 신발을 벗어놓아야 했다. 꼭 테트리스 게임처럼. 나는 그 안에서 누구보다 계절과 습도를 빠르게 알아챘다. 휑한 그늘로 가려진 골목, 하수구의 악취와 붙어 사는 집. 나는 그곳에 살았다. 혼자는 아니었다. 나의 하나뿐인 가족. 나와 똑같은 목소리를 가진 언니. 나는 그와 같이 살았다. 언니도 이 집을 좋아하진 않았다. 언니는 고층 아파트에 모두가 부러워할 만한 공간에서 살고 싶어했다. 정말 그랬다면 좋았을 텐데. 하지만 우리에게 그런 것은 새와 늑대와 강아지와 나비보다 멀었다.

언니는 매일 입만 열면 거짓말을 쏟아냈다. 그건 언니의 버릇이었다. 언제부터 그런 버릇이 생겼는지는 모른다. 작은 불행을 더 작게 만드는 데서 시작된 일이었겠지. 언니의 말을 듣고 있으면 꼭 모래를 씹는 기분이 들었다. 프런트에 놓인 오래된 객실용 각설탕 같은. 당분이 다 빠져 버석한 알갱이밖에 씹히지 않는 오래된 각설탕 같은. 언니는 내가 학교를 포기하면서부터 거짓말을 더 부풀렸다. 언니의 거짓말에 의하면 나는 이미 어엿한 대학생 혹은 초등학교 선생님을 꿈꾸는 어른이 되어 있었다. 왜 하필. 나는 아이들이라고 하면 질색이었는데.

언니는 초점 없는 눈으로 자주 어딘가를 뚫어지게 응시하곤 중얼거렸다. 꼭 미친 여자처럼. 나는 언니가 정확히 어떤 이야기를 하는 건지 알 수 없었다. 기도를 하는 것 같기도 했고 아닌 것 같기도 했다. 나는 그런 얼빠진 모습으로 무언가를 중얼거리는 언니의 말을 듣고 싶지 않았다. 개굴개굴, 개구리 노래를 한다, 미친년이 노래를 한다. 나는 속으로 이상한 노래를 만들어 부르며 언니의 말을 대부분 그렇게 흘려들었다.

언니가 하는 일은 늙은 환자들의 욕창을 제거하는 일이었다. 언니는 간호조무사로, 거동이 불편하거나 치매가 온 노인들만 있는 병동에서 일했다. 욕창이 들러붙은 헌 거즈를 긁어내고 다시 새 거즈를 덮는 일. 언니는 그 일에 성실했다. 언니는 병원에 다녀온 뒤에 나에게 비슷한 말을 하곤 했다. 대부분 병원에 누워 있는 이들이 얼마나 더럽고 징그러운지에 관한 이야기였다.

이미 죽은 사람이나 마찬가지인데, 굳이 그렇게까지 해서 살아야 하나 싶어.

언니가 말했다. 언니는 날이 갈수록 볼이 패고 점점 앙상해졌다. 언니는 멀리서 보면 꼭 살아 있는 해골 같았다. 바람이라도 심하게 부는 날이면 나는 언니의 텅 빈 갈비뼈 사이에서 조율되는 바람소리를 떠올렸다. 바람을 몸안에 가두고 걷는 언니. 음침하고 슬픈 소리. 몸이 내는 기분 나쁜 소리.

이제 방 없어?

밖을 멀뚱멀뚱 보고 있는데 어느새, 슬리퍼를 질질 끌고 온 제수가 유리문 앞에 서 있었다. 제수의 질질 새는 발음이 꼭 합지 공장 노동자들의 말같이 느껴졌다.

응, 없어.

나는 웃으며 말했다. 제수도 졸린 눈으로 날 보고 있었다. 얼굴이 번들번들한 기름으로 반짝이고 있었다. 나는 제수의 얼굴을 자세히 바라보았다. 까만 얼굴, 황달 직전의 누런 눈. 그것이 제수의 얼굴이었다. 제수는 투박한 손으로 눈을 벅벅 비볐다. 나는 제수에게 너는 꼭 아픈 사람 같아, 라든지 너는 아마 얼마 못 살 것 같아, 라든지 농담 섞인 말을 하고 싶었지만 그러지는 않았다. 제수가 정말로 어디가 아픈 것일지도 모른다는 생각이 잠깐 들었기 때문이었다.

졸려.

내가 말했다.

그럼 먼저 들어가서 자, 내가 아침 되면 깨워줄게. 대신 저번처럼 안 일어나면 안 된다. 그때 늦어서 엄청 혼났어. 사장님 무서운 거 알잖아.

제수가 말했다. 나는 제수의 사장 얼굴을 잠깐 떠올렸다.

제수의 사장은 제수보다 몸이 두 배나 큰 거구에 제수보다 까맸고 제수보다 누런 눈을 가지고 있었다. 그는 누구보다 못생기고 누구보다 추했다. 늦잠을 자거나 사소한 실수를 한 날이면 제수는 어김없이 이마나 눈 옆에 보라색 멍자국이 들어 나를 찾아왔다. 맞은 거야? 내가 물으면 제수는 장난치다가 그런 거야, 라며 대수롭지 않은 척 넘기곤 했다. 하지만 나는 제수의 표정을 보고 어렴풋이 알 수 있었다. 그건 대수롭지 않은 일이 아니고 늦잠이나 사소한 실수 때문에 벌어진 일도 아니라는 것을. 나는 무언가에 쫓기듯 잔뜩 겁에 질린 제수의 표정을 아직도 기억했다.

오늘은 그냥 잘까? 문 닫고. 말만 잘하면 돼.

나는 말했다. 제수가 다른 날보다 좀더 피곤해 보였다.

진짜 그래도 돼? 그러다가 걸리면.

괜찮아. 하나도 안 무서워. 걸리면 다른 모텔로 옮기면 되지. 여기 널린 게 모텔인데.

나는 말했다.

아, 안 돼.

제수가 말했다.

아니야, 돼. 멍청아. 오늘은 같이 쉬자.

나는 제수의 손을 잡아끌었다. 제수의 슬리퍼에서 헐떡거리는 소리가 났다.

우리는 들어가기 전, 객실 손님용으로 하나씩 나눠주는 아이스크림을 꺼내 천천히 녹여 먹었다. 아이스크림은 시원하고 달았다. 제수는 자기 전에 아이스크림을 꺼내 먹으면 잠을 더 푹 잘 잤다. 아직도 어린애 같은 제수. 겁쟁이 제수. 겁쟁이, 겁쟁이 새끼. 뚱뚱하기만 한 사장이 뭐가 무섭다고. 나는 제수의 누렇지만 어딘가 투명하게 느껴지는 눈을 보며 속으로 중얼거렸다.

너한테서 좋은 냄새가 나.

제수가 내 등에 코를 박은 채 중얼거렸다. 제수가 다리를 여전히 배배 꼬고 있는 것이 등뒤에서 느껴졌다. 찝찌름한 땀냄새. 나는 온몸이 간지러운 기분이 들었다.

제수는 매일 밤 누구보다 몸속 깊숙이 들어왔다. 어린애 주제에, 제수는 깡마르고 까만 몸을 움직이며 그게 좋다고 말했다.

왜, 그런 거 있잖아. 그런 거 몰라?

제수는 늘 그렇게 말하며 너스레를 떨었다. 나는 그런 말을 할 때 왠지 제수가 바보가 아니라 자신보다 두 배는 크고 두 배는 까만 사장 같기도 했다. 멍청한 바보, 못된 것만 배워서는. 나는 속으로 중얼거렸다. 제수가 나에게 하는 것은 매번 비슷했다. 힘으로 온몸을 밀어붙이는 느낌. 나는 제수가 그렇게 하는 것이 싫었지만 굳이 그만두라고는 말하지 않았다. 어차피 모든 게 끝나면 평소의 바보 같은 제수로 돌아올 테니까.

거짓말.

나는 제수에게 말했다.

아니야, 진짜야. 이건 나만 맡을 수 있는 니 냄새야. 남들은 바보라서 이걸 못 맡는 거야.

제수가 말했다.

거짓말하지 마.

나는 간지러워 킥킥 웃었다.

제수는 거의 반쯤 잠꼬대하는 듯한 말을 공중에 띄워올렸다. 나는 몸을 돌려 제수를 다시금 바라보았다. 까만 얼굴, 황달 직전의 누런 눈. 제수는 프런트 옆에 있는 쪽방에 들어가 얼마 되지 않아 잠에 빠져들었다. 제수의 입가에는 아직 초코 아이스크림이 그대로 묻어 있었다. 나는 괜히 며칠 전 골목에서 객사한 주정뱅이 할 아버지가 떠올랐다. 죽기 직전의 모습이 꼭 제수와 비슷한 것 같았다.

제수야 아프면 안 돼. 나보다 오래 살아야 돼.

나는 웃으며 제수의 귓가에 속삭였다.

당연하지. 나는 절대로 너보다는 먼저 안 죽는다. 나는 부자가 돼서 다 써보고 죽을 거니까. 나는 부자가 되는 법을 이미 알고 있어.

제수가 말했다. 무언가 꿈꾸는 듯이 웅얼거리는 제수의 말에 나는 조용히 귀를 기울였다.

나는 부자가 되는 방법을 알고 있어. 그렇지만 너한테는 아직 안 알려줄 거야. 내가 부자가 된 다음에 그 비법을 알려줄 거니까. 부자가 되는 건 쉬워. 나도 몰랐는데 그건 어떤 기회만 잡으면 되는 거야. 인생은 의외로 쉬워. 쉬운 길로 돌아가잔 말이야.

제수가 말했다. 나는 누군가를 따라 하는 듯한 제수의 목소리가 거슬렸다. 그건 꼭 카센터 옆에서 일하는 앳된 얼굴에 수염만 덥수룩하게 난 남자의 목소리 같았다. 제수가 졸린 눈을 하고 말을 중간중간 끊었다.

뭔데? 지금 알려줘, 지금.

나는 제수가 완전히 잠들까봐 제수의 이마를 손가락으로 톡 치며 말했다.

제수는 엄청난 비밀을 이야기하는 것처럼 오래 뜸을 들였다. 중간에 꿈이라도 꾼 것처럼 무언가를 상상하는 듯 혼자 배시시 웃기도 했다. 한참을 뜸들인 후에야 제수가 내 귓속에 속삭였다. 웃으며 바람이 부는 것처럼 말했지만 나는 제대로 알아들을 수 있었다.

매일 금요일 밤 열시에 하는 거, 퀴즈쇼. 난 거기에 곧 나갈지도 모른다. 형철이 형 알지? 카센터 옆에…… 그 형이…… 아, 아니다. 여기까지만 말해줄게.

제수가 웃으며 돌아누웠다. 며칠 전부터 브로커가 있다는 소문이 들리던 퀴즈쇼였다. 나는 돌아누운 제수의 툭 튀어나온 뒤통수를 쳐다보았다. 멍청한 제수. 나는 제수가 진짜로 바보가 아닐까 잠깐 생각했다.

나는 뒤돌아 누운 제수에게 아무 말도 하지 않았다. 제수는 요즘 이상한 말을 반복했다. 특히 먼 미래의 이야기나 부자가 되는 이야기들. 까만 얼굴과 황달 직전의 죽어가는 듯한 눈을 하고서, 제수는 기쁜 목소리로 말하곤 했다. 나는 그럴 때마다 어떤 말을 덧붙이려다가 그만두었다.

제수는 금방 드르렁 코를 골며 잠이 들었다. 나는 잠이 오지 않았다. 나는 당장이라도 빈방에 들어가 락스 물에 몸을 담그고 싶었다. 잠이 오지 않는 날에는 유독 몸에서 심한 냄새가 나는 것만 같았다. 더러운 푸주한이 키우는 개. 나한테 꼭 그런 냄새가 날 것만 같았다. 나는 일부러 그런 개가 된 것마냥 개 짖는 소리를 따라하며 욕조에 온몸을 담그고 한참을 있다 잠들고 싶었다. 그러나 오늘따라 손님이 나간 빈방이 거의 없었다. 나는 코를 킁킁대다가 얼마 안 있어 밖으로 나왔다.

나는 다시 프런트에 앉았다. 프런트 책상 위 설탕통에서 각설탕을 집을 때마다 개미가 딸려나왔다. 달짝지근한 진물 냄새. 나는 개미가 딸린 각설탕을 그냥 입에 넣었다. 죽지 않은 개미가 온몸을 돌아다닐 것 같은 기분이 들었다. 나는 제수가 했던 말을 다시금 떠올려보았다. 아주 먼 미래, 부자, 행복한 집. 나는 그런 걸 떠올려보다가 마치 폐 속으로 개미가 들어간 듯이 실실 웃었다. 나는 웃겼다. 그런 건 필요하지 않았다. 나는 그냥 지금이 좋았다. 내가 누워 있고 그 옆자리를 제수가 차지하는 것이 좋았다. 제수와 나. 더이상 나빠질 것도 좋아질 것도 없이. 이렇게 아무 일도 일어나지 않은 채 반백 년 이상 살 수만 있다면 얼마나 좋을까, 나는 생각했다.

뭐 갖고 싶은 거 없어? 곧 생일이잖아.

나는 휴대폰을 들고 가만히 있었다. 입을 오물거리기는 했지만 딱히 무슨 말을 뱉지는 않았다. 입안에서 각설탕이나 아이스크림을 녹이고 있던 것도 아니었다. 그저 어떤 말을 해야 할지 잘 몰랐다.

응? 갖고 싶은 거, 생일 선물. 다 말해봐. 근데 집에는 아예 안 올 생각이니? 거기가 그렇게 좋아? 제일 비싼 방이 얼마인데?

언니가 한번 더 물었다. 나는 말을 뱉지 않고 그저 입을 한번 더

오물거렸다. 휴대폰 속에서 나와 똑같은 목소리의 언니가 계속 말을 이었다.

응? 갖고 싶은 거, 없어? 얘기해봐.

나는 아무 말도 하지 않았다. 정말로 가지고 싶은 걸 말할 수 없을 것 같은 기분이었다. 병원에서 있었던 일을 늘어놓던 언니의 평소 목소리 톤과는 사뭇 달랐다. 몸에서 바람이 떠도는 소리. 몸이 만드는 가장 기분 나쁜 소리. 나는 가만히 그런 것들을 곱씹었다. 그러자 갑자기 기분이 나빠졌다. 언니가 조용히 말을 이어갔다.

나 이번에 더 좋은 곳으로 갈 것 같아서 옮기기로 했어. 병원. 그러려면 이사도 가야 할 것 같고…… 여기서는 출퇴근이 너무 힘들어서. 주말에는 자주 올 건데……

언니가 말했다. 나는 아무 말도 하지 않았다. 새로운 병원에 들어간 지 오 개월도 되지 않은 때였다.

이번이 마지막이야.

나는 언젠가 집 앞 골목에 서서 똑같은 말을 들었던 기억을 떠올렸다. 해가 아직 완전히 뜨지 않은 새벽이었다. 문을 열지 않아도 그 안에서 새어나오는 말들을 쉽게 들을 수 있었다. 있어도 그만이고 없어도 그만인 말. 이곳 문 앞에서 흘러나오는 말이 모두 그런 말이면 좋겠다고 나는 잠깐 생각했다. 나는 언젠가부터 언니가 집으로 돌아와 중얼거리는 말을 몰래 듣곤 했다. 대부분 값비싸게 계약한 물건을 취소하거나 누군가에게 거짓말로 꾸며낸 말이 궁지에 몰려 들키지 않기 위해 돈을 부탁하는 말이었다. 언니가 말을 계속 이었다.

나 돈 좀 꿔주면 안 될까? 이번에는 꼭 갚을게. 새로 이사하는 아파트 계약 때문에, 조금 빠듯하네.

나는 아무 말도 하지 않았다. 개미가 왕창 달라붙은 각설탕을 씹어 넘긴 것처럼 목안이 간지러웠다.

자주 올게.

거짓말.

나는 우물거리는 언니의 말을 딱 잘라 말했다.

거짓말하지 마.

나는 한번 더 힘주어 말했다.

얘는…… 무슨 거짓말, 그런 거 아니야.

언니가 말했다. 언니를 보지는 않았지만 말함과 동시에 턱끝이 조금 떨렸다는 것을 알 수 있었다. 내가 그럴 때와 비슷한 소리가 났으니까. 언니의 말이 잠시 끊어졌다.

더 옮길 병원도 없잖아. 이제 여기선 더 없잖아.

나는 말했다.

휴대폰 너머 언니가 한참 동안 아무 말도 하지 않았다.

언니는 거짓말을 쉬지 않았다. 언니는 외제차와 결혼 상대를 지어냈고 무리하게 값비싼 명품 가방과 시계를 사면서까지 병원을 여러 번 옮겨다녔다. 언니는 여전히 이야기 속에서 살았다. 그 속에서 살면 행복해지니까. 행복하면 어쩐지 그 속에서 영원히 잠수할 수 있을 것 같은 기분이 드니까. 그래서 언니는 멈추지 않았을지도 모른다. 조금이라도 더 행복해지고 싶었을 테니까.

언제부터였는지 전화가 끊어져 있었다. 나는 언니가 전화를 끊기 전 나지막하게 뱉은 소리를 들었다.

니가 뭘 안다고 그래.

나는 휴대폰을 내려놓았다. 정말 아무것도 알 수 없었다.

언니의 전화가 끊어지자 귓가에서 빠르게 지저귀는 새소리가 들리는 것 같았다. 머리가 조금 어지러웠다. 나는 프런트에 가만히 앉아서 각설탕의 봉투를 뜯었다. 하얗고 쌉쌀한 모래 같은, 영양가와 당분이라고는 다 빠진 그저 딱딱한 알갱이. 나는 여러 개의 각설탕을 입안에 넣고 빠르게 우걱우걱 씹었다. 무엇이라도 필요한 기분이었다. 각설탕을 씹을수록 입안이 긁혀 피가 나는 것 같았다. 뭐 갖고 싶은 것 없어? 나는 자꾸만 그 말을 떠올렸다. 뭐 갖고 싶은 것 없어? 나는 각설탕과 다르게 하얗고 보드라운 무언가를 생각했다. 내가 태어나서 한 번도 가진 적 없는 것. 하얗고 복슬복슬하고 따듯한. 나는 프런트에 앉아서 하얗고 털이 복슬복슬하고 나보다 따듯한 체온을 가진 강아지를 떠올렸다. 나는 한 번도 그 조그맣고 귀여운 걸 가지고 싶다고 말한 적이 없었다. 그까짓 게 뭐라고, 그까짓 게 뭐라고. 적어도 백 마리 정도는 가지고 싶다고 말할걸. 나는 중얼거렸다. 나는 강아지를 다시금 떠올렸다. 내 품에만 기대어 포슬포슬한 숨을 뱉는 강아지를. 무게가 많이 나가지 않아 언제든 두 손으로 들어올려 품에 안을 수 있는 그런 강아지를. 나는 강아지를 떠올리는 것만으로 기분이 좋아졌다. 그러나 얼마 안 가 금방 슬픈 기분이 들었다. 주변에서 이상하고 잡다한 바람소리가 들려왔다. 나는 강아지를 떠올리며 반복적으로 각설탕을 여러 개 털어넣고 입을 우물우물거렸다. 바람소리 때문에 옅은 두통이 가시지 않았다.

나는 가만히 방안에 누워 있었다. 아무도 없는 방. 사람이 나간지 얼마 되지 않아 아직 체온이 남아 있는 방. 나는 자꾸만 새어들어오는 날카로운 햇빛 때문에 커튼을 쳤다. 이곳은 커튼만 친다면 완전한 새벽도 완전한 밤도 없는 곳 같았다. 나는 방에 누워 오후가 다 되어서도 잠이 덜 깨 비틀거리던 제수의 뒷모습을 떠올렸다.

왜 안 깨웠어. 아이 씨, 진짜 어떻게 해. 큰일났다. 난 정말 죽었다.

제수가 눈물까지 글썽해진 채 말했다. 제수는 항상 잠에서 완전히 깨어나지 못했다. 정말 어디가 아픈 사람처럼. 제수의 얼굴은 전보다 더 까매 보였다. 제수는 노랗게 들뜬 눈을 비비고는 투덜거리며 유유히 골목을 빠져나갔다.

잘 가, 바보야.

나는 제수의 뒷모습에 대고 안녕을 했다.

옆방에서 화장실 물이 내려가는 소리가 들렸다. 갑자기 하수구의 물때가 귓속에 고이는 느낌이 들었다. 슬프거나 우울한 기분은 아니었다. 그저 몸에 난 실 크기만한 구멍을 바람이 가만히 통과하는 기분이었다. 음침하고 슬픈 소리. 몸이 만드는 가장 기분 나쁜 소리…… 나는 가만히 누워 있었다. 실만한 크기의 구멍에 자꾸만 어떤 힘이 몸을 밀어붙이는 것 같았다. 나는 잠깐 제수를 떠올렸다가 다리를 오므린 채 몸을 둥그렇게 말았다. 어린애 주제에, 못된 것만 배워가지고서. 나는 중얼거렸다.

나는 이 기분이 어떤 것인지 잘 알 수 없었다. 헌 거즈에 붙은 살점을 떼어내고 차가운 새 거즈로 상처를 덮는 기분이었다. 모두들 이런 기분을 참으며 살아갈까. 살아 있어도 죽은 느낌. 죽은 것 같지만 살아 있는 느낌. 나는 눈에 힘을 풀고 보이는 벽면의 아무 곳이나 잠깐 바라보았다.

나는 일어나 커튼을 걷었다. 나무 덧문 사이로 환하고 날카로운 햇빛이 칼자국 같은 그림자를 만들며 방으로 들어왔다. 나는 칼날처럼 들어오는 햇빛 아래 서서 그림자를 만들었다. 큰 새, 작은 새, 주먹보다 작은 아기 새. 나는 새들이 지저귀는 소리를 입으로 잠깐 따라 하다 말았다. 그림자를 만드는 게 더이상 재미있지 않았다. 나는 한참을 그냥 가만히 앉아 있었다.

손님이 나간 방은 평소보다 훨씬 더 어질러져 있었다. 시큼하고 비린 냄새까지 났다. 어제 새벽 객실이 평소보다 시끄러웠으니 예상 못할 일은 아니었다. 술 취한 젊은 손님들은 꼭 세상에서 가장 행복한 사람들처럼 왔다가 죽을 것 같은 얼굴을 하고선 문밖으로 나가곤 했다. 마치 하루 만에 행복을 몰아 써버리고 노인이 되어버린 것처럼. 바보들, 병신들. 나는 한참을 앉아 있다가 화장실로 가 맨손으로 락스 물을 풀었다. 몸에서 악취가 스멀스멀 올라오는 것 같았다.

나는 제수가 말하는 소리를 듣고 있었다. 제수는 오늘 사장에게 뒤통수라도 대차게 얻어맞았는지 새로 생긴 봉긋한 혹을 달고 돌아왔다. 그렇지만 제수는 어느 때보다 신이 나 있었다. 새벽 네시, 제수는 완전한 밤도 완전한 새벽도 아닌 이 시간에 무언가를 하루 종일 꽁꽁 숨겨두었다가 이제야 털어놓는 사람처럼 조잘거렸다.

나 오늘 재밌는 일 있었다.

제수가 말했다.

나는 프런트에 앉아서 가만히 제수를 바라보았다. 누런 눈, 불룩 튀어나온 까만 광대뼈. 제수는 여전했다. 죽을 것 같은 얼굴을 하고서 여전히 히죽거렸다.

뭔데? 재미없기만 해봐.

나는 말했다. 아무렇지 않은 듯이 말했지만 몸에 난 구멍으로 전보다 자주 바람이 드나드는 것이 느껴졌다. 나는 전보다 우울했다.

아니야, 이번엔 진짜로 재밌을걸. 너도 깜짝 놀랄 거야, 애기야.

나는 제수의 거드름을 피우는 말투에 조금 짜증이 났다. 제수는 매일 대단한 이야기가 있다고 말했지만 들어보면 사실 전혀 대단하지 않은 이야기들뿐이었다. 어떤 아이가 자전거를 타고 가다가 넘어져 두 바퀴를 구른 이야기, 카센터 사장이 짜장면을 먹다가 면발이 코로 나온 이야기 등등. 웃기지도 않고 별 볼 일 없는 얘기들을 제수는 매일 까르르 웃으며 나에게 들려주곤 했다. 제수는 나의 기분은 아랑곳하지 않고 매번 자기 말만 늘어놓았다. 나는 그런 제수가 점점 지겨웠다.

제수가 말하기로는 어제 낮 열두시가 막 넘은 시간에 손님이 왔다고 했다. 공장 관계자처럼 촌스럽지만 딱딱한 푸른 양복을 입은 손님 옆에는 키가 늘씬하고 볼이 팬 여자가 하나 타고 있었다고 했다.

점심쯤 밥을 먹고 있는데 차가 들어오는 거야. 왜 우리는 점심시간도 제대로 없는 거야. 손님이 오면 밥이고 뭐고 튀어나가야 하고. 아무튼 사장님, 사장님, 거리면서 뭐 때문에 오셨어요? 했는데, 차바퀴가 이상하다고 하더라고. 속도를 낼수록 불쾌한 소리가 난다고. 근데 요즘은 차바퀴가 망가지면 대부분 타이어 센터로 가거든? 근데 모르겠어, 급했나봐. 자기네들도 점심 먹고 올 테니까 차 좀 봐달라고, 차는 여기 미리 대놓겠다고 해서 알겠다고 했지. 차도 엄청나게 좋데. 왜 새 차에서 나는 냄새 있잖아. 막 기름칠

한 가죽 냄새 같은 거. 아무튼 내가 키를 받고 차를 대놓으려고 하는데, 갑자기 돌아서서 트렁크에 새 타이어가 있긴 한데 혹시 타이어 문제면 그거로 갈아달라고 하는 거지. 그래서 알겠다고 하고 차를 리프트에 올리기 전에 트렁크를 열었거든? 근데 거기에 뭐가 들어 있었는지 알아?

제수가 혼자 킥킥댔다.

사과 서른 개 정도 들어갈 만한 상자에 성인용품이 가득하더라고. 분홍색, 빨간색, 노란색, 살색 그리고 이상한 쇠고리까지. 나는 그런 건 또 처음 봤어. 어쩐지 사용한 것처럼 뭐가 잔뜩 묻어 있는 것도 있더라고. 웃기지? 사장님이 먼저 확인하자마자 깔깔깔 웃는데 멀리서 여자랑 남자랑 한참 걸어가다가 여자만 뒤를 살짝 돌아보더라. 내가 얼굴이 다 화끈거리더라고. 멀리서 보니까 볼이 더 패어 보이더라. 해골 같았어. 남자는 배가 터질 것 같던데.

제수가 말을 마쳤다. 나는 여전히 아무 말도 하지 않았다.

안 웃겨?

제수가 말했다.

응. 하나도 안 웃겨.

내가 말했다. 제수가 입을 삐죽댔다.

나는 제수가 계속해서 중얼거리는 말소리를 들었다. 그러나 아무것도 제대로 귀에 들어오지 않았다. 나는 높은 구두에 하늘하늘한 옷을 입고 위태롭게 걸어가는 여자를 떠올렸다. 가는 뼈대를 가졌고 긴 생머리에 탄력이 없는 얼굴, 금방이라도 울고 싶은 마음을 억지로 짓누르는 근육의 움찔거림. 나는 여자를 떠올리는 동시에 몸을 통과하는 바람, 몸이 내는 기분 나쁜 소리 같은 것들도 떠올렸다. 그러자 정말로 어디선가 그런 바람이 부는 소리가 들리는 것 같았다.

나는 제수가 다른 이야기로 넘어간 줄도 모르고 한참을 가만히 앉아 있었다. 제수는 오늘도 정답을 연속으로 여덟 번이나 맞힐 수 있었던 생방송 퀴즈쇼에 관한 이야기, 어마어마한 상금에 관한 이야기를 시작하고 있었다.

실은 한 방을 노려보는 것도 나쁘지 않다고 생각해…… 족보 같은 것도 있다던데. 푼돈에 넘기기도 한다고. 그런 것만 있으면 그냥 거저먹는 쇼잖아. 브로커만 잘 만나면 단가도 낮춰준다는데. 그게 족보를 받아도 막상 티브이에 나가면 떨려서 다들 틀린다나 뭐라나, 암튼 그렇대. 근데 나는 그런 바보짓은 절대 안 할 거야. 그건 기회를 앞에 두고도 놓치는 거니까. 저번에 옆 가게 형철이 형님도 그랬어. 마지막에 떨어졌잖아. 그래서 말인데 형철이 형이 브로커 쪽을……

나는 제수를 지나쳐 프런트의 설탕통에서 오래된 각설탕을 꺼냈다. 더이상 제수의 말을 듣고 싶지 않았다. 지겨운 제수, 아이 같은 제수. 나는 개미가 덕지덕지 붙어 있는 각설탕을 우걱우걱 씹었다. 죽지 않는 개미들이 내 몸에 커다란 개미집이라도 지었으면 좋겠다고 생각했다. 각설탕을 씹으면 씹을수록 주변을 울리던 소리들이 점점 멀어졌다. 나는 각설탕을 씹으면서 속으로 이상한 소리를 냈다. 새소리도 아니고 바람소리도 아닌, 그저 기분 나쁜 울음소리 같은 것. 나는 입안에서 한참을 그런 소리를 냈다. 제수가 오래된 구식 엔진 소리 같다며 배를 잡고 깔깔 웃었다.

돈 좀 줘.

언니가 말했다. 언니는 전보다 좀더 다급해 보였다. 처음으로 언니를 잊고 싶은 기분이 들었다. 나는 아무 말도 하지 않았다.

좀 줘. 있잖아. 조금이라도.

나는 아무 말도 하지 않았다. 다리 사이로 개미가 기어다니고 있었다.

없어.

나는 짧게 말했다.

왜……

언니가 말했다. 나는 숨을 크게 들이쉬었다. 숨을 들이쉬어도 자꾸만 무언가가 빠져나가는 기분이 들었다.

급해서 그래.

언니가 한번 더 말했다.

그냥 가.

나는 말했다.

한참 동안 조용하다가 휴대폰 너머로 언니의 우는 소리가 들렸다. 언니가 우는 소리는 처음이었다. 언니는 매일 울 것 같은 목소리로 말했지만 실제로 울음을 터뜨린 적은 없었다. 언니가 무어라 말을 뱉었다. 나는 제대로 알아들을 수 없었다. 나는 그저 언니의 움푹 팬 볼 속으로 드나드는 바람소리를 조용히 듣고 있었다. 음침하고 슬픈 소리. 몸이 내는 기분 나쁜 소리. 나는 전화를 끊었다. 전화는 다시 울리지 않았다.

나는 간판 불을 끄고 제수와 거리로 나섰다. 제수는 여느 때처럼 매일 나를 찾아와주었다. 나는 덜 여며진 단추를 제대로 채우고 걸었다. 제수는 어김없이 나에게 간지러운 말을 해주었다. 너한테서 좋은 냄새가 나. 하지만 제수의 그런 말에도 불구하고 요즘 나에게서 그전보다 더 지독한 냄새가 나는 것만 같았다. 온몸의 구멍들이 쓰레기통처럼 느껴졌다. 나는 아무데서나 코를 킁킁거렸다. 나는 벌을 받고 있는 거야. 나는 벌을 받고 있는 거야. 가끔 길을 걷다가 무의식중에 그런 말을 중얼거렸다. 정확히 왜 그런 말을 하는지는 몰랐다. 그냥 그런 기분이 들어서.

제수는 피곤하지만 신이 나 보였다. 나는 세상의 공기가 반으로 줄어든 것처럼 숨을 쉬어도 답답했다. 제수는 신이 난 채 먼 미래와 부자가 됐을 때의 이야기 그리고 퀴즈쇼에 대한 새로운 이야기를 다시금 늘어놓았다. 제수는 요새 그런 것에서도 쉽게 에너지를 얻는 것 같았다. 멍청한 희망, 멍청한 상상, 그런 것들에 쉽게 자기를 내어주는 것 같았다. 제수는 누구보다 신이 나 보였지만, 자꾸만 까매지는 얼굴과 누런 황달기가 도는 눈동자는 제수를 처량해 보이게 만들었다. 제수야, 그렇지만 너는 오래 못 살아. 너는 진짜로 어디가 아픈 거야. 아프지 않고서는 그런 얼굴을 할 수 없지. 나는 뱉지 않은 말을 속으로 중얼거리며 제수를 뒤로한 채 걸었다.

나는 아무 생각 없이 한참을 걸었다. 간간이 흰 강아지가 떠오르기는 했지만 나는 일부러 흰 강아지에 대해서 그만 생각하기로 했다. 있지도 않은 흰 강아지를 자꾸만 떠올리는 내가 제수보다 처량해질 것 같았다.

제수가 슬리퍼를 끌며 쫓아와 나의 손을 잡았다. 나는 억지로 제수의 손을 잡은 채 골목을 한참 돌았다. 시원한 바람과 미지근한 바람이 번갈아 불어왔다.

이 개새끼, 씨발놈.

제수가 갑자기 욕을 뱉었다. 허공을 향해서였다. 나는 발을 멈추고 제수를 바라보았다. 제수는 이미 무언가를 보고 겁을 잔뜩 먹은 상태였다. 제수는 벌써 나에게서 떨어져 몇 발자국 물러서 있었다. 나는 조금 놀라서 골목과 제수 주변을 살폈다. 우리가 서 있던 골목 맞은편에 누군가가 엎드려 자고 있었다. 얼굴과 목 주변이 벌겋게 달아오른 그는 게거품인지 침인지 모를 것을 흘리면서 드르렁 코를 골고 있었다. 나는 참을 수 없이 짜증이 났다. 겁쟁이. 멍청한 놈. 나는 제수를 노려보았다. 제수는 내게서 조금 먼 곳에 서서 허공에 팔을 휘저으며 손사래를 치고 있었다. 마치 죽은 사람이라도 본 듯한 얼굴이었다.

이 개새끼, 이 씨발놈.

제수가 한번 더 말했다.

나는 있는 힘을 다해 제수의 손을 잡아끌었다. 제수가 뒤꿈치로 버틴 채 움직이지 않았다.

제대로 봐. 봐, 병신아. 저게 뭔데.

나는 말했다. 목소리가 갈라져 바람이 든 쇠파이프 소리가 났다.

싫어, 싫다고. 안 갈래. 안 갈래.

제수가 소리를 질렀다. 제수가 소리치는 모습이 꼭 어린아이가 우는 것 같았다. 나는 제수의 손을 놓았다.

겁쟁이 새끼.

나는 말했다.

겁쟁이 새끼.

나는 다시금 말했다. 제수가 나를 죽일 듯이 노려보았다. 제수의 노란 기 도는 눈이 도깨비 같았다.

뭐가 무섭냐. 이 겁쟁이. 이 개새끼. 씨발놈아. 그냥 취한 병신인데.

나는 제수처럼 말했다.

제수가 씩씩거리며 주먹을 쥐었다. 조금 우는 것 같았다.

안 무서워. 난 무서울 게 없어.

제수가 바보처럼 울음을 억지로 삼키며 말했다.

웃기지 마.

나는 말했다.

안 무서워. 진짜. 나는 무서울 게 없어.

제수가 눈을 훔치며 그제야 제대로 응수하듯 말했다. 나는 오물거리던 입을 열었다.

너는 평생 애처럼 살 거야. 넌 죽어도 어른은 못 될 거야. 얻어맞을까봐 맨날 아무것도 못하고 벌벌벌 떠는 주제에. 부자가 된다고? 웃기지 마. 나 없으면 아무도 없는 새끼. 돈도 없는 거지, 고아 새끼.

나는 말했다. 제수는 아무 말도 하지 않았다. 그저 번뜩이는 노란 눈을 치켜뜨고 나를 노려보고 있었다. 나는 갑자기 제수가 두 배로 커 보였다. 제수의 사장처럼. 제수가 나를 똑바로 쳐다보았다.

너는 내가 진짜로 바보라고 생각하지?

제수가 말했다. 일부러 나를 향해 코를 킁킁거리는 것 같은 기분이 들었다.

너는 내가 진짜로 바보라고 생각하지?

제수가 다시금 말했다. 나는 제수를 바라본 채 아무 말도 하지 않았다.

바보는 너야. 두고 봐. 난 정말 무서울 게 없으니까. 난 진짜로 부자가 될 거니까.

제수가 나를 향해 코를 여러 번 킁킁거렸다. 나는 일부러 고개를 돌렸다.

그래. 퀴즈쇼에 나가서, 이 병신아.

나는 제수를 두고 골목을 빠져나갔다. 몸이 조금씩 떨려왔다. 뒤에서 어떤 소리가 들렸지만 뒤돌아보지는 않았다. 나는 빠르게 걸어 골목을 벗어났다.

나는 한참을 걸었다. 그러다보니 어느새 대문을 열면 바로 방으로 이어지는 집 앞에 서 있었다. 우리집. 나와 언니가 사는 집. 이곳에 온 지 꽤 오래된 것 같은 기분이 들었다. 아마 그리 오래되지 않았을 테지만 정확히 언제 마지막으로 이곳에 왔는지 잘 기억이 나지 않았다. 나는 문을 열고 방으로 들어갔다. 언니는 없었다. 언니는 지금쯤 졸린 눈을 씀뻑이며 죽은 살을 걷어내고 새로운 거즈를 덧대고 있을 것이었다. 나는 잠깐 방에서 잠이 들었다. 나뭇가지가 바람에 굴러가듯 이리저리 바닥을 굴러다니며 잠을 잤다. 너는 내가 바보라고 생각하지? 나는 가끔씩 깨어 코를 킁킁거리며 그런 말을 하던 제수를 떠올렸다. 온몸이 멍든 것처럼 아팠다.

나는 오랫동안 잠에서 깨어나지 못했다. 눈을 떠보니 어느새, 아주 까맣기만 한 밤이었다. 언니는 여전히 없었다. 방을 여러 번 돌아보던 나는 언니가 떠났다는 걸 한참 뒤에야 알았다. 언니는 곧 이사를 가겠다고 말했지만 이미 이곳을 떠난 지 오래된 것 같아 보였다. 아마 나에게 처음 전화를 걸어 이사 이야기를 꺼냈을 때부터 언니는 이미 이곳에 없었던 듯했다. 작은 방에 먼지가 가득했다. 나는 예전에 티브이가 놓여 있었던 빈 탁자를 손으로 쓸어보았다. 먼지가 폴폴 일어났다.

나는 빈방에 누워 다시 눈을 감았다. 죽은 살을 걷어내는 언니. 죽은 살을 걷어낸 뒤, 새살이 자라는 곳에 깨끗한 거즈를 덧대주는 언니. 이야기 속에서 행복한 언니. 이야기 속에서 슬픈 언니. 볼이 패어 웃고 있어도 바람이 드나드는 소리가 나는 언니. 나는 방안에 누워 언니의 초점 없는 표정을 오래 떠올렸다.

시간이 지날수록 나에게선 점점 더 지독한 냄새가 났다. 죽은 지 오래된 고깃덩이 냄새. 그 냄새는 하루 반나절을 욕실에서 보내도 가시지 않았다. 나는 대부분 욕조에 앉아 있었다. 온몸이 빨갛게 부르트고 피부를 쓸어내릴 때마다 껍질이 벗겨져 피가 났다. 나는 욕조에 앉아서 전처럼 새와 늑대와 강아지와 나비를 만들지도 않았다. 모든 게 재미가 없었다. 나는 그저 자주 정신을 잃고 쓰러지는 연습을 했다. 정말로 그렇게 하다보면 어느 순간 정신을 잃고 쓰러져 있을 것 같아서.

나는 그렇게 되고 싶었다. 욕조에서, 프런트에서, 빈방에서, 복도에서. 사는 게 너무 지루하게 느껴졌으니까. 나는 자주 엎어지는 연습을 했다. 사장님에게 일부러 시건방을 떨어 머리를 얻어터지기도 했고 취한 손님들에게 시비를 걸기도 했다. 나는 점점 고약한 사람이 되어가는 것만 같았다. 그리고 이 모든 게 왠지 제수의 탓인 것만 같은 생각이 들었다. 나는 제수를 생각할 때마다 자꾸만 나를 향해 코를 킁킁거리던 제수의 마지막 모습이 떠올랐다. 나는 화가 났다. 거짓말쟁이. 고약한 개새끼.

새벽 네시, 내 옆에는 개미가 득실득실했다. 제수는 그뒤로 이곳에 오지 않았다. 나도 제수를 찾지 않았다. 나는 개미들을 눌러 죽이지 않았다. 나를 찾는 것은 개미들이 전부였다. 요새는 가끔 프런트 옆 쪽방에 누우면 개미의 심장 소리같이 두근두근거리는 소리가 들려왔다. 나는 그 소리가 몸속을 통과하는 바람소리만큼 익숙해졌다. 느리게만 가던 시간이 빠르게 흐르고 있었다. 아무것도 하지 않아도 반백 년 이상 살 수 있을 것처럼.

벚꽃이 모두 떨어졌다. 개화기간은 딱 일주일이었다. 너무 빨리 더워진 탓이었다. 그러나 사람들은 이 짧은 기간에도 축복을 얻은 것처럼 좋아했다. 나는 공장지대로 가는 37번 버스에 올라탔다. 제수가 보고 싶은 건 아니었다. 그냥, 궁금해서. 창밖으로 보이는 공장지대는 많이 바뀌어 있었다. 불빛도 기둥들도 잘 보이지 않았다. 안개인지 먼지인지 모를 것에 가려 그저 뿌옇기만 했다. 나는 공장지대에서 내렸다. 내려서 주변을 한참 걸은 후에야 제수가 일하는 카센터 앞에 갈 수 있었다. 기름 냄새와 알코올 냄새가 코를 찔렀다.

제수 어디 있어요?

나는 소리쳤다. 무언가를 오래 기다린 사람의 목소리 같아서 나는 조금 창피했다.

온몸을 하얀 비닐 옷으로 감싼 남자가 얼굴만 빼꼼 내밀었다. 비닐 옷 사이로 드러난 얼굴은 아주 까맸고 눈동자는 누렜다.

뭐?

남자가 잘 들리지 않는지 재차 물었다.

제수요. 제수 어디 있어요?

나는 말했다.

남자가 장갑을 벗어 바닥에 던졌다. 흙먼지가 주변을 풀풀 메웠다.

제수 친구냐?

남자가 말했다. 나는 순간 남자가 집어던진 장갑이 망치 혹은 거대한 몽둥이처럼 느껴졌다. 나는 아무 말도 하지 않았다.

에미 애비 없는 새끼들 같으니라고. 처음 잔돈 훔칠 때부터 알아봤어야 했는데…… 내가 봐줄 것 같냐? 불쌍한 새끼 가르치고 일 시켜줬더니 더러운 것만 배워가지고는…… 이래서 초반에 잡아넣었어야 돼. 도둑놈의 새끼들, 쥐새끼들 같으니라고.

남자가 끊임없이 욕을 뱉었다. 나는 욕하는 남자에게서 돌아서

서 카센터를 나왔다.

내가 봐줄 것 같냐? 훔쳐간 돈의 열 배를 줘도 안 봐준다…… 찾아서 꼭 돌려받을 거야……

멀리서도 분이 풀리지 않은 남자가 나를 향해 퍼붓는 소리가 들렸다. 나는 뒤돌아보지 않았다. 그곳에는 제수가 없었다. 너는 내가 진짜로 바보라고 생각하지? 바보는 너야. 나는 길을 걷는 내내 그런 말을 하는 제수를 떠올렸다. 혈관 속으로 개미가 기어가는 것처럼 온몸이 저릿저릿한 기분이 들었다.

나에게서는 이제 길에서 객사한 노인 냄새가 났다. 냄새는 주기적으로 바뀌어 나는 이제 코를 킁킁거리지도 않았다. 나는 손님이 나간 방에서 매일 한 시간씩 잠을 잤다. 예전의 행복을 다 써버리고 불행한 삶을 이어가는 노인처럼. 나는 여전히 여기에 있었다. 2225번지. 자주 올게. 언니는 주말마다 찾아오겠다는 약속을 지키지 않았다. 제수도 없었다. 고약한 거짓말쟁이들.

나는 한동안 골목을 쏘다니며 제수에 대해 물었다. 제수가 돈을 훔쳐 사기꾼 브로커에게 바쳤다는 이들도 있었고 그저 이곳을 뜨기 위해 보증금을 마련하려고 차곡차곡 돈을 훔쳤다는 이들도 있었다. 그러나 나는 누구의 말도 믿지 않았다. 어쨌거나 제수가 이곳에 없다는 것이 사실로 남을 뿐이었다.

나는 습관적으로 내 옆에 누워 있던 제수를 떠올렸다. 제수를 떠올리면 떠올릴수록 등뒤에서 누군가가 나를 간질이는 것 같은 기분이 들었다. 너한테서 좋은 냄새가 나. 나는 슬펐다.

나는 말수가 점점 줄어들었다. 말할 사람이 없으니 당연한 일이었다. 나의 친구는 개미들뿐이었다. 나는 개미들이 먹을 수 있게 각설탕을 하나씩 바닥에 떨어뜨려주었다.

새벽 네시, 나는 여전히 거리로 나와 있다. 어느새 공기가 차가워져 있었다. 나는 여름에 대해 생각했다. 여름은 매일 나에게 악몽 같은 시간을 주었다. 죽을 것 같은 더위, 참을 수 없는 외로움. 나는 거리로 나와 걷고 또 걸었다. 멀리 골목에서 한 물체의 움직임이 보였다. 나는 천천히 그쪽으로 다가갔다. 하얀 강아지가 목줄에 묶인 채 전봇대 옆에서 꼬리를 흔들고 있었다. 나는 갑자기 문득 잊고 있었던 어떤 기억이 건져올려진 것 같은 기분이 들었다. 목이 타들어가듯이 바짝바짝 말랐다. 나는 주위를 둘러보았다. 개의 주인으로 보이는 사람은 시야에 보이지 않았다. 나는 천천히 그 흰 강아지에게 다가갔다. 강아지는 꼭 푸주한이 키우는 개처럼 몸집이 컸고 빳빳하고 딱딱한 털에서는 비릿한 눈물 냄새가 났다. 강아지가 나를 보더니 축축한 눈을 가만히 끔뻑였다. 나는 목줄을 풀고 강아지를 처음으로 품에 꼭 안아보았다. 비에 젖은 오래된 빨래 냄새. 나는 몸을 잠깐 부르르 떨었다.

나는 강아지를 들어올리고 달리기 시작했다. 나의 강아지. 나의 흰 강아지. 나는 속으로 미친 사람처럼 중얼거렸다. 속도를 높일수록 뜨거운 바람이 텅 빈 몸속으로 들어왔다. 온몸이 뜨거운 숨으로 가득찬 풍선같이 느껴졌다. 나는 금방이라도 숨이 넘어갈 것처럼 헐떡거렸다. 나는 최대한 그 골목과 멀어지기를 바라면서 멈추지 않고 발을 좀더 빠르게 내디뎠다.

캐치볼

나는 공원에 앉아 있었다. 그것은 내 오랜 습관이었다. 눈을 감고 있는데도 불구하고 눈꺼풀 사이로, 그리고 눈꺼풀 자체가 마치 얇은 복숭아 껍질이라도 된 양 햇살을 완전히 빨아들이고 있다는 느낌을 받았다. 햇살이 어느 때보다 좋았다. 비 소식이 있다고 했는데 빗방울 하나 떨어지지 않는 날의 연속이었다. 나는 실눈을 뜨고 정면을 바라보았다. 강렬한 햇빛에 시야가 흔들렸다. 여름 햇빛은 자주 죽어 있는 사물들을 성큼성큼 다가오는 사람처럼 보이게 하곤 했다. 누군가가 멀리서 운동장을 가로질러 나에게 다가오는 것만 같았다. 나는 눈을 감았다. 어차피 누군가 나타나 어깨를 툭 치며, 오래 기다렸냐는 말 같은 걸 하는 일은 없을 것이었다. 나는 이제 그런 걸 기다리지는 않았다.

나는 딱 한 번 누군가를 좋아했다. 그는 지금쯤 일흔은 족히 먹었을 것이다. 그는 매일 제 열에 못 이겨 뜨겁게 달아오른 광대뼈와 콧등을 비비적거리는 습관을 가진 사람이었다. 그를 만났을 때 처음으로 온몸이 데워졌던 순간을 아직도 잊지 못한다. 늘 식어빠진 국 같던 내가, 제 온도에 얼어죽는 모습이나 상상하던 내가, 처음으로 따뜻한 체온을 가진 사람이 된 것만 같은 기분이었다. 나는 그의 따뜻한 체온이 좋았다. 나는 지금도 그가 입을 굳게 다물고 손바닥으로 자신의 얼굴을 비비고 있는 모습을 떠올리면 가끔씩 온몸이 활활 타는 듯한 느낌이 들곤 한다. 그는 말하자면 높은 체온을 몸안에 잘 간직하고 있는, 털이 무성한 작은 개 같았다. 몸속을 헤집듯이 돌아다니는 냉기 때문에 며칠 잠을 자지 못한 날에도 그만 옆에 있으면 나는 길 위에 있다가도 꾸벅꾸벅 잠이 들었다. 나는 그가 그런 이유 때문이라도 내 곁에 있어야 한다고 생각했다.

비 소식 때문인지 공원엔 사람이 없었다. 떠돌이 개나 고양이들만이 의류수거함이나 큰 트럭 밑에 모여 있었다. 나는 공원이 비워진 느낌이 들 때면 의자나 잘 보이는 나무 기둥에 커다란 여자의 성기와 징그럽게 털이 많이 난 람부탄을 그려넣었다. 내가 여기 있다는 일종의 표식 같은 것이었다. 나는 여러 군데 낙서를 하다 말고 비가 내려 지워진 낙서 때문에 여자의 성기가 아니라 오히려 람부탄을 보고 깜짝 놀라는 누군가의 모습을 상상하며 잠깐 웃기도 했다. 주변의 소음이 점점 그 크기를 키우다가 나중에는 완전히 와해되어 이 공간을 아주 작은 파동으로만 차지하고 있음을 느꼈다. 나는 그걸 좋아했다. 너무 시끄러우면 금방 피로해졌고 아무런 소리가 들리지 않을 때면 숨이 턱턱 막혔다. 나는 눈을 감고 눈앞에 있는 것들을 머릿속으로 그렸다. 하늘을 테두리처럼 두르고 있는 나무들과 농구 골대와 비와 눈에 강한 커다란 시계까지. 이런 머릿속 풍경은 십 년 혹은 이십 년이 지난 후에도 그대로 건재할 것만 같았다. 그것들은 잘 잊히지 않았고 여간해서 잘 변하지도 않았다.

멀리서 야구공이 바닥을 찍고 굴러가는 소리가 들렸다. 용이였다. 용이는 매일같이 이곳에 와서 캐치볼을 했다. 용이는 자기네 집과 가까운 초등학교 운동장이 있음에도 불구하고 항상 이곳을 찾았다.

용아, 넌 학교도 안 가니.

나는 멀리 있던 용이를 가까이에 불러 세워놓고 말했다.

응. 난 공부 안 해도 돼. 엄마가 건강하기만 하면 된다고 했어.

용이가 말했다. 용이는 말을 하는 도중에도 근처 나무에 쉬지 않고 공을 던졌다. 사실 용이가 하고 있는 것은 캐치볼이라고 말하기에도 애매했다. 혼자서 공을 던졌다가 튕겨나오는 것을 받는 식이었다. 용이는 주말이면 축구를 하러 온 애들에게 금방 자리를 빼앗기면서 거의 매일같이 이 공원엘 왔다. 그래서 그런 용이를 보고 있을 때마다 나는 용이가 자기도 잘 알지 못하는 사이 공원에서 누군가를 기다리고 있는지도 모른다고 생각했다. 용이는 고양이들이 부스럭거리는 작은 소리에도 쉽게 고개를 돌렸다. 그러나 실제로 용이를 찾는 사람은 아무도 없었다. 나는 그럴 때마다 용이의 옅은 호박색이 감도는 눈동자와 자주 눈이 마주쳤다. 용이는 나처럼 혼자였다.

여긴 놀 것도 많고, 친구도 있고, 그래서 좋아.

용이가 웃으며 덧붙여 말했다. 용이가 웃을 때마다 용이의 언청이 입술이 말려올라갔다. 나는 용이를 한참 바라보며 고개를 갸우뚱거렸다. 용이가 나를 친구로 생각하고 있는 것 같아 웃겼다.

용이는 내가 아무런 말이 없자, 이 공원에 있는 나무가 다른 공원의 나무들보다 상처가 잘 나고 잘 파인다며 말을 다시 이어갔다. 대단한 악인처럼 말했지만 여전히 어설펐다. 용이는 개도 발로 차지 못하는 애였다. 용이는 며칠 전 공원을 떠돌던 개가 자신의 공을 물어갔을 때도 한참을 꽁무니만 쫓을 뿐 개에게 해코지하지도 못했다. 결국 침 범벅이 되어 뱉어진 공을 주워 손바닥으로 정성스럽게 닦아낼 뿐이었다.

용이가 공원 의자에 앉아 있는 나를 힐끔 보더니 입술을 움찔거리다 멈췄다.

뭐, 하고 싶은 말 있으면 해.

나는 말했다. 용이가 아무 말 없이 부끄러운 듯 얼굴을 붉혔다.

용이는 매일 변함없이 아무것도 모르는 사람처럼 이곳 공원, 내 앞에 서 있었다.

나는 그를 떠올렸다. 그는 그 당시에도 턱에 희끗희끗한 수염이 자라 있었다. 그는 거의 매일 지금의 나처럼 공원 귀퉁이에 앉아 있었다. 자기도 모르는 사이에 왼손으로 자신의 성기를 주무르는 것이 그의 버릇이었다. 그는 무의식적으로 그런 행동을 자주 했다. 나는 어쩐지 무표정한 얼굴로 자기의 성기를 주무르던 그를 떠올릴 때마다 동시에 그의 옆에서 이를 온통 다 드러낸 채 안절부절 웃고 있는 나를 떠올렸다.

나는 다른 사람들보다 이빨이 두 개는 더 있어요. 볼래요?

나는 그런 장면을 떠올릴 때면 그가 가끔 나처럼 이를 드러낸 채 환하게 웃었으면 좋겠다는 생각을 했다. 하지만 그는 상상 속에서도 잘 웃지 않았다.

그는 그저 아무 말 없이 공원에 앉아 어딘가를 뚫어지게 응시했다. 그것이 그가 하는 일의 절반이었다. 그는 매일 인상을 찡그리며 어떤 사소한 풍경들을 기억하려고 애썼다. 아마도 별것 아닌 것들, 나무에서 처음 본 아주 작은 흰 벌레나 여간해선 잘 나지 않는데 어떻게 씨를 뿌렸는지 모르지만 공원 한 귀퉁이에 돋아난 엔다이브 같은 것들에 대한 기억이었다. 그리고 그것이 그에게 사소하게 보이듯 나 또한 그에게 하나의 정물이나 풍경 같은 것에 지나지 않았다. 그는 그 풍경을 지나치듯 나를 떠났다.

열병 같은 거 앓으면 기억을 완전히 잃는 사람도 있잖아. 귀도 먹고. 눈도 멀고. 좋은 거야. 기억이 너무 많으면 머리에 안 좋아.

나는 아주 옛날 그에게 했던 말을 떠올렸다. 그는 그때도 아무런 반응이 없었다. 그는 열병이라도 걸려 목소리를 잃은 것처럼 말이 없었다. 그렇기에 나는 그가 이 공원과 꽤나 잘 어울렸다고 지금도 생각하곤 한다. 너무 많은 기억은 머리에 좋지 않은데. 나는 그것들을 꾸역꾸역 떠올린다.

불구가 되면 이상하게 엄청난 생명력을 느낄 거야.

이 말을 한 사람은 나의 부모였다. 나의 부모는 거의 둘이 동시에 그런 말을 나에게 했다. 그렇지만 그들은 불구는 아니었다. 아니, 어쩌면 그들은 한 사람을 억지로 분리해놓은 것 같았다. 그들은 늘 붙어 있었고, 같은 식탁에 앉아 밥을 떠먹고 같은 소파에 앉아 티브이를 보고 같은 때에 환호성을 질렀다. 나는 그런 모습을 볼 때마다 역겨움을 느꼈다. 시간이 지날수록 그들은 서로의 모습까지도 조금씩 나누어 가졌다. 아버지는 머리를 길렀고 어머니는 머리가 조금씩 자라날 때마다 곧바로 미용실로 달려갔다. 나는 그 둘이 지독한 정신병에 걸린 것이라고 여겼다.

불구가 되면 이상하게 엄청난 생명력을 느낄 거야.

나는 그 말을 떠올릴 때마다 내가 그들에게 얼마나 짐짝 같은지 다시금 생각했다. 나는 그 둘의 삶에서 짐이었다. 그들은 내가 어서 빨리 불구가 되어 이 집을 떠나 자생하길 바라는 것 같았다. 그들 인생에서는 모든 것이 딱 이 인분씩만 필요했다. 나는 그걸 잘 알았다. 나는 그들이 먹다가 남긴 음식이나 버리는 옷이 생기면 그것들만 가지고 그들 옆에 붙어살았다. 그들은 서로에게 바빴기에 나에게 부모로서 꼭 알려주어야 할 것들에 대해서 한 번도 일러주지 않았다. 예를 들어 아주 사소하게, 모기 물린 곳을 계속 긁으면 안 된다든지 잠이 오지 않을 때는 양을 세어야 한다든지 하는 말을 일절 해주지 않았다. 나는 가려우면 피가 날 때까지 긁었고 잠이 오지 않을 때는 잠을 자지 않았다. 나를 모르는 사람들은 내가 타고나길 병약한 체질이라고 말했다. 나는 자주 추위에 몸을 떨었다. 그래도 굶어죽거나 큰 병에 걸리지 않았다.

나는 그가 떠난 뒤 완전히 엉망진창으로 살았다. 그가 갑자기 나를, 이 공원을 떠난 이유를 도저히 알 수 없었다. 어느 날 잠을 자다가 뜨거운 열 때문에 머릿속 기억들이 한순간 다 타버렸을지도 모른다고 생각하기도 했다. 하지만 나는 지금까지도 그 이유에 대해 제대로 알지 못한다. 나는 아무것도 하지 않았다. 추위에 온몸이 떨려 잠이 오지 않았다. 나는 당장이라도 그를 옆에 두고 밀린 잠을 자고 싶었다. 그러나 그는 나 같은 것은 완전히 잊었다는 듯이 다시 공원에 나타나지 않았다. 나는 서 있다가도 악몽에 시달렸다. 나는 그렇게 나도 모르게 잠깐잠깐 끔찍하게 잠드는 것으로 부족한 잠을 채웠다. 변한 것은 아무것도 없었다. 시간이 얼마나 지났는지도 잘 알지 못했다. 그렇기에 앞으로도 변할 것은 아무것도 없어 보였다. 공원은 아무런 변화도 없이 그곳에 있고 나는 이제 거기에 혼자 있을 것이었다. 그것은 생각만으로도 넌더리 나는 짓이었다. 나는 모든 마음이 소진된 사람처럼 굴었다.

엄청난 생명력, 엄청난 생명력, 나는 그 말이 생각날 때마다 읊조려 중얼거렸다. 나는 아직 그것을 잘 알지 못한다. 매일같이 잠이 쏟아졌지만 몸속을 맴도는 추위가 불편해 완전히 잠들지는 못했다.

나는 나무에 세게 맞아 아주 빠른 속도로 튀어오르는 용이의 공을 눈으로 좇고 있었다. 용이의 공은 낡은 것에 비해 아주 잘 튀었다. 그런 공으로 캐치볼을 하고 있는 용이를 볼 때마다 나는 문득 문득 부모의 말이 떠올랐다. 용이는 혼자서도 공을 나무에 잘 때려박았다. 그리고 그때마다 언청이 입술 때문에 어쩔 수 없이 웃고 있는 얼굴이 아주 잘 보였다. 나는 어쩌면 용이의 저런 모습 자체가 그의 생명력을 대변해주고 있다는 생각을 했다. 멍청하게 반복되는 일들.

용아. 계속해. 계속 공을 던져.

나는 잠깐 쉬며 복숭아뼈를 만지고 있는 용이에게 말했다. 용이가 천천히 일어서서 보란듯이 공을 나무에 세게 던졌다. 공이 긴

포물선을 그리며 용이의 한참 뒤로 날아갔다.

어, 어, 멀리 간다.

용이가 말했다. 언청이 입술 사이로 흰 이가 드러났다.

공원의 빽빽한 나무 뒤로 타들어가듯이 해가 지고 있었다. 나무 의자에 낙서한 커다란 람부탄이 더위에 조금씩 녹아내리는 것 같았다. 나는 빽빽한 눈을 비비적댔다. 용이가 멀리서 던진 공이 다시 숲으로 빨려들 듯 사라졌다. 나는 공이 사라진 쪽을 쳐다보다가 풀숲이나 운동장을 가로지르며 누군가 나타나면 좋겠다고 잠깐 생각하다가 이내 생각을 지웠다.

숙아. 어제 엄마한테서 전화가 왔어. 요즘은 여름이라 꽤 바쁘대. 그리고 베란다에 쥐가 나와서 농약을 우유에 섞어서 놓았는데 그걸 먹고 오늘 아침에 쥐가 세 마리나 죽어 있었대.

용이가 자신의 팔을 치켜들며 들뜬 목소리로 말했다. 며칠째 소식만 있을 뿐 내리지 않는 비 때문에 공원이 한산했다. 부모는 매일 아침 날이 점점 무덥고 습해진다며 숨이 막힐 것 같다고 말했다. 나는 그런 말을 떠올리며 공원에 앉아 차갑게 굳은 딱딱한 손마디를 접었다가 폈다. 조용했다. 누군가가 사람이 아무도 없는 나무 밑은 무서운 풍경이라고 말했었는데. 누가 그런 말을 했는지는 기억나지 않지만 그 말은 정말로 떠오르는 동시에 아무도 없는 나무 밑을 무섭게 만들었다. 그 말을 한 사람은 아마 나처럼 여간해서 공원을 벗어나지 않는 사람일 것 같았다.

용이는 나무가 우거진 곳으로 뛰어가 한참 동안 사라진 공을 찾더니 다시금 내 앞에 서서 여전히 바짝 마른 동물의 가죽 같은 야구공을 엄지로 만지작거리고 있었다. 나는 그게 꼭 죽은 쥐를 쓰다듬는 그의 엄마와 닮아 있을 것이라고 생각했다.

용아 너는 너네 엄마를 닮았어? 그것도?

나는 그 모습을 가만히 보다가 갑자기 그런 말을 했다. 나는 용이의 말에는 별 관심이 없었다.

아니. 우리 엄마는 예뻐. 나처럼 안 이래. 우리 엄마는 하얗고 입술도 예뻐. 내가 별종이지.

용이가 웃으며 말했다. 그렇게 수줍은 듯 말하는 용이 때문에 짜증이 났다. 용이는 거의 매일같이 자신의 부모에 대해서 떠들었다. 특히 엄마에 대해서 자주 이야기했다. 그의 부모는 한 달에 세 번쯤 그에게 전화를 했고 그가 굶어죽지 않을 정도로만 돈을 줬다. 나는 그걸 잘 알았다. 용이는 돈을 받을 때마다 나를 햄버거 가게에 데려가주었다. 그 가게는 햄버거를 한입씩 베어물 때마다 아르바이트생의 노란 머리카락이 하나씩 딸려나왔다. 용이는 그럴 때마다 아무 말 없이 말려올라간 자신의 입술 사이로 그것을 자연스럽게 쭈욱 빼냈다. 나는 인상을 찌푸렸다. 그러면서 용이가 어쩐지 습관처럼, 엄마의 이야기를 할 때도 그러하듯이, 공을 던지다 말고 간간이 주위를 돌아보는 것이 꼭 얼굴이 하얗고 예쁘다는 그의 엄마가 갑자기 나타날 것 같기 때문이라고 생각했다.

이거 나무에 상처 난 거, 엄마가 보면 웃겠지? 내가 이렇게 한 걸 보면 웃을 거야. 내가 아무것도 못하는 줄 아는데. 잘했다고 하겠다. 공을 아주 잘 던진다고.

나는 간간이 운동장을 가로질러 보며 그런 말을 하던 용이가 생각났다. 그들은 용이가 그들을 기다리는 만큼이나 용이에게 오지 않았다. 가끔 전화를 하고 햄버거를 사 먹을 수 있는 돈을 주는 것이 전부였다. 나는 그들의 삶에도 용이가 끼어들 자리가 없다고 생각했다.

나는 젖은 나무 냄새가 밴 공을 쥐고 서 있는 용이를 쳐다보았다. 용이는 너무 잔인할 정도로 뜨거운 무언가로 살을 지져서 고정시켜놓은 것처럼 엉성하고 짓눌린 입술을 매달고 있었다. 나는 용이의 시선이 텅 빈 운동장을 가로지를 때마다 용이의 눈 속에서 반짝거리는 그 호박색의 빛을 느꼈다.

넌 그게 재밌니. 던져주는 사람도 없는데. 심심하잖아.

나는 말했다. 더위 때문에 금방 달아오른 용이의 얼굴에 땀이 흥건했다. 나는 그런 모습을 보는 것이 별로 좋지 않았기에 어쨌거나 비라도 내리면 나쁘지 않을 것 같았다.

재밌거든. 어차피 누가 던져줘도 똑같거든.

용이가 말했다. 용이는 요즘 틈만 나면 사춘기 아이들이 하는 소심한 반항처럼 일부러 말끝을 기분 나쁘게 올리며 대답했다. 용이가 그런 말투로 말을 뱉을 때마다 공원의 조용함이 깨지는 것 같은 기분이 들었다. 용이는 이 공원과 어울리지 않았다. 나는 용이가 던지는 공을 막무가내로 받아내느라 홈이 팬 나무를 보았다. 공원 테두리에 심어진 나무들에 한 군데씩은 야구공으로 맞아 팬 자국이 있었다.

넌 너네 엄마가 좋아? 너네 엄마는 너 안 좋아하는데. 그러니까 너도 너네 엄마 좋아하지 마라. 안 그럼 혼자만 병신이 되는 거래. 학교 가면 그런 것도 가르쳐주는데 넌 학교를 안 가서 잘 모르겠다. 넌 병신이 맞잖아, 용아.

나는 말했다. 용이의 공이 나무에 맞아 높게 튀어올랐다.

아니거든. 우리 엄만 나 좋아하거든. 제일 좋다고 했거든. 난 엄마 좋은데…… 엄만…… 진짜로…… 입술도…… 예쁘거든.

나는 손가락을 치켜들고 용이의 입술처럼 내 입술을 비죽 위로 말아올렸다. 그러곤 용이가 말할 때처럼 입술을 움찔거리며 용이의 말을 따라 했다.

아닌데. 우리 엄마는 나 좋아하는데. 세상에서 제일 예쁜데. 근데 난 혼자 이렇게 병신이래요.

나는 용이가 엄마 이야기만 나오면 부끄러운 듯이 말하는 것이 마치 엄마를 애인 대하듯 하는 것 같아 기분이 나빴다.

용아 넌 너네 엄마랑 잤지? 그런 거지?

용이는 내 말이 끝나자마자 귀부터 시작해서 얼굴이 빨갛게 달아올랐다.

이상한 말 하지 마.

용이가 나에게 야구공을 던졌다. 이번엔 정확한 캐치볼이었다. 나는 한 손으로 용이가 던진 야구공을 잡았다. 더러운 짐승을 만진 것처럼 느낌이 좋지 않았다. 어떻게 이렇게 낡은 공이 다시금 튀어오르는지 신기했다. 나는 진저리치듯 공을 다시 용이에게 던져주었다. 용이는 내가 던져준 공을 정확히 받아냈다. 그러곤 누군가 자신에게 공을 던져준 것이 아주 오랜만이라는 듯 조금 얼떨떨한 표정을 짓더니 뒤꿈치를 조금 들어올려 몸을 들썩였다. 기분이 좋아 보였다. 가끔 잘못 튕겨나온 공을 용이에게 던져주면 용이는 그런 식으로 몸을 들썩이곤 했다. 나는 용이가 자기에게 공을 던져줄 누군가를 찾는다면 분명 지금보다 조금은 행복해질 것이라고 생각했다.

용아, 친구를 좀 사귀어봐.

나는 말했다.

싫거든. 난 이미 친구 있잖아. 그리고 어차피 누가 던져주나 안 던져주나 똑같거든.

용이가 재차 말했다. 거짓말. 나는 속으로 중얼거렸다. 용이는 거의 같은 자리에서 움직이지 않은 채, 마치 자기의 공을 던져줄 누군가가 나타나기만을 기다리는 사람 같았다. 용이는 엄마에 대해, 엄마가 지내는 시골 풍경과 생활에 대해, 그리고 언제나 그 자리에서 튀어오르는 공에 대해서만 떠들 뿐이었다. 나는 그런 용이가 점점 짜증이 났다.

용아. 너네 엄마가 널 아주 예전에 버린 걸 수도 있잖아. 그러니까 엄마, 엄마, 하지 말고 너도 나처럼 좀 어른답게 굴어봐. 기다리지 말아봐.

나는 말했다. 용이는 내 말이 들리지 않는지 나무에 맞아 튕겨 나온 공을 주우러 운동장을 가로질러 뛰어갔다. 나는 여전히 한쪽 입술이 비죽 올라간 채 공을 주우러 다가오는 용이에게 조금 징그러운 기분을 느꼈다. 용이가 이 공원에서 영원히 같은 모습으로 공을 던지며 누군가를 기다릴 것만 같았다.

나는 누워서 아주 오래전 그의 얼굴을 떠올리려고 애썼다. 그것은 하루에도 몇 번씩 되풀이하는 일이었지만 그리 오래 지속되지는 않았다. 그의 인상은 어느 정도까지 되살아나다가 쉽게 무너졌다. 나는 말이 없다는 것이 그의 인상을 더 빠르게 무너뜨린 이유라고 생각했다. 아직도 섹스 같은 걸 하세요? 나는 그를 떠올릴 때마다 그런 질문을 생각했다. 궁금했다. 그게 왜 궁금한 것인지 모르겠지만 아마도 그를 제일 잘 드러낼 수 있는 질문은 그것뿐이었다. 우리는 공원에서 몇 번 했다. 나는 옛날 기억들이 생생하게 떠올라 조금 웃었다. 그러곤 그가 아주 돼먹지 못한 계모 같은 여자에게 갔을 것이라는 생각을 잠깐 했다. 싸구려 비누 냄새가 나는, 하루에 적어도 세 번 샤워를 하는 결벽증에 가까운 여자. 나는 그런 상상을 질릴 때까지 하다 그만두었다. 나는 내 질문에 대한 대답을 듣고 싶을 때마다 심각하게 혼잣말을 중얼거렸다. 그것이 그가 가고 난 뒤의 습관이었다. 나는 혼자 말하고 혼자 중얼거리는 말소리를 들었다. 그리고 그런 중얼거림은 시간이 지날수록 내 귀에 점점 더 이질적으로 들렸다. 나는 누군가의 대답이 참을 수 없이 듣고 싶을 때마다 용이를 찾아갔다. 그리고 용이는 언제나 그렇듯 거의 똑같은 자리에서 캐치볼을 하고 있었다. 용이는 단색 계열의 옷을 주로 입고 있었는데 나는 그 모습이 꼭 아주 어린 아이를 세워둔 것만 같았다.

용아, 넌 날 좋아했지.

나는 나무 의자에 앉아 용이를 보면서 말했다. 용이가 내 옆으로 바짝 다가와 앉은 채, 입술 사이로 무언가를 오물오물 씹었다. 아마도 자기의 손톱 끝이나 거스러미를 뜯어 입안에서 놀리고 있는 것 같았다. 용이는 꼭 이로 손을 정리했다. 오물거리는 입 때문인지 용이의 언청이 입술이 더욱더 눈에 잘 들어왔다. 용이는 손톱을 뜯다가도 감지 않은 머리가 가려운지 가끔씩 들쑥날쑥한 손톱을 세워 머리에 상처를 내듯 박박 긁었다.

용아, 넌 날 좋아하고 있지. 아주 옛날부터. 이 공원에서 나를 만나기 전부터. 그렇지?

용이가 입을 쉴새없이 움직이며 그 사이로 말을 뱉었다.

응, 좋아. 너는…… 맨날 여기 있잖아. 어디 가지도 않고……

난 니가…… 맨날 여기 와서 좋아. 앞으로도 맨날 올 거지? 약속한 거다.

용이는 별로 길지 않은 그 말을 아주 길게 말했다. 나는 용이의 말에 대답하지 않았다. 용이는 말을 뱉어내는 동안에도 바짝 올라간 입술 때문인지 여전히 웃는 모양새를 취하고 있었다. 나는 계속해서 움찔거리고 있는 용이의 입술을 바라보았다. 어떤 말이든 웃는 모습으로 하는 용이를 보면서 가끔 무서운 생각이 들었다. 어쩌면 나를 굉장히 미워하고 있는지도 몰랐다.

용이는 캐치볼을 쉴 때마다 눈에서 초점을 풀었다. 나는 용이의 그런 눈을 보며 예전에 그 남자가 자신의 바지에 손을 넣고 공원 구석에서 성기를 주무르던 모습을 잠깐 떠올렸다. 그가 왜 항상 공원에서 그 짓을 했는지는 알 수 없었다. 그는 절정이 올 때마다 눈을 질끈 감은 채 짧은 숨을 뱉어냈다. 그러곤 습관처럼 한참 초점을 이상하게 흐트러뜨렸다. 나는 그런 눈을 보고 나면 며칠이고 묘하게 슬픈 기분에 사로잡혔다. 그것은 별 장면은 아니었지만 공원 구석에 아주 오랫동안 남아서 나를 따라다녔다.

나는 고개를 돌려 여전히 눈의 초점이 맞지 않는 용이를 자세히 보았다. 그와는 다르게 용이는 까까머리가 잘 어울리는, 기껏해야 청소년기쯤 된 남자아이처럼 보였다. 바람이 불 때마다 용이에게서 이제 막 청소년기로 접어든 남자아이들의 퀴퀴하고 찐득한 냄새가 났다.

용아 넌 언제 어른이 될 거야? 넌 아는 게 아무것도 없잖아. 그렇지.

용이가 초점이 흐려진 멍청한 눈을 하고는 나를 힐끗 쳐다보았다. 용이의 흐린 눈 속에 그 호박색의 빛이 여전히 떠돌고 있었다.

내가 왜 몰라! 난 다 아는데. 다 물어봐, 다.

그래? 너네 엄마가 비밀이라고 그랬는데, 니가 무지 싫대. 징그럽대. 그러니까 자길 좋아하지 말래. 그것도 알고 있었어?

나는 기세가 등등한 바보 같은 용이의 모습을 보며 그렇게 말했다.

거짓말. 아니거든. 엄마는 나 좋아하거든. 며칠 전에도 전화했거든. 괜히…… 난 너랑 다르거든. 질투하는 거지. 우리 엄마가 날 좋아하고 돈도 줘서. 넌 아니니까.

용이는 화가 난 듯 습관적으로 말끝을 올리는 그 말투를 한번 더 꺼내 보였다. 감정을 실어 공을 꽉 쥐고 있는 용이의 손이 눈에 들어왔다. 용이의 물어뜯은 손톱이 엉망이었다. 손톱은 잇자국으로 들쑥날쑥 파여 있었고 어떤 것은 잘못 뜯어낸 것처럼 대각선으로 깊게 잘려 손톱 밑의 붉은 살이 통통하게 올라와 있었다. 나는 그것들을 가만히 내려다본 다음 잠시 동안 아무 말도 하지 않았다. 용이는 정말로 아무것도 모르는 것 같았다. 언젠가 반드시 다시 올 사람은 기다리고 있는 사람을 혼자 분주하게 만들지 않는다. 용이는 공을 던지다가도, 이렇게 조용히 눈의 초점을 풀고 있을 때에도 가끔씩 주위를 둘러보았다. 나는 그런 모습의 용이가 싫었다. 용이는 오히려 반대로만 생각했다. 멍청하게 시간을 유예하는 사람처럼. 나는 그렇기에 용이가 모르고 있다면 앞으로도 차라리 아무것도 알게 하고 싶지 않았다. 평생 공원에서 바보처럼 공만 던지며 절대 오지 않을 이들이나 끝없이 기다리도록 내버려두고 싶었다. 그러면서 공을 던지는 단순하고 반복적인 그 일만으로도 엄청난 생명력을 느껴 그곳에 늘 혼자 남아 있었으면 좋겠다고 생각했다. 나는 나조차 없는 공원에서 람부탄이 아니라 나무에 상처나 내며 자기를 표시하고 있을 용이를 잠깐 생각했다.

응, 그래. 맞아. 우린 달라. 너네 엄마는 널 사랑하고 난 아무도 사랑해주지 않지. 넌 그래서 누군갈 기다리고 난 이제 아무도 기다리지 않아.

나는 말했다. 용이가 머리를 긁적였다. 미안해서 그러는 듯 보였지만 혹은 단지 가려운 것일 수도 있었다. 바보. 그런 용이를 보고 있자니 갑자기 마음속에서 무언가가 끓어올랐다. 용이의 공을 당장 개에게라도 던져주고 싶었다. 나는 그런 기분을 숨기기 위해 일부러 웃었다.

용아, 니 말이 맞아. 넌 나처럼 고아는 아니지. 널 버린 사람도 없고. 근데 그렇다고 네가 어른이라고 생각하는 건 아니야. 난 네가 바지에 손을 넣고 이렇게 하는 게 보고 싶어. 그럼 네가 어른이라고 생각해줄게. 나중에 너네 엄마가 왔을 때, 네가 조금이라도 어른이 된 걸 보여줘야 하지 않아? 엄마가 분명 자랑스러워할 텐데. 한번 보여줘.

나는 그렇게 말했다. 멍청한 용이를 완전히 바보처럼 대하고 싶었다. 용이는 잠깐 당황하는가 싶더니, 한참을 앉아서 생각했다. 조금 부끄러워 보였지만 용이는 그 부끄러움을 참으면서 스스로를 자랑스러워했다.

용아 너는 진짜 남자다. 그렇지?

나는 말했다. 멍청한 용이가 고개를 살짝 끄덕였다.

용이는 내가 앞에 있어서인지 쉽게 사정하지는 못했다. 혹은 한 번도 제대로 자위를 해본 적 없는 것 같았다. 용이는 한참 사정하지 않은 채 멀뚱멀뚱 눈을 끔뻑였다. 주변에 매미 울음소리가 찌르르 울리고 있었다. 그 소리가 너무 커서 귀가 먹어버릴 것만 같았다. 나는 용이의 축축한 바지를 내려 그에게 했던 것처럼 팽팽한 성기에 입술을 가져다대고 입을 맞춰주었다.

용아, 넌 이제 어른이네. 여자랑 이런 짓도 하고. 나중에 엄마한테 꼭 자랑하렴.

나는 말을 마친 뒤 곧장 일어나 집으로 걸었다. 사정없이 울어대는 매미 탓에 몸이 피로했다. 등뒤에서 용이가 무어라 중얼거리는 소리가 들렸다. 어설픈 말투로 사랑한다거나, 나는 모든 걸 다 알고 있다는 식으로 단정하는 목소리였다. 나는 용이의 말을 그대로 무시한 채 걸었다.

나는 집으로 돌아와 방에 그대로 엎드렸다. 방을 반 갈라 들어오던 뜨거운 햇빛의 면적이 차츰차츰 줄어들고 있었다. 몸이 오들오들 떨렸다. 비는 지겹도록 내리지 않았다.

좆같아.

나는 누구라도 들으라는 식으로 중얼거렸다. 모두에게 장난을 치고 있는 티브이 속 그 여자에게 욕이라도 퍼붓고 싶었다. 나는 베개를 가져다가 얼굴을 파묻었다. 어지러웠다. 사정을 하지 못한 채 눈을 끔뻑이고 있던 용이의 얼굴이 자꾸만 떠올랐다. 나는 그런 용이를 생각할 때마다 어쩐지 불편해지는 마음을 언제나 똑같은 공원 속 풍경을 떠올리며 지웠다. 희미하게 문이 열리는 소리가 들려왔다.

넌 아직도 이러고 있니. 언제까지 이럴 작정이야, 도대체가. 우린 차라리 니가 젊은이다웠으면 좋겠다. 밖에 나가봐라. 할 게 얼마나 많은데.

누군가가 말했다. 나는 누군지 모르지만, 어쩌면 그건 어머니 혹은 아버지 그것도 아니면 그 둘의 입에서 동시에 나오는 소리라고 생각했다.

몰라요. 모르겠어요. 전 못해요. 너무 추워요.

나는 얼굴을 베개에 묻은 채로 웅얼거렸다. 그러곤 정말로 모르겠다는 생각을 했다. 나는 알지 못했다. 나는 엄청난 생명력, 그런 걸 가진 불구가 아니었다. 나는 매일 똑같이 반복되는 이 생활에 활력 같은 걸 느끼지 못했다. 나는 차라리 모든 게 끝나버렸으면 좋겠다고 생각했다. 어느 날 공원이 무너져버리거나 더이상 용이가 공을 던질 수 없는 순간이 오거나 그가 아주 노쇠해져 어느 날 길을 걷다가 죽어버렸다는 소식을 누군가에게라도 전해듣고 싶었다. 나는 오랜만에 그가 나를 만져줄 때처럼 얼굴에 따듯한 열기가 차올랐다. 나는 조용히 울었다. 그런 열기에 묻혀 잠이 들고 싶었는데 잠은 지독하게 오지 않았다.

그들은 나를 한참 쏘아보다가 문을 닫았다. 나는 좀더 고개를 묻고 싶었지만 얼굴을 들뜨게 하는 열 때문에 숨이 차 그만두었다. 나는 기도에 걸린 침을 바닥에 뱉어냈다. 그리고 벽에 기대서 빛이 점차 어두운 그림자로 변하는 것을 오랫동안 지켜보았다. 나는 갑자기 이런 사소한 장면 하나하나를 기억하려고 애쓰던 그가 비겁하다고 느껴졌다. 그는 절대로 이런 아름다운 것을 머리로 오랫동안 기억하며 자신을 치장할 수 없는 구리고 쉰내가 나는 노인이 되었음이 틀림없었다. 그는 자기밖에 몰랐다. 그리고 지금 이 깨달음이 그가 남긴 모든 질문의 이유가 될 것도 같았다. 그는 여전히 어딘가에 숨어서 자위나 하며 아무것도 기억하지 못한 채 고독하게 노후를 장식하고 있을 게 뻔했다. 그는 처음부터 끝까지 아름다운 것과는 거리가 멀었다.

벙어리. 물론 그게 정말 열 때문이었지는 모르겠지만, 나는 그토록 말이 없던 그가 그랬던 것처럼 별로 말을 하고 싶지가 않았다. 지금쯤 어쩌면 그때보다 훨씬 늙어버린 그가 꾸준히 말을 줄여가 정말로 완전한 벙어리가 되어 있을지도 모른다고 생각했다. 그리고 그가 아직 살아 있다면 그것은 분명히 그가 벙어리이고, 불구인 탓일 것이었다.

여름은 언제나 지독했고 겨울은 악랄했다. 나는 그것을 견딜 수가 없었다. 차라리 나는 누구나처럼 불구가 되어 엄청난 생명력, 그런 걸 느끼고 싶었다. 나는 말을 조금씩 줄이기로 했다. 못 견디게 말을 하고 싶을 때에는 말 대신 입속에 과자를 마구 욱여넣었다. 과자를 한참 씹다보면 주변이 어떤 것으로 가득차 있는 기분이 들곤 했다. 나는 그것에 작은 위안을 느꼈다. 나는 닥치는 대로 입에 무언가를 가져다 넣었다. 입천장이 까져서 음식을 도저히 못 씹을 때는 초콜릿이나 캐러멜을 혀로 녹여서 꿀떡꿀떡 삼키기도 했다. 나는 그런 소리를 들으며 말을 잘 줄여갔다. 그것은 나만 아는 비밀처럼 천천히 진행되고 있었다.

나는 소리를 들었다. 분명한 함성 소리였다. 퇴각 나팔 불 생각을 하지 않는 사람들이 동네 공원에 모여서 소리를 지르고 있었다. 사람들은 폭우가 내릴 거라는 일기예보를 더이상 믿지 않았다. 주말이었다. 나는 최대한 말을 줄이기 위해 이틀에 한 번 혹은 삼 일에 한 번꼴로 공원에 나가 용이와 잠깐씩 말을 했다. 용이는 나에게 요새는 왜 자주 오지 않냐며 투덜댔다. 나는 소음 때문에 공원 귀퉁이에 앉아 귀를 틀어막았다. 용이는 공원 귀퉁이로 밀려난 뒤에도 여전히 한구석에서 캐치볼을 하고 있었다. 나는 그런 용이를 보고 욕을 하려다가 그만두었다. 그저 용이가 영원한 바보가 됐으면 좋겠다고 한번 더 생각했다. 나는 용이를 가만히 쳐다보다가 용이의 눈 속, 가만히 빛나는 그 호박빛이 끔찍하다고 생각했다. 용이의 눈은 하루가 다르게 호박색으로 천천히 채워지고 있는 것만 같았다. 그런 용이의 눈을 보고 있으면 나중에 용이가 나를 엄청나게 미워해서 나를 꼭 죽이러 올 것만 같았다. 어쩐지 나를 이미 다 알고 있는 듯한 느낌이 드는 그 눈빛이 싫었다.

나는 공원 한구석에서 물고 있던 용이의 성기를 놓고 입술을 닦았다.

요즘 왜 잘 안 와?

용이가 말했다. 용이는 이제 예전처럼 부끄러워하거나 긴장감에 사정을 못하지도 않았다.

이틀 전에 왔잖아. 고작 이틀인데. 앞으론 더 안 올 수도 있어.

나는 용이를 쳐다보면서 말했다. 용이의 눈 속에 내가 길고 흐릿한 상으로 담겨 있었다. 못생겼다. 나는 속으로 중얼거렸다.

용아, 넌 나중에 나를 죽이러 올 거지. 그렇지. 나중에 나한테 꼭 복수를 할 거지.

나는 말했다. 용이는 이제 부끄러운 것을 느끼지 못하는 사람처럼 허공을 보며 더러운 손으로 자신의 귓바퀴를 어루만지고 있었다. 용이는 내 말이 들리지 않는지 아무런 대답도 하지 않았다.

용아, 넌 나중에 내가 없어져도 날 찾지 말고 여기서 기다려야 돼. 알았지? 넌 그런 걸 잘하잖아. 그럼 내가 늙어서 죽기 전엔 꼭 올게.

나는 멍하게 앉아 있는 용이에게 말했다. 그러곤 나도 모르게 그런 말을 하며 추위에 조금씩 떨고 있는 내가 한심해졌다.

무슨 말이야? 어디 가?

용이가 귓바퀴를 만지던 손을 멈추고 화들짝 놀라 말했다.

몰라, 용아. 나도 몰라. 나도 너처럼 아무것도 모를 거야. 아니다, 죽기 전엔 알 수도 있나.

나는 웃으며 말했다. 그러고는 아무 말 없이 용이의 눈 속에 차오른 내 얼굴을 잠깐 보다가 고개를 돌렸다.

나는 아무 말 없이 고개를 숙이고 있는 용이에게 손을 뻗었다. 용이가 자기를 만지지 못하도록 내 팔목을 꽉 잡았다. 처음이었다. 나는 그때 처음으로 용이에게서 강한 힘을 느꼈다. 나는 조금 놀랐다. 용이의 힘이 뼈에 직접 맞닿는 것처럼 아팠다.

악마. 넌 진짜 악마 같아.

용이가 들릴 듯 말 듯한 목소리로 말했다.

나는 좀더 말을 철저히 아끼기로 했다. 나는 공원이 아닌 방에 앉아서 대부분의 시간을 보냈다. 부모는 나를 더이상 들여다보지 않았다. 나는 그게 편했다. 둘은 가끔씩 깔깔깔 웃거나 티브이를 보면서 환호성을 질러댔다. 나는 방에 틀어박혀 나조차도 무슨 생각을 하는지 모르게 여러 가지를 떠올리며 시간을 잘 보냈다. 아마도 노인이 된 그와 마지막으로 섹스를 한번 더 하고 싶다는 생각을 하거나 용이가 나를 꽉 잡았던 그 느낌이 가끔씩 떠올라 한참을 멍하게 앉아 있는 것이 전부였던 것 같다. 나는 가끔 초콜릿이나 캐러멜을 혀로 녹여 꿀떡꿀떡 소리나게 삼켰다. 그 소리 때문에 방이 그다지 조용하지가 않아서 나는 잘 적응했다.

나는 일주일 간격으로 공원엘 나갔다. 멀리서 용이가 한 손에 무언가를 든 채, 여전히 서 있었다. 나는 나무 그늘 밑에서 자꾸만 엇갈리는 시야, 아마도 그건 아지랑이 때문이겠지만 그것을 도로 맞춰놓기 위해서 고개를 이리저리 돌리고 있었다. 공원이 휘어질 때마다 타악기 소리를 냈다.

용이가 멀리서 앉아 있는 나를 보고 한달음에 뛰어왔다. 매일 웃는 얼굴이던 용이가 그때는 왠지 웃고 있지 않은 것 같은 기분이 들었다.

이것 봐.

용이는 다짜고짜 나에게 흰 봉투를 내밀었다. 나는 얼굴에 맞닿을 듯 가까이 다가온 그 봉투를 치워버리고 싶었다. 그 봉투가 무엇인지 궁금하지가 않았다. 흰 봉투에는 손때가 타 거뭇거뭇한 지문들이 묻어 있었고 촌스러운 무궁화 우표가 붙어 있었다. 용이는 내가 아무 말도 하지 않자 봉투를 내 앞으로 조금 더 가까이 들이밀었다. 하도 만지작거려서 종이가 거의 닳다시피 했지만 아직 뜯어보지는 않은 듯했다. 나는 아무 말 없이 그 봉투를 다시 용이에게 내밀었다. 용이가 나를 한번 더 방해한다면 집으로 돌아가버릴 심산이었다.

왜 이렇게 안 왔어. 기다렸잖아. 요즘 왜 이렇게 안 와? 맨날 온다고 약속했잖아.

용이가 말했다. 용이는 내가 했던 말도 기억하지 못한 채 매일 그런 식의 똑같은 말을 반복했다. 나는 더이상 아무 말도 하지 않았다. 그저 나긋나긋 말하는 용이를 뚫어져라 쳐다보다가 반짝이는 그 호박빛을 마주할 때마다 고개를 돌렸다.

너 올 때까지 안 뜯었는데…… 이거, 너가 대신 읽어줘.

용이가 손을 움직이며 말했다. 사실 손보다 입술이 더 자주 오물거리고 있었다. 용이는 쭈뼛쭈뼛 그 편지를 나에게 다시 내밀었다. 이제 나는 말을 초콜릿이나 캐러멜을 삼키듯 자연스럽게 삼키고 있었다.

부탁할게.

용이가 떨리는 목소리로 덧붙였다. 호박색의 빛이 눈동자 주위로 은은하게 반짝이고 있었다. 나는 그것을 보다가 나도 모르게 몸을 조금 떨었다. 추위 때문은 아니었다. 말하자면, 나는 조금 무서웠다. 용이가 그런 눈을 한 채 나를 속이고 있는 것만 같았다.

바보 같은 모습으로 나를 속이며, 내 얄팍한 마음을 자기는 이미 안다는 듯이, 그 빛나는 눈으로 나를 놀리고 있는 것 같았다.

나는 나도 모르게 편지봉투의 윗머리를 뜯었다. 아직도 내가 그때 왜 그런 행동을 했는지 알 수 없다. 얼마나 많이 만졌는지 조금 축축해진 봉투가 소리도 없이 찢겼다. 나는 글자들을 천천히 읽어 내려갔다. 편지의 내용은 거의 용이의 안부에 관한 것이었고, 그들이 어떻게 지내는지에 관한 지루하고 따분한 이야기가 나머지를 차지하고 있었다. 죽은 쥐나 여름에 맛있게 먹은 찰옥수수에 대해서나, 며칠 전 머리가 두 개인 작은 실뱀을 보고 놀란 일 같은 사소한 이야기들이었다. 나는 굳이 왜 이런 편지를 보냈는지 의아했다. 그들은 한 달에 딱 세 번 통화를 했고 용이가 굶어죽지 않을 정도의 돈을 보내주었다. 용이가 나에게 편지를 줄 때 느낀 무서움과 반대로 그 편지 속 내용은 아무런 특별한 점이 없었다. 무엇인가 힘들다거나 아프다거나 더이상 돈을 보내줄 수 없다거나 하는 말은 없었다. 나는 그 별것 없는 편지를 여러 번 읽었다. 하지만 나는 이 편지를 읽으면 읽을수록 아마 이것이 그들의 마지막 편지일지도 모른다고 생각했다. 편지지가 많이 구겨져 있었고 글씨가 번져 있었다. 어떤 것들은 마지막이라는 구색을 갖추지 않고 한순간 떠나버렸다. 그런 마지막은 어느 때보다 차분했고 오히려 잔잔했다. 나는 그게 얼마나 오랫동안 남은 사람을 차분하고 잔잔하고, 아무것도 흐르지 않는 시간 속에 살게 만드는지 잘 알았다.

용이가 앞에 서서 입을 움찔거리며 안절부절못하는 표정으로 공을 만지작거렸다. 나는 어쩐지 용이가 나에게 이것을 대신 읽힘으로써 나를 붙잡아두려는 것만 같았다. 내가 그런 용이의 마음을 무시한 채 용이를 떠난다면 그 호박색의 눈을 한 채로 용이가 나를 죽도록 미워할 것만 같았다. 그리고 그렇다면 나는 한편으로 용이를 그대로 내버려두고 싶었다. 용이가 언젠가 나를 찾아와 꼭 죽여줬으면 좋겠다고도 생각했다.

나는 어쩌면 매일매일 예감하고 있는지도 몰랐다. 몇십 년 동안 그대로인 공원과 주말이면 밀려오는 똑같은 사람들과 그 입에서 터져나오는 함성 소리와 도저히 떨쳐지지 않는 추위가, 앞으로도 영원히 변하지 않을 것 같았다. 절대 완전한 불구는 되지 못한 채, 얇지만 끊어지지 않는 생명력으로 하루하루를 무력하고 권태롭게 보내다 밤이면 적응되지 않는 지독한 침묵에 눈을 끔뻑거릴 것이었다. 나는 편지를 쥐고 한동안 아무 말도 하지 않았다.

용이가 나를 뚫어져라 쳐다보고 있었다. 그 짙은 호박빛의 눈동자가 나를 자꾸만 짓누르는 것 같았다. 용이가 양손으로 공을 이리저리 던지고 받았다.

뭐라고 해?

용이가 말했다.

너를 곧 보러 오겠대.

나는 거짓말을 했다.

거짓말.

용이가 말했다. 나는 고개를 들어 인상을 찡그린 채 용이의 눈을 똑바로 보았다. 용이의 눈 속에서 못생긴 내 얼굴이 일렁거렸다.

날 못 믿는 거야? 날 믿어야지. 날 좋아한다며. 그게 거짓말이구나.

나는 일부러 그런 말을 계속했다.

정말…… 온대? 그런 말은 없었는데…… 요즘은 전화도 잘 못했어……

용이가 말했다. 나는 한참 동안 해진 야구공의 가죽을 쳐다보았다. 상처가 많았다.

널 놀라게 해주고 싶은가보지. 언제 온다고는 말 안 했어. 그런데 곧 올 거야. 그렇게 쓰여 있어. 기다려. 어차피 넌 그런 걸 잘하잖아, 용아.

나는 말이 끝나자마자 용이의 편지를 주머니에 쑤셔넣고 자리에서 일어섰다. 그리고 슬리퍼를 질질 끌며 텁텁한 공기를 다리에 잔뜩 비볐다. 하지 못한 말이 걸린 것처럼 이따금 목이 따끔거렸다. 용이는 그 자리에 그대로 서 있었다. 용이의 표정을 상상할 수는 없었지만 번뜩이는 것 같은 용이의 눈동자가 자꾸만 떠올랐다. 나는 뒤를 돌아 속으로 용이에게 마지막 안녕을 했다. 용이는 그대로 멈춰 서서 완전히 빛나는 그 눈으로 땅을 내려다보고 있었다. 나는 뒤돌아 걸음을 빨리했다.

기다려. 기다려. 나는 속으로 중얼거렸다.

걸음을 옮길수록 굵은 빗방울이 천천히 떨어졌다. 그 빗소리는 어딘가 간헐적으로 튕겨나오던 야구공 소리와 비슷했다.

자두

나는 화장실로 뛴다. 바지를 내리기 전, 변기를 내려다본다. 물이 고여 있는 변기에서 나는 닥터의 얼굴을 본다. 거기에 닥터가 있다. 닥터는 늘 그런 것처럼 표정이 없다. 무감동하고 차가운 얼굴로 물속에 앉아 나를 올려다본다. 닥터는 말이 없다. 닥터는 한 번도 내게 말을 걸어준 적이 없다. 나는 닥터의 표정이 더욱 굳어갈 때에야 거짓말을 시작한다. 날씨가 좋은 날이면 비가 온다고, 무더위에도 춥다고 말하는 아주 사소한 거짓말. '오늘은 아침부터 기분이 좋아요. 잠도 푹 잤고 어렸을 적 꿈도 꿨어. 아직 이르지만 결혼도 곧 할 예정이에요. 결혼을 해요, 내가.'

이렇게 한들 닥터는 나에게 아무런 답을 주지 않는다. 이런 사소한 거짓말을 일부러 시작한 것이, 나의 의심이 닥터를 더욱 무생물에 가깝게 만들지도 모른다. 하지만 닥터는 거의 매일 보인다. 내가 이렇게 변기 속을 쳐다볼 때나, 잠을 통 자지 못할 때면 항상 그렇다. 그는 항상 똑같은 무표정한 얼굴로 나를 보고 있지만, 사실은 내 말을 듣고 속으로 반응하고 있을 것이다. 나는 그렇게 믿는다.

예전에 나에게는 닥터가 한 명 있었다. 말은 짧게 해도 좋단다. 닥터는 이런 말을 남겼던 걸로 기억한다. 이 외에 몇 개의 덩어리로 남은 닥터에 대한 기억이 있다. 시력이 아주 나빠서 눈을 자주 깜빡거렸던 것. 초등학교 오학년 때쯤 유리에 긁힌 턱밑을 꿰매주었던 것. 그때 처음으로 누군가가 내 얼굴을 이리저리 만져준 기억이 생겼다. 그러다 일부러 넘어져 찢어진 무릎을 하고 병원에 갔을 때도 턱밑을 꿰매주던 때처럼 무릎을 바느질해줬던 것. 지금 생각해보면 그때 처음으로 누군가를 사랑했던 것 같다.

나는 옛날을 떠올린다. 옛날, 이라고 하면 불현듯 떠오른 무작위의 기억 같지만 항상 같은 장면에만 머물러 있는 풍경들. 꽃을 따고 산으로 자주 나갔던 기억. 과수원과 인부들. 우는 까마귀와 잘 익은 배나무. 이런 생각을 늘어놓으면 나는 변기 위에서도 쉽게 끔뻑끔뻑 선잠에 든다. '몇 개만 더…… 여기 있는 거 한 개만.' 나는 그때를 생각하며 중얼거린다. 그렇게 말하고 나면 주머니에 불룩하니 배 알이라도 들어차는 것 같다.

밖에선 조금씩 내리던 빗소리가 점차 크게 들린다. 올 듯 말 듯

내리던 비가 갑자기 마구 쏟아진다. 창틀에 떨어지는 빗물이 얼굴에 튄다. 나는 창문을 닫고 변기에 다시 앉는다. 아까 변기 속에 고여 있는 닥터와 눈이 마주쳐서인지 오줌을 눈다는 게 어쩐지 미안하다. 나는 빗물이 튄 얼굴을 손으로 비벼 닦는다. 그러곤 슬며시 변기 속을 보며 물을 내린다. 물을 내리면 닥터의 입술이 천천히 지워진다.

나는 긴 말을 하지 못한다. 짧은 단어로 여러 개의 말을 늘어놓을 수는 있지만 혼자서 긴 말의 형태를 잘 만들지 못한다. 기억력도 좋지 않다. 하지만 나는 머물러 있는 기억들을 가질 수는 있다. 나는 누군가 뱉은 말들을 외운다. 그게 내가 할 수 있는 가장 긴 말이 된다. 그중에서도 친절하고 다정한 어투의 말이 가장 좋다. 그런 말을 머리로 굴리면 기분이 좋아진다. 밥 먹었어? 말고 밥은 드셨습니까? 어제 비가 왔는데요, 말고 어제는 비가 내렸다고 하는군요, 같은. 내가 의사를 굳이 닥터라고 부르는 이유는 여러 가지가 있지만 묘한 어감 때문이다. 닥터는 닥터, 라는 말이 더 어울린다.

나는 방으로 돌아와 벽에 기대어 있다가 책을 꺼내든다. 가스레인지 옆에 책이 여러 권 쌓여 있다. 책장은 따로 없다. 이 방에도 내 머리에도 책장을 놓을 만한 자리가 없다. 사실 나는 아직도 매일 펼쳐보는 저 책들의 내용을 제대로 기억하지 못한다. 그중에서도 가장 좋아하는 대목은 가자, 라는 말을 반복하는 시의 일부인데 지금도 잘 기억해낼 수가 없다. '가자, 가자.' 나는 중얼거리며 이마를 손바닥으로 내리친다.

빗소리가 반향 없이 집안을 파고든다. '장마가 시작되었다고 해요. 잘하면 태풍 정도는 비껴갈 수도 있고요.' 나는 언젠가 들었던 말을 또 한번 중얼거린다.

나는 책을 펼친다. 정확히 반절을 읽은 책이다. 나는 배 위에 책을 받쳐놓고 한 장 한 장 읽어나간다. 반절이나 읽었지만 머릿속에 남은 거라곤 주인공이 여자라는 것 그리고 아프다는 게 전부다. 그 사이를 채우고 있는 문장이 어렴풋하다. 시간이 지날수록 머리가 늙는다. 나는 느낄 수 있다. 가스레인지 옆에 놓아둔 책도 조만간 치워질 것이다. 비싼 값으로 팔리면 좋겠지만 아무래도 저런 낡은 책이 좋은 값을 받을 리 없다.

나는 아픈 여자가 나오는 페이지를 찾아 다시 넘긴다. 책 속의 그녀는 한 백 살쯤 먹었다. 아니, 자신의 나이를 백 살이나 백오십 살쯤이라고 말할 정도로 아주 늙었다. 그녀는 노쇠한 몸으로 어떤 남자를 떠올린다. 젊은 시절을 함께 보낸 남자라고 적혀 있다. 여자는 남자와 함께 박물관도 가고 공원에서 산책도 즐겼던 기억을 침대 위에서 늘어놓는다. 여자는 마지막으로 죽기 전에 남자가 옆에 있었으면 좋겠다고 말한다. 아무도 없는 방에서 여자가 남자를 부른다. 나는 페이지 끝을 접어놓는다. 가장 삼류 같은 이 부분이 마음에 든다. 아름다운 것과는 멀리 있는 늙은 여자가 마음에 든다. 페이지를 넘길수록 여자는 혼자 죽어갈 것이고 남자는 벌써 죽었겠지. 혼자 백 년 아니면 백오십 년 동안 살아남은 여자가 불쌍해진다. 나는 여자가 늘어놓은 아름다운 시절, 그런 걸 잘 이해하지 못한다. 여자는 늙고 아프고 눈도 거의 멀었다. 여자는 현재 충분히 비참하다. 내가 가끔씩 이유 없이 느끼는 그런 기분처럼.

나는 책을 덮고 이불을 깐다. 여기저기 얼룩이 보인다. 나는 바로 앞에 보이는 얼룩 하나를 뚫어져라 본다. 언제 묻은 얼룩인지 기억하려고 해도 잘 기억이 나질 않는다. 아마 경태가 묻힌 얼룩이겠지. 나는 베개를 반으로 접어 베고 경태를 떠올린다. 뚱뚱한 경태, 돼지 같은 경태. 나는 혀를 길게 빼고 얼굴을 찡그린다. 그렇게 얼굴을 요상하게 만들고 나면 경태와 그나마 비슷해진다.

이불 옆에 던져둔 휴대폰이 울린다. 나는 전화가 울리는 것을 빛으로 알아차린다. 진동이나 소리에 깜짝 놀라는 것은 질색이다.

"여보세요……"

나는 침착하게 말한다. 목이 잠겨 목소리가 잘 나오질 않는다.

"골목집이죠. 예약을 좀 하고 싶습니다."

"예……약이요……?"

나는 놀린다. 중국인 유학생들과 외국인 노동자들이나 자주 찾는 작은 가게에 예약이라니. 남자가 계속 말을 한다.

"여섯 명 정도고 학생들이랑 같이 갈 겁니다. 다리를 많이 준비해주세요. 큰 걸로."

나는 남자의 말을 가만히 듣는다.

“여보세요? 금요일 일곱시 정도에 가려고 합니다. 잘 안 들리시나요.”

나는 아까 읽었던 책을 펼쳐 그 위에 메모한다. 금요일, 일곱시, 여섯 명. 나도 남자도 한동안 말을 하지 않는다. 나는 왜 예약을 하시는 거죠? 라고 물으려다가 만다. 전화 반대편에서 조그맣게 경적 소리가 들린다. 나는 도로 옆을 걸어가거나 차 안에서 전화하고 있을 남자의 모습을 떠올린다. 아무래도 코나 눈물을 줄줄 흘리는 바보 같은 모습이나, 하루종일 물길만 쳐다보는 얼빠진 모습 같은 것밖에 떠오르지 않는다. 휴대폰 속에서 경적이 여러 번 울린다.

“누, 누구라고…… 적어둘까요.”

나는 조용히 입을 뗀다.

“그냥, 호른이라고 적어두세요.”

남자가 짧고 단호하게 말한다. 역시나 그는 내 상상과는 달리 그런 얼빠진 사람들과는 거리가 멀었다.

“호른이요……?”

“네, 저희 과 학생들이랑 같이 가는 거라서 그렇게 적어두시면 됩니다.”

“아…… 네.”

호른, 나는 잊지 않고 호른이라고 책 위에 작게 적어둔다.

"호, 호른이면…… 악기인가요? 입으로 부는 거요?"

"호른, 입으로 부는 겁니다."

남자가 웃음기 없이 대답한다. 생각했던 것과는 반대로 질문에 영 힘이 빠져 있었다.

"아, 아, 네, 죄송……합니다. 괜한 걸 물어봐서……"

"아닙니다. 목소리가 너무 어린 것 같네요. 학교는 안 다니시나요."

나는 대답하지 않는다. 이마를 찡그리고 상황에 어울리는 말을 궁리한다. 아무래도 가자, 가자, 라는 말밖에 생각나지 않지만 이 상황에 가자라는 말은 어울리지 않는다. 그런 건 느낌으로도 알 수 있다. 나는 속으로 경태를 부른다. 뚱뚱한 경태, 말 잘하는 경태.

"아, 이거…… 죄송합니다."

내가 대답이 없자 남자가 덧붙여 계속 사과를 한다.

"저는 학교에서 애들을 가르치고 있습니다. 호른이요."

내 대답은 필요 없다는 듯 남자가 말을 계속 잇는다.

"이렇게 많은 학생들을 가르쳐본 건 이번이 처음입니다. 항상 학원에 있었거든요. 호른에 관심을 보이니 기분이 좋군요……"

나는 휴대폰을 귀에 댄 채 고개를 돌려 거울을 본다. 거울을 보며 인사하는 시늉을 한다. '안녕하세요. 저예요. 날씨가 좋은 날에 오셨네요.' 나는 남자가 가게에 온다면 그런 식의 용기를 낼 수 있을지 생각한다. 나는 여러 번 중얼거린다. 웃어도 보고 갑자기 무표정을 짓기도 한다. 하지만 남자에게 그런 말을 할 수 있을지는 아무래도 느낌으로도 잘 알 수가 없다.

"혹시 시간 괜찮으십니까?"

나는 거울을 보다 말고 그의 말에 집중한다.

"……아뇨. 없어요. 시간. 전 이, 일해요……"

"뭐, 바쁘면 어쩔 수 없지만, 교양수업이라 그리 어렵지는 않을 거예요. 혹시나 올 마음이 있다면 이 번호로 연락 주시면 됩니다."

남자는 자신의 말이 끝나자마자 전화를 끊었다. 나는 대학 강사와 호른, 호른과 대학이라는 말을 중얼거린다. 교목에 둘러싸인 운동장, 정교하게 심어진 침엽수 사이의 나무 의자 같은 것들을 생각한다. 교정으로 들어설 때의 묘한 기분 같은 것들을 곱씹어본다. 그것과 반대로 시멘트로 만들어진 흉물스러운 건물 안에서 들뜬 목소리로 강의를 하고 있을 호른을 떠올린다. 나는 그런 교정의 풍경이 꽤 마음에 든다. 그런 곳에 있다면 누구라도 나타나 말을 걸어주거나 어깨를 툭 치고 갈 것만 같다.

나는 휴대폰을 불빛이 새어나오지 않도록 뒤집어놓는다. 조용하다. 빗소리가 이제는 귀에 익숙해졌는지 더이상 거슬리지 않는다. 나는 눈을 깜빡이며 숫자를 센다. 숫자가 점점 느리게 올라간다. 며칠째 잠이 쏟아질 때마다 이마에 뜨거운 느낌이 들곤 했는데, 아마 오늘도 건너뛰지는 않으려나보다. 나는 이마를 벅벅 긁는다. 이 지겨운 열병엔 드는 약도 없을 것이다.

나는 차가운 강의실 벽 쪽에 자리를 잡고 앉는다. 짧게 삐친 단발머리를 손으로 매만진다. 나는 총아도, 그렇다고 해서 평범하고 조금 미진한 신체를 가진 아이도 아니다. 말하자면 나는 닥터처럼 무생물에 가까울 수도 있다. 그저 눈에 보이기만 할 뿐 아무것도 할 생각이 없고 아무것도 되고 싶어하지 않는, 그저 누군가의 머릿속에 풍경처럼 멈춰 있는 존재. 나는 마음이 진정되질 않아 손등을 자꾸만 쓰다듬는다. 딱딱하고 차가운 나무 의자에 앉은 나는 호른 강사의 얼굴을 쳐다보지 못한다. 수업에 가겠다고 뒤늦게 남긴 문자를 강사는 아마 확인하지 못했을 것이다. 그는 고개를 숙이고 있는 나를 수많은 학생들 사이에서 알아보지 못한다. 강사는 눈이 빨갛게 충혈되도록 열심히 떠들어댄다. 기본적인 지식, 소양과 자세에 대해. 그런 자세와 면학 분위기와는 너무 먼 내가 보인다. 호른, 될 수 있으면 그런 쓸모없는 나팔을 단숨에 삼켜버리고 싶은 기분도 든다. 나는 단잠에서 깬다.

한참을 누워 있다보면 잠을 잔 것 같지는 않은데 늘 꿈에서 깨어난 기분이 들곤 했다. 만약에 내 위로 배 알이 마구 떨어진다 해도 느낄 수 없을 것 같은 기분. 나는 손으로 이마를 문질러 땀을 닦는다. 아득한 기분이 쉽게 가시지 않았지만 부스럼이 떨어져 이마가 쓰려오자 꿈에서 깬 것 같아 기분이 다시 괜찮아진다.

"낮엔 멀쩡하다가 왜 밤에만 지랄이야, 넌. 그게…… 그게 다 너가 변덕이 죽 끓듯이 끓어서 그런 거야, 알아?"

나는 누워서 경태가 했던 말을 떠올린다. 이마 위 긁어서 생긴 부스럼을 쓸어주는 경태의 손은 살결이 거칠고 손끝이 차가웠다. 옛말에 이런 손은 낚시꾼에게나 어울리는 손이라고 했는데, 그 말을 누가 해주었는지는 잘 기억나지 않지만 그가 누군지 기억난다면 사실 그건 돼지 잡는 사람의 손을 말한 거 아니었냐며 다시 물어볼 수도 있을 것이다. 경태는 물고기와는 거리가 멀다. 경태는 돼지와 친하다.

나는 메모를 잊어버리기 전에 경태에게 전화를 건다. 호른, 여섯, 금요일, 일곱시, 금요일 저녁에 가게에 첫 예약이 잡혔다고. 내 전화에 경태는 분명 놀랄 것이다. 지금도 막 돼지의 다리를 분리한 뒤 식탁에 내보내고 있을 테니까. 경태는 중국말도 영어도 잘한다. 경태는 유창한 말로 손님들을 잘 구슬린다. 중국인들과 외국인들을 상대로도 장사를 잘한다. 경태와 나에게 선생 그리고 호른이라는 손님은 한 번도 없었다. 그렇기에 경태는 긴장할지도 모른다. 그런 경태의 모습을 생각하니 나도 모르게 웃음이 새어나온다. 경태는 긴장한 모습을 숨기기 위해 아무렇지 않은 척 머리를 긁으며 뒤로 쓸어넘길 것이다. 이런 습관을 아는 유일한 사람은 나밖에 없을 것이라는 생각이 들어, 기분이 한결 좋아진다.

통화 연결음이 길게 울렸다 끊어지길 반복한다. 경태가 전화를 받지 않는다. 경태, 바쁜 돼지. 경태는 매일 눈이 빨갛게 충혈되어 있다. 지금도 그 빨간 눈을 하고선 목장갑을 끼고 뜨거운 돼지를 먹기 좋게 자르고 있을 것이다. 나는 문자를 남겨놓는다. 글자로 말할 때, 나는 말을 까먹거나 더듬지 않는다.

나는 집밖으로 걸어나온다. 아직 초저녁이라 골목이 완전히 어두워지진 않았다. 검은 보자기를 뒤집어쓴 실루엣도 무엇인지 대충 알 수 있다. 나는 바닥이 항상 축축하게 젖어 있는 골목을 바라본다. 시멘트 바닥 중앙에 설치된 배수구에서는 알 수 없는 간격으로 나쁜 냄새가 올라온다. 이곳을 골목이라고 말해도 될지 잘 모르겠다. 식당 뒷문과 이어져 있는 이 골목은 큰 건물 두 채에 양끝이 가로막혀 밖으로 빠져나갈 수 없다. 이곳에서 입구는 곧 출구가 된다.

나는 바닥에 다리를 늘어뜨린 채 앉는다. 내 집은 경태의 가게와 맞닿아 있다. 내 집은 골목의 막다른 곳에 있고 경태의 가게도 건물의 끝 쪽에 있으니까. 잘 가늠되지 않지만 나는 그냥 믿는다. 가끔씩 벽을 두드리면 반대편에서 툭툭 대답이 오는데 나는 그걸 경태라고 믿는다.

나는 항상 두꺼운 목장갑을 끼고 돼지를 해체하고 있는 경태를 떠올린다. 아직은 이런 것들을 마구 끄집어 기억할 수 있어서 다행이다. 경태는 과수원 인부들 같고 어떨 땐 우는 까마귀 같고 잘 익어서 바닥을 굴러가는 배 알 같다. 나는 머릿속에서 경태의 모습에 기억나는 옛 장면을 무작위로 겹쳐 넣는다. 인부들에게 목장갑을 씌우고 배 알 옆에 누워 있는 경태를 상상한다. 배 알을 주머니에 마구 담고 있는 나에게 경태가 무어라고 중얼거린다. 그만 담으라고 하는 것 같기도 하고 더 넣으라고 하는 것 같기도 하다. 나는 바닥에 떨어진 배 알 하나를 더 주워 담으며 웃는다. 배나무 위에선 까마귀 몇 마리가 날고 있다. 걔네들은 이상하게 기분 나쁘게 울지는 않는다. 나는 까마귀를 멍하니 쳐다보며 한참을 서 있고 경태는 멀뚱멀뚱 어디를 보다가 고개를 돌린다. 나는 경태가 이런 기억 속에 오래 남았으면 좋겠다고 생각한다. 말 잘하는 경태. 뚱뚱한 경태. 요즘에는 열이 오르고 나면 기억이 한줌씩 머리카락처럼 빠지는 것 같았다.

나는 갑작스럽게 골목 사이로 들어오는 불빛에 눈이 부셔 손으로 눈을 가린다. 가로등이 하나둘씩 켜진다. 갑자기 빛을 보자 눈이 따가워 눈물이 가득 고인다. 흐어어. 나는 나도 모르게 그런 소리를 낸다.

나는 조금 운다. 정말 오랜만에. 억지로 슬픈 도식에 맞춰진 사람이 된 것 같다. 나는 슬프지 않은데 말이다. 나는 구희를 생각한다. 나와 잘 맞지 않는 도식을 잘도 가지고 있던 애.

내 기억 속 구희는 매번 한복을 입었다. 한복을 입고 바구니를 들었다. 바구니를 들고 사탕과 명함이 든 봉투를 남자들에게 나눠주기도 했다. 구희는 예쁘니까. 구희는 웃었다. 하지만 구희는 또 울기도 했다. 그런 날에는 머리를 곱게 빗지도 않고 한복을 입지도 않았다. 구희의 이름이 진짜 구희인지는 몰라도 경태가 구희를 구희라고 부르니까 나도 구희를 구희라고 불렀다.

구희는 언젠가 가게 안 나무 의자에 앉아 경태를 노려본 적 있었다. 구희는 경태를 노려봤지만 경태는 구희를 노려보지 않았다. 나는 구희에게 돼지와 술을 가져다주었다. 경태는 목장갑을 벗고 주방에서 담배를 연거푸 피웠다.

"왜 나를 모르는 척하는 건데. 나는 최소한 관계를 지키려고 했어."

구희가 소주잔을 비우며 말했다. 경태는 기름때가 묻은 목장갑을 휴지통에 버리고 새로운 목장갑을 꺼내고 있었다.

"나를 왜 쳐다보지도 않는 거야? 그건 무례한 짓이야. 무례한 게 뭔지 모르지, 너는? 무례한 건 바로 이런 거야. 돼지나 파는 주제에……"

구희가 그렇게 말하자 경태가 담배를 문 채 구희를 뚫어져라 쳐다보았다.

"왜 나를 그렇게 보는 거야? 뭘 그렇게 뚫어져라 보는 거야? 내가 이제 안 왔으면 좋겠는 거야? 정말로……"

구희가 그렁그렁한 눈으로 경태에게 말했다. 나는 주방 간이의자에 앉아 벽 쪽으로 몸을 기대고 있었다. 오븐 시간을 알려주는 알람이 울리자, 경태가 목장갑을 끼고 다시 주방으로 들어왔다. 나는 오븐 앞으로 가는 경태를 위해 몸을 조금 피해주었다.

"경태, 여자 자꾸 울어."

"재 거, 돈 니가 받아."

경태가 알람을 끄며 말했다.

"경태 애인이야? 예쁘게 생겼다. 잘해줘야, 잘해줘야지…… 자꾸 울어."

"너가 좀 대신 울어봐라. 왜 넌 울지도 않니. 진짜로 병신인 거지…… 넌 그냥……"

나는 등을 돌린 채 오븐 속을 들여다보는 경태를 보았다. 오븐 속 돼지가 바짝 익어가는 소리를 내며 타들어갔다. 화르륵, 타들어가는 돼지. 나는 아무 말 없이 입속 살점을 조금씩 씹었다.

나는 소금기가 다 빠질 정도로 눈물을 짜면서 방으로 걷는다. 창문으로 가로등 불빛이 새어들어서 방안이 낮처럼 밝다. 나는 멀리 던져져 있는 베개를 다시 끌어다가 반으로 접어 벤다. 그러곤 가슴팍이 가려워 벅벅 긁는다. 나는 옆으로 누워 아직도 지워지지 않은 경태의 얼룩을 쳐다본다. 경태의 자두 모양 귀두. 살결이 조금 거칠게 일어난 경태의 귀두를 떠올린다. 가지런히 누워 있던 경태를 생각하면 이상하게 슬픈 기분이 든다. 구희도 경태의 귀두를 보면 나처럼 슬플까. 나는 조금 분한 생각이 든다. 멍청하고 둔한 돼지. 경태는 매일 돼지를 만지다보니 정말로 돼지가 되어가는 것 같기도 하다. 나는 혀를 내밀고 인상을 세게 찡그린다. 돼지, 돼지나 굽는 주, 주제에. 나는 작게 중얼거린다.

밤 열한시가 지나서야 반듯하게 잘린 돼지 정강이가 가게로 배달된다. 다음날 호른을 위한 돼지다. 경태는 밀린 돈을 한꺼번에 지불한다. 돈 뭉치를 보자 직접 배달 온 사장이 흐뭇하게 웃는다. 사장은 가장 큰 걸로 가져왔으니 한번 확인해보라고 말한다. 경태는 사장과 짧은 대화를 나눈 뒤 주방으로 들어온다. 나는 그런 경태를 대신해서 수세미로 커다란 싱크대를 박박 닦는다. 음식물이나 더러운 것이 묻지는 않았는지 확인한 뒤 벽면을 물로 씻어내리곤 둘로 나누어진 싱크대 한쪽에 돼지 정강이를 몰아넣는다. 한 칸에 총 열여덟 개의 정강이가 들어찬다. 네 마리하고도 반절의 돼지가 있다고 생각하니 기분이 꽤 묘해진다. 나는 니트릴 장갑을 끼고 돼지의 다리를 천천히 마사지한다. 핏물이 나올 때마다 역겨운 냄새가 올라온다. 경태는 아무렇지 않다는 듯 핏물을 열심히 빼고 있다. 경태는 손에 체중을 싣고 돼지 다리를 누른다. 그럴 때마다 핏물이 배수구로 소리 없이 흘러든다.

"나 이 냄새 너무 싫다……"

나는 코를 틀어막는다. 말을 하려고 입을 뗄 때마다 역한 냄새가 몸속으로 들어오는 것 같다.

경태가 무표정하게 니트릴 장갑을 낀 손으로 습관처럼 머리를 긁적인다. 경태의 머리칼이 검붉은 돼지의 피로 축축하게 젖어든다.

"어, 그, 그거 그렇게 하지 마. 냄새 엄청 나."

"병신아, 맨날 하는 건데 왜 못해."

경태가 장갑을 자기의 코에 가져다대고 냄새를 맡는다.

"아무렇지도 않은데 뭘. 이것도 못 견디면 어떻게 일하냐, 너."

나는 아무 말도 하지 않는다.

"계속하다보면 냄새 안 나. 그냥 참고 빨리 해. 다 하면 돼지 구워줄게."

"아니, 그거 안 먹어. 나는……"

숨을 들이마실수록 속에서 신물이 올라오는 기분이 든다.

경태가 살짝 인상을 찌푸린 채 돼지 다리에 체중을 싣고 다시 세게 누른다. 피가 배수구 주변에 잔뜩 고인다. 경태의 자줏빛으로 탈색한 머리 사이사이로 흰 새치가 보인다.

"경태, 나 속 이상해. 토할 것 같아."

나는 주방 구석으로 가 장갑을 벗는다. 경태는 나를 힐끔 보더니 다시 온몸의 무게를 돼지 위에 싣고 핏물을 빼낸다. 그러고는 핏물이 잘 빠진 돼지를 싱크대 옆 칸으로 옮긴다. 투명한 살이 꼭 사람 같다. 나는 다리를 벌리고 앉아 벽에 몸을 기댄다. 아주 어린 아이나 그보다 약한 노인이 되어버린 것 같다. 온몸의 힘이 다리 사이로 빠져나가는 기분이 든다.

경태가 다가와 커다란 인젝터를 나에게 건넨다. 그리고 갈색의 염지액이 든 통을 싱크대 위에 놓아준다. 경태는 아무 말도 하지 않고 나를 빤히 쳐다본다.

"나 진짜 못하겠는데……"

경태가 무표정하게 나를 내려다본다.

"내일 팔 건 맞춰놔야지, 씨발년아."

경태가 들릴 듯 말 듯한 소리로 말한다. 역한 냄새 때문인지 눈 밑으로 눈물이 고인다. 경태는 다시 몸을 돌려 핏물이 잘 빠졌나 확인하기 위해 돼지 정강이를 요리조리 돌려보고 있다. 나는 몸을 천천히 일으킨다. 속이 메스껍고 코끝이 찡하다. 나는 새 장갑을 끼고 인젝터로 염지액을 빨아들인다. 그리고 무거운 정강이를 들고 돼지의 무릎뼈 사이사이에 염지액을 주입한다. 눈물이 싱크대로 뚝뚝 떨어진다.

네 마리 그리고 반 토막짜리 돼지가 밀봉되어 냉장고 안으로 들어간다. 나는 장갑을 벗어던지고 손등으로 눈을 비벼 닦는다. 경태는 돼지 피가 묻은 장갑을 낀 채로 담배를 피운다. 경태의 자줏빛 머리가 금방 하얗게 물들어버릴 것 같다. 언제인지 모르게 늘어난 새치가 눈에 띈다.

"경태, 흰머리 엄청 있어."

나는 경태의 등뒤에 대고 말한다. 경태는 계속해서 담배만 피운다. 꺾인 꽁초 두 개가 경태의 발밑에 떨어져 있다. 나는 다리를 쭉 펴고 주방 바닥에 그대로 털썩 주저앉는다. 다리 사이로 한기가 올라온다. 경태는 아무 말도 하지 않는다. 염지를 마치고 난 후에 경태는 한동안 아무 말도 하지 않는다. 온 힘을 다 써서 그런가, 알 수 없다. 경태가 연기를 계속 뱉어낸다. 그러곤 담배를 입술에 물고 통이 큰 바지를 추켜올린다. 경태가 바지를 추켜올릴 때마다 바지 위로 튀어나온 뱃살이 파도처럼 출렁인다.

"왜 그러고 앉아 있냐. 팬티 다 보여, 너."

나는 그대로 앉아 경태에게 웃어 보인다.

"경태, 흰머리 엄청 많아. 아저씨야."

경태가 엉거주춤 머리를 매만지며 다가와 차가운 타일 위에 그대로 눕는다.

"어…… 그럼 옷 다 젖어."

경태가 내 무릎을 베고 눕는다. 나는 경태에게 그대로 무릎을 내어준다. 경태가 이마에 손을 올리고 형광등 불빛을 가린다. 나는 경태의 손에서 나는 지독한 냄새를 꾹 참는다. 경태가 몸을 조금 비틀어 내 무릎 위에 손을 올린다.

"맨날 무릎만 만지니까 지겨운데, 너 무릎은 예뻐."

경태가 작은 소리로 말한다. 나는 아무 말도 하지 않고 입속 흰 살점을 씹는다. 오늘따라 경태가 조금 지쳐 보인다. 내가 너무 응석을 부린 건 아닌가, 생각한다. 하지만 돼지 피를 뺄 때마다 나는 냄새는 익숙해지기는커녕 갈수록 더 역해지기만 한다. 경태가 손을 천천히 올려 팬티 안에 집어넣는다. 나는 경태의 이마를 쓰다듬던 손을 멈춘다.

"아, 안 돼. 나 생리……"

경태는 아랑곳하지 않고 손을 더 깊숙이 집어넣는다. 나는 눈을 질끈 감는다. 어쩐지 견딜 수 없는 기분이 들지만 참기로 한다. 경태가 그대로 몸 위로 올라온다. 나는 가만히 경태를 올려다본다. 나는 아직 물기가 남아 있는 타일 위에 그대로 눕는다. 무감동하고 차가운 피를 가진 닥터의 얼굴이 떠오른다. 나는 닥터가 나를 올려다보는 것처럼 경태를 올려다본다. 경태가 헐떡거리다가 금세 쓰러진다.

기분 나쁜 냄새가 주방 구석에 감돈다. 경태가 좋다, 고 말한다. 내가 좋다는 말인지는 알 수 없다. 나는 그런 말을 잘 이해할 수가 없다. 그렇지만 그런 말을 들을 때면 내가 경태에게 필요한 사람인 것 같은 기분이 든다. 나는 타일 바닥에 잠시 누워 있기로 한다. 그리고 누워서 매일 아침 화장실에서 마주치는 늙어가는 닥터의 얼굴과 경태의 머리를 번갈아 떠올린다. 닥터는 꽤 나이를 먹었다. 내가 그를 본 지 얼마나 지났는지 모르지만 무릎의 상처는 이제 흔적도 남아 있지 않다. 나는 시간이 지날수록 늙는 닥터가 걱정된다. 엄청나게 시간이 지나 모두가 내 기억 속에서 늙어버렸을 때, 경태는 빨간색, 닥터는 흰색으로 기억되었으면 좋겠다. 나는 경태의 붉은 머리카락으로 새치를 가리며 경태의 머리를 천천히 쓸어준다.

"육십만원."

경태는 매번 은행 봉투에 든 돈을 나에게 내밀었다.

"으응. 육십만원."

나는 봉투에 든 돈을 받았다

"진짜 육십만원이야. 세어볼래?"

경태가 코끝을 만지며 말했다

"아니, 진짜 육십만원이야. 아, 알아."

나는 말하며 고개를 저었다. 경태는 한 달 치 월급을 항상 직접 전해주었다. 돈의 정확한 액수를 확인한 적은 없지만 어떤 날은 조금 적은 것 같아 보이기도 했고, 어떤 날은 좀더 많아 보이기도 했다. 상관은 없었다. 나는 경태를 믿으니까.

경태는 항상 아직 날이 완전히 밝지 않은 새벽쯤에 방을 나갔다. 누구도 깨우지 않으려는 신중한 걸음으로. 하지만 시멘트가 덕지덕지 발라진 계단을 조용히 내려가기는 어렵다. 경태는 매일 밤 멀리 갔다. 우리집이 아닌 경태네 집으로 갔다. 집으로 가기 전 항상 우리집 문 앞에서 담배를 두어 대쯤 피운다는 것도 알았다. 경태가 다녀간 다음날 아침이면 담배꽁초 여러 개가 바닥에 말라붙어 있었으니까. 나는 그런 일을 알아차리는 것이 좋았다. 평생 나만 아는 경태의 습관을 오래 기억하면 좋을 텐데.

나는 경태가 곤히 잠들어 있는 모습을 본 적이 없다. 경태는 새벽 무렵, 짧은 시간 내 금방 사정을 하고 내가 잠들 때까지 기다렸다가 집으로 갔다. 아플 때나 아프지 않을 때나 나를 만지는 건 경태뿐이었다. 경태는 내가 눈을 감고 있을 때만 나를 보았다. 나는 그걸 느낄 수 있었다. 이마가 간질간질한 느낌으로. 경태는 가끔 내 가슴을 만져주면서 혼자 울기도 했다. 나는 그럴 때 대부분 경태를 내버려두었다. 경태의 슬픈 기분을 망치고 싶지는 않았다. 경태는 내가 슬픈가보다. 나는 경태의 귀두를 손으로 슬쩍 쓸어주었다. 그러면 나는 경태의 기분을 더 잘 느낄 수 있었다. 경태가 울면 나는 경태를 어떻게 달래줘야 하는지 알고 있었다.

나는 경태가 완전히 나가면서 문을 닫는 소리를 들은 후에 늘 다시 속옷을 풀었다. 그래도 가슴이 꽉 조이는 느낌이 가시지 않아 나체로 화장실에 뛰어들어갔다. 변기를 잡고 한껏 들이마셨던 숨을 뱉으면 숨과 함께 토악질이 나오곤 했다. 나는 변기에 침을 막 뱉었다. 머리가 다시금 뜨거워졌다. 변기 속 닥터의 얼굴이 흐려졌다. 나는 잠깐 울었다. 그가 무어라 중얼거린 것도 같았다. 나는 변기 커버를 내리고 그 위에 앉았다. 그리고 한 손으로 가슴을 천천히 애무하기 시작했다. 괜찮아지길 기도하는 사람처럼.

입에서 짧은 소리가 새어나왔다. 화장실의 얇은 유리창 밖에서 담배 연기가 올라오고 있었다. 경태는 밖에서 무엇인가를 기다리는 사람처럼 앉아 있었다. 나는 당장이라도 죽고 싶어졌다. 나는 몸을 웅크려 안으로 만 채 무릎을 꽉 껴안았다. 온몸이 추웠다.

경태가 돼지를 굽는다. 오븐에 넣은 돼지가 두꺼운 목장갑을 낀 손에 꺼내어진다. 경태는 뜨거운 돼지 정강이를 큰 도마 위에 올려놓고 해체하기 시작한다. 속살을 둥글게 감싼 껍질을 썰면 김이

모락모락 피어오른다. 경태는 엄지손가락을 속살 중앙에 넣고 반을 갈라 떼어낸다. 부드러운 살이 금방 떨어져나간다. 경태는 정강이뼈 바로 위에 붙어 있는 동그란 무릎뼈를 뜯어낸다. 살코기만 남고 뼈는 휴지통으로 버려진다. 경태가 소주와 뜨거운 돼지를 식탁에 내온다. 나는 삐친 뒷머리를 수습할 마음도 없이 그저 멍하게 경태를 쳐다본다. 아랫배에 묵직한 통증이 느껴진다.

나무 식탁에 마주앉은 경태가 소주를 마신다. 벌컥벌컥 마시더니 이내 울 것 같은 표정을 짓는다. 나는 포크로 집은 고기를 경태의 입에 넣어준다. 경태가 살짝 입을 벌리더니 고기를 우적우적 씹기 시작한다.

"많이 먹어, 경태."

경태는 대답도 하지 않고 소주를 들이붓는다. 나는 부엌으로 들어가 조금 축축해진 엉덩이 부분을 만진다. 치마가 붉게 젖어 있다. 나는 주방에 작게 매달려 있는 거울로 식탁에 앉아 있는 경태를 확인한다. 거울 속 경태가 나를 보고 있다. 나는 경태에게 웃어 보인다.

"괜찮아."

경태가 다시 고기를 우적우적 씹는다. 경태가 금방이라도 울 것 같다. 난 알 수 있다. 나는 예감이라는 것이 있으니까.

"병신 머저리 같은 게……"

경태가 조그맣게 얘기하는 소리가 들린다. 나는 그 작은 소리에 귀기울인다. 나는 이토록 잘 맞는 예감으로 경태 대신 내 이마를 내리친다. 우둘투둘하게 상처 난 이마가 천천히 부어오른다.

경태가 주방으로 들어와 기름기 묻은 맨손으로 고기를 입안에 넣어준다.

"아, 해봐."

나는 축축한 눈을 하고서 입을 크게 벌린다. 돼지가 입안 가득 들어온다.

"아, 너, 너무 짜……"

"거기가 제일 짠 부분이야. 다 먹어라."

나는 돼지를 우적우적 씹는다. 딱딱한 소금 덩어리를 씹는 느낌이 든다. 나는 억지로 고기를 삼킨다. 경태가 다시 식탁에 앉아 소주를 따라 마신다. 나는 주방에 있던 수건으로 엉덩이 부분을 감싼다. 좀 쉬고 싶어진다. 경태의 미끄덩한 손의 느낌이 입안에 맴돈다. 나는 입술을 이리저리 오물오물 움직인다. 여전히 입술 언저리에서 짠맛이 난다.

호른은 약속 시간에서 한 시간 정도가 지나서야 가게를 찾았다. 이렇게 작은 골목 사이에 있는 가게에 주차를 할 곳이 마땅치 않아서 힘이 들었다고 혼잣말로 중얼거렸다. 단정한 와이셔츠 위에 카디건을 입은 그의 어깨에 커다란 노트북 가방이 매달려 있었다. 그의 뒤를 이어 하얀색 단체복을 입은 학생들 다섯이 나란히 들어왔다. 나는 그들의 눈동자를 하나하나 주방에 서서 살핀다. 주방 입구에 세워진 얇은 나무 파티션 사이로 그들이 보인다. 나는 경태를 흘깃 돌아본다. 경태의 충혈된 눈이 주방에 놓인 도마 위를 보고 있다. 나는 경태를 툭툭 건드린다.

"선생이래, 호른 가르치는, 뒤에 학생들."

"어…… 뭐."

경태는 짧게 말끝을 올리곤 도마 위의 두꺼운 목장갑을 손에 낀다. 나는 경태의 볼록 나온 배를 천천히 매만진다.

"경태 왜 그래?"

"씨발, 뭐가 또……"

"경태 중국말 해봐, 영어도. 그냥 막 다 해버려."

"재수없어서 안 왔으면 좋겠네. 니가 왜 신났어. 신기하냐, 저런 거."

"응, 난 수업도 들을 거야. 호른."

경태는 들리지 않는다는 듯 머리를 이마 위로 쓸어넘기며 오븐 앞에 가서 선다. 경태의 자줏빛 머리가 흰 새치와 섞여 오랜지색으로 변해 있다.

돼지 다리 세 개가 연거푸 식탁 위에서 사라진다. 휴지통에 버려진 뼈들이 천천히 쌓인다. 그들은 호른이나 대학에 대해 이야기하지 않았다. 빠르게 맥주를 마시고 천천히 얼굴이 달아올랐다. 나는 그들이 비워낸 맥줏잔을 서둘러 주방으로 옮긴다. 대학 강사는 나에게 존칭을 썼다. '이것 좀 주시겠어요. 이것 좀 치워주세요.' 나는 대답도 없이 묵묵히 강사가 요구하는 일을 했다. 대학 강사는 나를 알아보지 못하는 것 같았다. 나는 그렇기에 거울을 보며 연습했던 말들을 하지 않았다. 나는 아물지 않은 입속 살점을 조금씩 씹는다. '수업은 못 가요. 일해야 해.' 나는 아무도 모르게 중얼거리며 부엌과 식탁을 오간다.

경태가 고기를 식탁에 다 내어주고는 주방 구석에 앉아 다시금 담배를 꺼낸다. 바닥에 아무렇게나 쪼그려앉아 있는 경태의 옆에 핏자국이 굳어 있다.

"경태 염색해, 너. 자두색으로. 아니면 빨간색."

나는 멍하니 앉아 있는 경태에게 말을 꺼낸다. 경태는 나를 슬쩍 보고는 별 대답 없이 다시 담배를 입에 문다.

나는 골목을 앞장서 걷는다. 갑자기 어두워진 골목에 잘 적응하는 건 나뿐이었다.

"이, 이쪽…… 골목으로. 조금 어두울 수도…… 있어요."

나는 호른과 호른의 학생에게 화장실을 안내해준다. 그들이 걸음을 옮길 때마다 술냄새가 공기중에 훅 끼친다. 둘은 이런 보이지도 않는 곳에 화장실이 있냐며 보지 않아도 수준이 뻔하다고 투덜거린다. 나는 아무 말도 하지 않는다.

둘은 나란히 화장실에 들어간다. 나는 그 둘이 화장실에서 나올 때까지 구석에 쪼그려앉아 있기로 한다. 구석에 있으니 희미하게 새어나오는 불빛조차 찾을 수가 없다. 하지만 나는 어둠 속에서 금방 골목의 실루엣을 느낄 수 있다. 저기가 출구라고, 나는 속으로 중얼거린다.

나는 한참을 앉아 있다가 화장실 쪽으로 천천히 걸음을 옮긴다. 아무런 인기척도 들리지 않는다. 그들이 이미 화장실에서 나와 가게로 무사히 들어갔는지 아니면 아직도 화장실에서 나오지 않았는지 알 수 없었다. 나는 신발을 끌면서 가게 쪽으로 걷는다. 호른과 호른의 학생이 골목의 입구 근처에 서 있다. 그들 뒤로 골목 바깥의 빛이 새어들기 때문에 누가 호른이고 호른의 학생인지 구별되지 않는다. 멀리서 보았을 때 그들은 그냥 검은 돌 조각상에 가까워 보인다. 둘은 나란히 붙어 서 있다. 나란히 서 있다는 게 그들이 누구인지 더욱 분별하기 어렵게 만든다. 나는 가까이 다가가려다 말고 벽에 기대서 그들을 바라본다. 그들이 움직이기 전까지 그들 앞을 지나가고 싶지는 않았다.

호른으로 보이는 사람이 여자의 가슴팍 쪽으로 얼굴을 묻는다. 여자는 그러는 호른의 머리를 천천히 쓰다듬는다. 그는 마치 아이처럼 안겨 있다.

"그니까…… 너는 너무 예뻐…… 전부 다. 여기는 언제까지 있을 생각이니."

호른이 여자의 가슴을 물고 우물우물 작고 느리게 말을 뱉는다. 여자는 아무 말도 없이 호른의 머리를 만져준다.

"무슨 말이라도 해봐……"

호른이 말한다.

"모르겠어요. 열이 올라와서 좀 어지러워요……"

여자의 말이 술기운 때문에 어눌하게 뭉개진다.

나는 여자의 얼굴 쪽을 쳐다본다. 검은 돌조각처럼 형체를 알아볼 수 없다. 하지만 여자의 얼굴은 예쁘다. 호른이 그렇게 말했으니까. 나는 여자가 갑자기 부러워진다. 둘은 한참을 그렇게 있다가 가게 쪽으로 걸어간다. 호른이 앞서고 여자가 뒤를 따라간다. 그들이 입구에서 비켜서자 골목에 빛이 환하게 들어온다. 갑자기 들어온 빛에 머리가 하얘지는 기분이 든다. 나는 잠깐 동안 배 알과 배나무 위 까마귀와 경태가 과수원을 굴러 하나의 덩어리로 뭉쳐지는 이상한 상상을 한다. 나는 이 아득한 기분이 사라질 때까지 호른과 여자가 떠난 입구를 가만히 쳐다본다.

이 소설 속 여자는 곧 죽는다. 나는 책을 읽기 시작하면서부터 줄곧 그렇게 생각하고 있었다. 내가 소설을 두 번 읽었고 여자가 죽는 대목을 기억했다면, 여자는 꼬박 나에게 두 번 죽은 사람이 됐을 것이다. 하지만 여자는 내 기억 속에서 한 번도 죽지 않았다. 나의 나쁜 기억력이 여자를 아직까지 살려두고 있었다. 나는 소설의 맨 마지막 페이지를 펼쳤다. 여자는 소설의 첫 부분에 늘어놓았던 자신의 기억들을 천천히 다시 나열한다. 그 기억들은 처음보다 더욱 뒤죽박죽 섞여 소설의 마지막과 여자의 기억을 장식한다. 여자는 소설의 마지막에 이르러서 자신의 그다지 아름답지 않은 기억을 미화하려고 애쓴다. 나무 벤치에서의 일상적인 대화나 날씨 그리고 습도에 관한 것들, 전부. 나는 갑자기 여자에게 참을 수 없는 배신감을 느꼈다. 여자는 너무 긴 시간을 살았다. 백 년 혹은 백오십 년, 아니면 이 소설이 세상에 나온 이후에도 여자는 계속 살아 있었을지 몰랐다. 나는 그 시간이 여자를 추하게 만들었다고 생각했다. 진짜 육십만원. 나는 소설책 위에 봉투를 올려놓았다.

나는 거리를 걷는다. 아마도 그 작은 가게가 있는 골목을 벗어난 지 오래됐을 것이다. 잘 기억이 나지 않으니까. 나는 한 손에 들고 있던 책을 옆구리에 낀다. 백 살 아니면 백오십 살쯤 먹은 여자가 옆구리를 차고 들어온다. 나는 초록색 버스에 몸을 싣는다. 얼마 가지 않아 큰 사거리가 보인다. 나는 버스에서 내려 하얀색 단체복을 입은 학생들이 통과하고 있는 정문 쪽으로 방향을 돌린다. 거리 곳곳에 심어져 있는 가로수들이 흔들리며 찰찰찰, 소리를 내고 있다. 나는 그들을 따라서 걷는다. 침엽수와 나무 의자가 있는 교정으로. 그들은 한덩어리로 뭉쳐 있다가 뿔뿔이 흩어진다. 햇빛이 강하게 내리쬐서 눈을 제대로 뜰 수가 없다. 나는 나무 밑으로 들어가 햇빛을 좀 피하고도 싶지만 멈추지 않는다.

나는 건물로 들어가 사람이 붐비는 큰 강의실에 자리를 잡는다.

흰머리의 중후한 남자가 교탁에 선다. 나는 그를 똑바로 쳐다본다. 그는 식품영양학에 대해 떠든다. 나는 무슨 말인지 하나도 알아들을 수가 없다. 나는 가져온 소설책을 펼치고 맨 위에 몇 가지를 메모한다. 잊어버리지 않도록. 이마 위로 옅은 열이 올라온다. 피부가 화르륵, 소리를 내며 타들어가는 기분이 든다. 나는 창문을 살짝 열어 밖을 쳐다본다. 교정이 한눈에 들어온다. 넓은 운동장 옆 교목들 사이로 흔들리는 그림자가 하나 보인다. 교목 옆, 경태만큼 뚱뚱한 남자가 무료하게 앉아 담배를 피운다.

염소와 나

저녁이면 저멀리 무허가 밭에서 처형을 기다리는 염소 울음소리가 들린다. 노란 진주 같은 눈알을 끔뻑이는 까만 흑염소. 그 소리는 가까이 있는 것 같으면서도 멀리 있는 것 같다. 뜨거운 밭은 딱딱하게 달구어져 있고, 염소의 등가죽은 열을 잔뜩 받아 거칠다. 나는 그런 염소에 대해 말할 수 있다. 까만 흑염소. 울 때마다 이유 없이 기분이 불쾌해지는 그런 흑염소 말이다.

사람들은 나의 까맣고 깡마른 모가지, 거친 머리칼을 보고 그렇게 말하곤 한다. 넌 완전히 염소가 된 것 같다, 넌 이제 정말로 염소가 되었구나. 온전히 염소가 되어버린 것 같은 거친 피부와 툭 불거진 광대뼈, 갸릉갸릉 우는 목소리. 나는 정말 염소와 피를 나눈 사이라고 해도 믿어질 만큼 염소와 닮아 있다. 누가 나를 낳았을까. 나는 가끔 혼잣말을 한다. 나는 며칠 전 빈집 마당에서도 처형을 기다리는 흑염소를 본 적 있었다. 동네 염소들은 일정 기한이 지나면 어차피 다 죽는다, 아니 처형을 기다린다. 나는 그때 보았던 처형 직전의 그 염소처럼 괴상하지만 슬픈 소리를 내보았다. 세상에서 단 한 번밖에 들은 적 없는 그 소리를 나는 곧잘 흉내냈다. 누가 나를 낳았을까, 나는 다시금 혼잣말을 한다. 동네 사람들은 내가 다시 태어나도 흑염소와 닮았거나 흑염소가 되어 있을 거라고 장담했다. 동네 사람들—그들은 대부분 처음 보는 이에게 저주를 퍼붓고, 처음 보는 이의 불행을 기원하고, 처음 보는 이의 최후를 생각하는 악취미가 있고, 발에 치이는 것은 뭐든 차버린다—의 장담이 무섭지만 만약에라도 다시 태어난다면 흑염소보다는 차라리 개가 되고 싶다. 흰 개.

나는 매일 일기장에 재미있는 이야기를 하나씩 적곤 한다. 다음날 석이에게 말해주기 위해서다. 내 일기장에는 이야기들이 가득하다. 물론 머릿속도 마찬가지다. 보라색 몽고반점이 얼굴의 절반을 뒤덮은 사람의 이야기, 옆집 여자가 봉투를 얼굴에 쓰고 자살한 이야기, 동네에서 가장 크고 가장 늙은 개가 벌써 세번째 임신을 한 이야기, 고가도로 위에서 목장갑을 실은 트럭과 과일 트럭이 부딪쳐 바나나와 목장갑이 차들과 함께 뒤섞인 이야기 등등. 내가 하루종일 하는 일이라곤 이야기를 만들어서 노트에 적고 석이를 만나면 그 이야기를 까먹지 않고 들려주는 것뿐이다. 나는 그 일에만 희열을 느낀다. 그건 아마, 물론 물어본 적은 없지만, 석이도 마찬가지일 것이다.

석이는 이야기를 좋아한다. 비극적이든 희극적이든, 인간이 염소가 되는 우화든. 이야기라면 무엇이라도 좋아하는 사람처럼. 석이는 나중에 이런 이야기를 모아서 영화를 만들 거라고 했다. 유명한 영화감독이 되어서 자기에게 즐거운 얘기를 들려준 나를 언급하며 고맙다는 인사를 해준다는 약속도 했었다. 수많은 이야기 보따리의 주인에게 영광을 돌립니다. 나는 석이가 단상에 올라 말하는 모습을 상상할 때마다 너무 긴장된 나머지 손끝이 저렸다. 그때 아마 나는 뜨거운 눈물을 흘리겠지.

동네 사람들은 나 같은 애들이 으레 그러는 것처럼 나 역시 성인이 되기도 전에 지독한 성병에 걸리거나 정신이 완전히 나가버릴 거라고 말했지만 지금의 나는 아니다. 나는 꽤 건강하다. 달리기도 아주 느리지 않을뿐더러, 무엇이든 잘 씹는다. 가끔 온몸이 간지럽긴 하지만 지독한 성병도 없다. 물론 이전에 내가 어떻게 지냈는지는 잘 기억나지 않는다. 무얼 먹고—지금은 관리하지 않는 밭에 아무렇게나 자란 알감자나 철 지나 무른 농작물을 주워 먹지만—어떻게 잠을 잤는지 같은 사소한 것도 기억나지 않는다. 이야기에 온통 정신을 빼앗긴 사람처럼 말이다. 나는 이야기를 좋아한다. 나는 이야기를 사랑한다. 물론 석이에게 해주는 조건에서 말이다.

재밌는 얘기 좀 해봐, 재밌는 얘기.

시멘트로 아무렇게나 구역을 나누어놓은 듯한 골목에서 석이가 튀어나왔다. 석이에게서 고무 타이어 냄새가 풍겼다. 석이의 냄새는 어떨 때는 소리 같기도 했다. 오래된 하천이 흐르는 소리, 풀이 흔들리는 소리, 나무 문이 쾅하고 닫히는 소리.

재밌는 얘기?

나는 말했다.

응. 어떤 것이든 좋아. 영감은 많이 받으면 받을수록 좋은 거거든.

석이가 말했다.

알지? 나는 네 이야기가 특히 좋아.

석이는 그런 말도 잊지 않았다. 나는 머리를 긁으며 이야기를 시작했다. 햇볕을 잔뜩 받은 머리통이 따가웠다.

나는 석이에게 어젯밤 꿈에서 본 하수구 밑에 사는 노숙인에 대해 이야기했다. 하수구 밑에 사는 노숙인이 사람들을 하나씩 잡아가는 얘기. 그래서 사람들이 하나씩 사라지는 얘기. 결국엔 모두가 하수구 밑에서 살아가는 얘기. 노숙인이 왕이 되는 얘기. 햇빛이라곤 없는 곳에서 모두가 쥐처럼 살아가는 얘기.

석이는 이번에도 내 이야기를 듣고는 한참을 곰곰이 생각하다가 고개를 끄덕였다.

상징적이네. 그런데 그 얘기라면 내가 아주 옛날부터 생각했던 이야기야. 제목은 단숨에 만들어지는 공동묘지, 였어. 일종의 알레고리지. 그런데 너는 왜 그런 꿈을 꿨지? 어째서지?

석이가 말했다. 나는 유식한 단어를 섞어 말하는 석이가 왠지 멋져 보였다.

날이 너무 더워서. 어제 더워서 거의 제대로 잠도 못 잤거든. 나는 더운 게 지겨워. 여긴 매일매일 더우니까, 차라리 땅 밑으로라도 들어가고 싶어. 굴을 파고 사는 생활이 나을 거야.

나는 나도 모르게 머리를 박박 긁으며 말했다. 빨간 피딱지가 손톱에 묻어나왔다. 나는 불현듯 며칠 전 뜨거운 볕을 잔뜩 받으면서도 밭에서 한 발자국도 움직이지 않았던 흑염소 한 마리를 떠올렸다. 갸릉갸릉 다 죽어가는 소리로 울던 염소였다. 죽었을까, 살았을까. 아직도 처형을 기다릴까. 나는 갑자기 섬뜩한 기분이 들었다. 차라리 그때 그 불쌍한 염소의 정수리를 시원하게 깨주었다면 좋았을 텐데. 석이가 한참 고개를 끄덕이며 나를 훑어보았다.

그런데 자세히 보니까 말이야. 상징적이다, 정말. 너 말이야, 너. 네가 언젠가 내 영화에 출연하면 좋겠다. 까만 소품이나 테이블, 장식장이어도 괜찮을 것 같아. 그런 건 첫 데뷔치고는 나쁘지 않은 거야. 아예 프레임 속으로 들어가지 못하는 배우들도 많으니까. 너는 특별히 내가 그렇게 해줄게. 감독의 특권이니까. 아니,

아니. 그냥 권리니까.

석이가 말했다. 나는 석이의 말이 끝나자마자 부끄러운 듯 고개를 끄덕였다. 그러곤 까만 자개장 장식을 단 나의 등을 떠올렸다. 까만 등판의 은빛 장식. 번쩍번쩍 빛나는.

나는 나의 번쩍이는 등을 상상하며 걸었다. 걸을 때마다 등뼈를 휘감은 나비와 꽃, 옻칠된 구름이 춤을 추는 것 같았다. 나는 기분이 좋았다. 기분이 좋아 석이의 손을 꽉 잡을 때마다 석이가 인상을 찌푸리며 손을 빼냈다. 석이와 나는 어디로 가자는 말도 없이 뚝방을 오르고 오래된 하천을 지나고 눈이 빨간 물고기가 모여 있는 서식지를 지나서 황무지 같은 밭으로 걸었다. 우리는 늘 같은 곳을 걸었다. 특별한 의미가 있는 것은 아니었다. 말하자면 그저 한 바퀴를 쭉 도는 것이었는데, 왜냐하면 뚝방 너머에 하천이 흐르고 하천을 지나 계속 걷다보면 황무지가 나왔기 때문이었다. 우리는 황무지에서 해가 지는 모습을 보는 것으로 산책을 끝내곤 했다. 황무지는 길고 두꺼운 말뚝이 여러 개 박혀 있는 땅이었다. 다른 말로 하면, 염소들이 사는 곳이기도 했다. 나는 걸으면서 석이를 몰래 바라보았다. 석이의 넓은 이마에서 땀이 줄줄 흘렀다. 석이는 걷는 내내 생각에 잠긴 것 같았다. 석이가 오늘따라 좀 달라 보였다. 어딘가 안절부절못하는 것 같기도 했다. 나는 석이에게 무슨 일이 있느냐고 물어보고 싶었지만 물어보지는 않았다. 나는 석이에게 질문하는 법이 없었다.

석이는 내 질문이 쓸모없어서 싫다고 했다. 네 질문은 쓸데없어, 더이상 물어보지 마! 석이는 늘 그렇게 말하곤 했으니까, 나는 질문하지 않았다. 나는 언젠가 석이처럼 말하는 노인을 티브이에서 본 적이 있었다. 허리띠를 잔뜩 졸라맨 늙은 돼지였는데, 자본주의와 민주주의, 전쟁과 평화, 사랑과 증오에 대해 떠들던, 혼자서 이백 살까지는 거뜬히 살아남을 것 같던, 심부볼이 잔뜩 부어오른 노인이었다. 나는 땀을 뻘뻘 흘리는 석이를 쳐다보았다. 심부볼이 부어오른 석이. 석이도 이백 살이 된다면 저렇게 변할까, 나는 잠깐 생각했지만 그건 석이와 별로 어울리지 않았다. 오히려 기다란 쇠막대나 구멍 뚫린 고목나무면 몰라도. 석이는 오늘따라 괜스레 밭에 묶여 있는 염소들을 보고 화를 내기도 했다.

저것들이 우는 소리가 싫어.

나는 그런 말을 하는 석이가 왠지 서운했다.

내가 이렇게 지내는 걸 보면 아빠가 실망하실지도 몰라. 나는 이제 시간이 별로 없어. 정말 시간이 별로 없다고. 곧 아빠가 온다니까. 아빠가 온다는 게 무슨 말인지 너도 알지?

석이가 걸음을 멈춘 채 말했다. 나는 말없이 고개를 끄덕였다. 대단한 이야기꾼, 신의 은총을 받은. 나는 속으로 중얼거렸다. 시무룩해진 석이의 넓은 이마가 여전히 땀으로 빛났다.

석이는 자기의 아빠처럼 유명한 영화감독이 될 거라고 했다. 석이의 아빠는 빛과 사물을 프레임 속에 넣고 어떤 이야기든 만들어내는 그런 사람이라고 했다. 대단한 이야기꾼, 신의 은총을 받은 감독. 동네 사람들은 그에 대해 아무것도 몰랐지만, 그래서 덕분에 저주도 무엇도 할 수 없었지만, 석이는 그런 아빠를 자랑스러워했다. 지금은 시카고에서 영화 작업에 한창이라고 했다. 물론 빛과 소품 하나, 그리고 한 명의 주인공만 등장하는 영화라고 했다. 모두가 그의 영화를 보면 흥분할 수밖에 없다고 석이가 그랬다. 자기도 성인이 되면 시카고로 넘어갈 것이라고, 그러기 위해서는 많은 이야기가 필요하다고 말했었다. 나는 시간이 별로 없다는 말에, 손으로 석이가 성인이 되기까지 남은 햇수를 헤아려보았다. 사실 석이의 나이는 석이의 말에 따르면 매번 변했기 때문에 잘 알 수는 없었지만 나는 석이의 말에 어쩐지 조바심이 났다. 어떤 이들은 석이를 볼 때마다 이제 곧 군대에 끌려갈 것이라고 말하기도 했다. 하지만 시간이 없다고 석이가 그랬으니까, 나는 얼른 다른 이야기를 떠올렸다. 나는 석이에게 옆집 언니의 죽음, 아니 정확히 자살에 대해 이야기해주었다. 부탄가스를 두 개나 터뜨리고 죽은 언니. 걸레 같은 년, 죽어버려. 지옥에나 가버려라. 사람들은 늘 언니에게 그런 욕을 하곤 했다. 잘 알지도 못하면서.

그러니까 어떻게 된 건데? 그 언니가?

석이가 최근의 어떤 이야기보다 관심을 보였다. 나는 언니라는 말을 쓰는 석이가 웃겼지만 말을 계속 이었다.

세상에, 이럴 수가.

나는 경찰들이 와서 떠들었던 것을 석이에게 그대로 이야기해 주었다. 내가 이야기를 이어갈 때마다 석이가 고사리 같은 손으로 작은 눈을 가렸다.

굉장히 비극적인 이야기야. 엄청난, 비극.

석이가 혼잣말처럼 중얼거렸다. 내 이야기가 마음에 드는 눈치였다.

우리는 한참을 걷고 또 걸으며 이야기에 대해 떠들다가 다시 염소가 매인 황무지 밭으로 돌아왔다. 물론 까만 염소와는 멀찌감치 떨어져 앉았다. 우리는 말없이 태양을 바라보았다. 태양이 잘 익은 닭알 같았다. 나는 석이와 이렇게 앉아 있는 시간이 좋았다. 멋진 연인이 된 것 같은 느낌. 행복한 영화의 마지막 장면이 된 것 같은 느낌. 나는 행복해서 가끔씩 오줌을 눌 때처럼 몸이 부르르 떨렸다. 석양을 받은 석이의 이마가 번들거렸다. 석이도 이런 기분에 대해 알까? 나는 석이를 오랫동안 바라보았다. 그러다 석이는 평생 내 기분에 대해 알지 못할 것 같다는 생각이 들었다. 석이는 이렇게 아무렇게나 찾아오는 쉬운 행복에 대해서 나만큼은 알지 못할 것 같았다.

나는 석이와 해가 지기 전에 헤어졌다. 머리를 좀 길러보는 건 어때? 다른 여자애들처럼. 훨씬 좋아 보일 거야. 나는 문득 헤어지기 전 석이가 했던 말을 떠올렸다. 석이는 그런 말을 하고는 눈알에 금파리를 숨겨놓은 것처럼 자주 푸르르 떨다가 집으로 가버렸다. 나는 밤송이처럼 짧은 머리가 조금 부끄러웠다. 석이는 어린아이처럼 해가 지기 전에 꼭 집에 갔다. 꼭 밤이 되면 땅굴로 숨어야 하는 들쥐 같았다. 석이에게 해가 져도 조금만 더 같이 있자는 말을 한 적은 없었다. 내 말은, 물론 이건 질문은 아니었지만, 쓸모없을 테니까. 나는 되도록 석이와 있을 때 이야기를 빼놓고는 말을 아꼈다. 해가 져도 조금만 더 같이 있었다면 우린 좋은 연인이 될 수도 있었을 텐데. 그랬으면 좋았을 텐데. 나는 해가 져 집으로 돌아올 때마다 석이와 손을 꼭 잡고 걸어가는 상상을 했다. 그때 석이는 공기만큼 가벼워서 내 손은 항상 비어 있었다.

나는 집으로 오자마자 감자의 껍질을 벗겼다. 부엌에는 버려진 밭에서 주워온 무른 감자가 한가득 쌓여 있었다. 나는 주로 감자와 철 지난 농작물을 먹었다. 누군가 나에게 따듯한 빵이나 국, 그릇에 정갈하게 담긴 반찬을 건넸다면 무릎이라도 꿇을 수 있었을 텐데. 나한테 그런 것을 주는 사람은 없었다. 나는 부엌에 쪼그려 앉아 과도를 꺼냈다. 흙이 덜 떨어진 감자 껍질을 과도로 벗길 때마다 사각사각 듣기 좋은 소리가 났다. 나는 감자 껍질을 벗기면서 석이의 아빠를 잠깐 생각했다. 대단한 이야기꾼, 신의 은총을 받은 감독. 사각거리는 감자 껍질이 바닥에 투둑투둑 떨어졌다.

나는 연기하듯 내 주먹보다 큰 감자를 한입에 넣었다. 등뼈를 휘감은 나비와 꽃, 옻칠된 구름. 나는 석이의 약속이 생각나, 여전히 기뻤다.

감자를 씹을 때마다 알싸하고 비릿한 전분 향이 코로 올라왔다. 나는 마치 코로 감자를 먹는 것과 다를 바 없이 감자를 씹었다. 짧은 머리털 사이로 진물 같은 게 새어나오고 있었다. 햇볕을 한껏 받은 날이면 으레 두피가 갈라져 피나 진물이 나오곤 했다. 벅벅 긁은 탓도 있겠지만 오늘따라 햇볕이 너무 뜨거웠다. 그러나 며칠이면 금방 또 새살이 돋고 그 틈으로 머리가 자라곤 했으니까, 대단한 치료법이 필요한 것도 아니었다. 나는 휴지를 머리에 대고 그대로 바닥에 누웠다. 그리고 무슨 말이든 하고 싶어서 아무 말이나 웅얼거렸다. 머리를 좀 길러보는 건 어때? 훨씬 좋아 보일 거야. 나는 다시금 그 말이 생각나 조금 웃었다.

나는 하얗게 들뜬 입 주변을 손등으로 닦았다. 다음날, 석이는 해가 뜨기도 전에 우리집에 찾아왔다. 햇볕을 받지 않으면서 석이를 만난 것은 처음이었다.

무슨 일이야, 석아.

나는 몸을 일으키며 말했다. 몸을 일으킬 때마다 입에서 흑염소처럼 갸릉갸릉 앓는 소리가 났다. 석이는 꼭 다른 사람처럼 보였다. 석이는 마당에서 나를 부르지도 않고, 마치 무대 위에서 연기를 하는 것처럼 마당을 구르다가 멋지게 착지하는 식의 행동을 계속했다. 아마 내가 인기척에 깨지 않았다면 몇 시간이고 그러고 있었을지도 모를 일이었다. 석이는 누구보다 신나 보였다. 입을 오물거리면서 노래를 부르고 있었고 손에는 이름 모를 들풀도 한가득 꺾어 쥐고 있었다.

나는 몸을 완전히 일으켜 마당으로 기어나갔다.

자, 여기. 받아, 빡빡이 공주야.

한참을 춤추듯이 바닥을 구르던 석이가 말했다. 들에서 아무렇게나 꺾은 풀 때문에 손 주변에 풀독이 잔뜩 오른 상태였다. 나는 처음 보는 석이의 행동에 당황스러웠다.

석아, 연기를 하는 거야?

나는 석이가 꺾어온 들풀을 받으며 말했다. 석이는 이전에 이런 식으로 연기를 한 적이 있었다. 나에게 욕을 퍼붓는 연기였는데, 나는 처음에 석이가 연기를 하는 줄 몰랐었다. 석이가 얼떨떨한 표정을 짓고 있는 나를 보고 크게 웃어 보였다.

연기를 하는 것 같아?

응.

왜?

그냥 저번에도 그랬으니까.

나는 연기를 하는 게 아니야. 그냥 기쁜 거야.

석이가 말했다. 석이는 마치 묘기를 부리는 서커스단의 원숭이처럼 어설프게 뒤로 두 바퀴나 더 굴렀다. 나는 기쁜 일이 무엇인지 물어보고 싶었지만 물어보지 않았다. 마당에 흙먼지가 일었다.

기쁜 일이 뭔지 아니?

석이가 말했다.

아니.

나는 대답했다.

아빠가 왔어.

석이가 말했다. 나는 아빠가 왔다는 말을 듣자마자 군인들이 석이를 억지로 끌고 가는 모습을 잠깐 떠올렸다.

아빠?

나는 마당을 구르고 있는 석이에게로 다가갔다. 머리에 눅진한 휴지 뭉치가 떨어지는 기분이 들었다.

무슨 말인지 모르겠어? 아빠 말이야. 아빠가 드디어 왔다.

석이가 다시금 말했다. 나는 갑자기 가슴이 두근거렸다. 대단한 이야기꾼, 신의 은총을 받은 감독. 석이는 내가 가까이 다가가자 인상을 찌푸렸다.

아빠가 왔어. 일주일 이내로, 아니 이삼 일 내로 준비를 마치는 대로 시카고로 갈 것 같아. 그래도 덕분에 이야기가 많으니까, 문제없을 거야. 네 덕분이야.

석이가 말했다. 나는 너무 긴장된 나머지 손끝이 떨렸다. 나는 나도 모르게 처음으로 석이를 와락 안았다.

잘됐다, 석아. 너는 진짜로 정말 멋진 이야기꾼이 될 거야. 정말이야.

나는 거친 숨을 쌕쌕 내뱉으며 말했다.

고마워.

석이는 말이 끝나자마자 나를 조금 밀어냈다.

우리는 처음으로 감자를 같이 나누어 먹었다. 석이를 축하해주기 위해 따듯한 국과 반찬 같은 것들을 차려주고 싶었지만 석이에게 줄 수 있는 것은 그것이 전부였다. 나는 불을 지피고 감자를 포슬포슬하게 쪄냈다. 석이는 마치 나와 감자를 나누어 먹는 것이 대단히 선심 쓴 일인 듯이 행동했지만 막상 포슬포슬한 감자를 보더니 잘 받아먹었다.

맛있다.

석이가 말했다. 석이는 감자를 받아먹으면서 아빠에 대한 말을 쉬지 않았다. 아빠가 영화제 무대에 오른 이야기. 단상에서 아들 석이에 대해 장황하게 떠들었던 이야기. 석이에게 영광을 돌린다고 한 이야기. 그런 말을 하며 가짜 금으로 도금된 트로피를 반으로 나눈 이야기. 조각난 트로피 사진이 신문과 잡지에 도배된 이야기. 석이는 말하는 내내 행복한 사람처럼 몸을 떨었다.

대단하다. 정말 멋지구나. 멋져, 대단해.

나는 같은 말을 반복했다. 석이의 이야기에 집중하느라 머리에 무언가 흐르는 느낌을 그대로 내버려두었다. 석이가 코를 킁킁대며 감자를 먹다 말고 나를 뚫어져라 쳐다보았다. 나는 노란 진주 같은 눈알을 들키고 싶지 않아 바닥을 쳐다보았다. 석이가 나를 이곳저곳 훑어보았다.

넌 계속 여기에서 살 거지?

석이가 말했다.

응.

나는 말했다.

백 년이 지나도 이백 년이 지나도 여기 있겠다는 거지?

석이가 말했다. 나는 아무 말도 하지 않았다. 어쩐지 부끄러운 기분에 뒤통수라도 긁고 싶었지만 그만두었다.

너는 뭐가 되고 싶어? 되고 싶은 게 있나?

나는……

나는 말을 더듬거렸다. 별다른 말이 생각나지는 않았다.

너는 평생 여기서 살겠지? 맨날 똑같이 말이야. 근데 그건 지겨워서 무서운 거야. 그냥 무서운 것보다 더한 거지. 나는 여기가 지겹다. 그건 그냥 무서운 것보다 더하다니까.

석이는 같은 말을 반복했다.

너는 진짜 되고 싶은 게 없어?

나는 한동안 아무 말도 하지 않았다. 이야기를 만드는 사람이 되고 싶다고 말하지는 않았다. 석이가 배꼽을 잡고 웃어버릴 것 같았다. 나는 입을 우물거리다가 언젠가 단상 밑에서 박수를 쳐댔던 사람에 대해 떠올렸다. 그는 이야기꾼은 아니었다. 이야기꾼의 친구도 아니었다. 때로는 긴 이야기, 짧은 이야기를 만드는 시인이라고 했다. 나는 시인에 대해 잘 몰랐다. 그냥 그런 걸 만드는 사람이라고 들었을 뿐이었다. 그러니 그저 그런 것이 되고 싶다고 말해도 될 것 같았다.

나는 시인.

나는 말했다.

석이가 크게 와하하 웃었다. 얼마나 크게 웃었는지 마당의 흙먼지가 일어날 정도였다. 석이는 한동안 웃다가 다른 말을 했다.

머리는 기르지 않는 게 나을 것 같아.

석이가 말했다. 나는 왜, 라고 말하고 싶었지만 말하지 않았다. 어쩐지 그 이유를 어렴풋이 알 것도 같았다.

우리는 평소와 같이 어딘가로 가자는 말도 없이 걸었다. 뚝방을 오르고 오래된 하천을 지나고 눈이 빨간 물고기가 모여 있는 서식지를 지나서 황무지 같은 밭으로 걸었다. 오늘이 어쩐지 석이와 걷는 마지막 날 같아서 슬펐다. 석이와 밤새도록 걷는 날이 있었다면 좋은 친구가 될 수도 있었을 텐데. 그랬다면 좋았을 텐데.

시카고는 너무 멀어서 이 동네는 다시 안 오겠다.

나는 질문도 아니고 질문이 아닌 것도 아닌 말을 했다.

응. 비행기를 스무 시간은 넘게 타야 되고, 수천 킬로는 떨어져 있으니까. 올 일도 없을 거야. 그리고 나는 저것들이 우는 소리가 싫어.

석이가 멀찌감치 굵은 말뚝에 매인 흑염소를 보며 말했다.

이틀이나 삼 일 뒤에 완전히 가겠네, 너는.

나는 말했다.

응. 그렇지. 그런데 아빠는 네가 이미 알다시피 시간을 허투루 쓰지 않아서 그동안에도 영화를 만들 거라고 했어. 아주 짧고 멋진 영화가 될 거야. 그래서 지금은 집에 없어. 아마 밤에나 들어올 거야.

석이가 말했다. 나는 고개를 끄덕였다. 가만히 앉아서 막 떠오른 태양을 바라보는데도 속에서 알 수 없는 갸릉갸릉, 우는 소리가 났다. 나는 누군가들의 말을 떠올렸다.

방금 무슨 소리지?

석이가 말했다.

염소.

나는 멀찌감치 떨어진 염소를 가리키며 말했다. 염소가 울 때마다 멀리서 시고 구린 흙냄새가 났다.

우리는 언제나 그렇듯 해가 지기 전에 헤어졌다. 석이가 가고 나서도 나는 혼자서 닭알 같은 석양을 오래 바라보았다. 배가 고팠지만 감자를 먹고 싶은 기분이 들지는 않았다. 나는 다시 하천으로 걸어갔다. 옷을 몽땅 벗고 물가로 내려가서 머리부터 물속으로 밀어넣었다. 얼마 만의 목욕인지 몰랐다. 머리가 따갑긴 했지만 시원했다. 머리를 감싸고 있는 물줄기가 긴 머리카락처럼 느껴졌다. 긴 머리를 가지면 이런 기분일까. 부드러운 물줄기가 머리통을 쓰다듬어주는 기분. 나는 머리를 다 감고도 물속에서 이리저리 흔들렸다. 온몸의 구멍으로 물줄기가 파고드는 것 같았다. 나는 아무 말이나 중얼거렸다.

동네에는 염소들이 살지
동네를 지키는 사람보다 많이 산다
그러나 염소를 무서워할 필요는 없어
동네의 염소들은 나쁜 짓은 절대 하지 않는다
단지 기다릴 뿐 단지 가만히 침묵할 뿐, 그게 잘못이라면 잘못이지
사람들은 밭도 매고 고기도 잡고 열심히 저녁을 차릴 테니까
염소들은 일하지 않아서 매일 감자만 먹다가 죽어버린다
불쌍한 염소의 머리통, 내가 확 깨주면 좋았을 텐데

나는 아까 석이가 그랬던 것처럼 와하하 웃었다. 주변에 물거품이 일어났다. 나는 처음으로 내 이야기가 재미있었다. 그것들은 너무 웃겨서 사랑스러웠다. 나는 아무 말이나 떠들면서 한참을 개천에 누워 있었다. 눈이 빨간 물고기들이 빠르게 등을 훑고 지나가는 것이 느껴졌다. 나는 가만히 떠 있었다. 예전에도 어렴풋이 이런 기분을 느낀 것 같았다. 몸에 난 구멍으로 무언가 계속 넘실넘실 들어오는 기분. 잔잔한 물가와 한없이 멀어지고 있는 기분. 나는 일부러 이빨을 한껏 드러내며 웃다가 멈추기를 반복했다. 등에 무언가 뾰족한 것이 파고든 느낌이 들었지만 그냥 내버려두었다.

석이는 시카고에 갈 준비로 바빠 나를 이틀 동안 찾아오지 않았다. 나는 같이 걷던 곳을 혼자 걸었다. 뚝방, 하천, 빨간 눈의 물고기가 사는 서식지에서 썩은 유황 냄새가 났다. 사실 석이가 찾아오지 않았다고 해서 석이를 보지 못한 것은 아니었다. 멀리서 석이를 보기는 했지만 석이가 나를 모르는 척했다. 석이는 시장을 지나가는 중이었는데 석이 옆에는 멕시코 사람들이 쓸 법한 커다란 모자를 쓴 남자가 있었다. 커다란 모자를 쓴 남자는 아무것도 들고 있지 않았지만 커다란 배낭을 멘 것처럼 덩치가 컸다. 몸속에 대단한 이야기를 꽉꽉 담아놓은 것처럼. 그는 석이의 아빠 같았다. 그러나 모자의 챙이 너무 커서 그의 얼굴은 잘 볼 수 없었다. 나는 멀리서 석이가 알아보도록 석이 쪽으로 손을 흔들었다. 가기 전에는 꼭 인사하러 와야 해! 가기 전에는 꼭 와야 해! 나는 소리쳤다.

나는 석이가 찾아오지 않는 동안 많은 이야기를 만들어냈다. 그리고 그 이야기를 노트에 빼곡하게 적었다. 석이가 가기 전에 선물로 주려고. 혼자 만들어내는 이야기가 늘어날수록 가끔씩 이상한 목소리가 들려오기도 했다. 나는 왼쪽 귀를 쫑긋 세웠다. 그 목소리들은 나에게 지하 굴에 사는 사람의 이야기, 짓무르고 썩은 왕감자의 이야기, 큰 개미의 이야기, 머리가 터져 꼬리만 움직이는 애벌레의 이야기를 들려주었다. 그들의 이야기는 너무 슬퍼 나는 가끔 울기도 했다. 그 이야기들이 생각날 때마다 길을 걷다가도 눈물을 뚝뚝 흘렸다. 사람들은 눈물을 뚝뚝 흘리는 나를 볼 때마다 혀를 찼다. 내가 완전히 미쳤다고 생각하는 것 같았다. 그들은 들짐승을 보는 것처럼 안타까운 눈으로 나를 훑었다. 씨발놈들. 잘 알지도 못하면서. 나는 말했다.

요즘 나는 거리가 온통 푸른빛에 잠긴 새벽 무렵 잠에서 깼다. 그 시간이 되면 누군가 나를 찾아와줄 것만 같았다. 정확히 누구인지는 모르지만 나는 석이가 와주었으면 좋겠다고 생각했다. 나는 일부러 눈을 감고 매일 누군가를 기다렸다. 멀리서 나를 부르는 말소리가 들렸다. 나는 그 소리에 어렴풋이 눈을 떴다. 깊이 잠에 빠지지 않았기 때문에 입가를 닦아낼 필요도 없었다. 문밖에 거대한 멕시코 모자를 쓴 남자와 키가 작고 긴 머리를 휘날리는 누군가가 서 있었다. 나는 석이가 찾아왔다는 것을 단번에 알아차렸다. 나는 입가 대신 눈을 비비며 일어났다. 눈을 비빌 때마다 꾸덕하고 비린 냄새가 났다.

석아, 나를 잊지 않았구나. 드디어 가는 거니?

나는 벌떡 일어서서 말했다. 석이가 가기 전 정말 나를 찾아줘서 기분이 좋았다.

아니, 아직.

석이가 말했다. 거대한 멕시코 모자를 쓴 남자 뒤에는 또다른 사람이 서 있었다. 난쟁이처럼 작고 붉은 립스틱을 바른 여자였다.

네가 그애구나.

붉은 립스틱을 바른 여자가 말했다. 나는 석이에게 줄 노트를 챙기려다가 멈춰 섰다. 난쟁이 여자가 내 쪽으로 가까이 다가왔다. 여자는 내게 다가올수록 키가 작아지는 것만 같았다.

너한테 좋은 소식이 있어. 그래서 이렇게 몰래 왔단다.

난쟁이 여자가 말했다. 여자의 목소리가 꼭 어설픈 악역을 맡은 사람 같았다. 나는 주위를 둘러보았다. 주위에는 정말 아무도 없었다. 난쟁이 여자가 무어라 말을 이었지만 잘 들리지 않았다. 여자가 말을 이을 때에도 멕시코 남자는 한순간도 말을 하지 않았다. 멕시코 남자는 거대한 정물처럼 서 있었다. 멕시코 남자가 서 있는 모습이 꼭 단상 위를 떠올리게 했다. 대단한 이야기꾼, 신의 은총을 받은. 나는 꼭 꿈을 꾸고 있는 것 같은 기분이 들었다. 심장이 두근거렸다. 붉은 립스틱을 바른 여자가 나에게 가까이 다가왔다. 나는 손이 부들부들 떨렸다. 난쟁이 여자가 갓난아이의 손처럼 작은 손을 나에게 뻗었다. 나는 석이에게 줄 노트도 챙길 새없이 갓난아이 같은 그 손을 잡았다. 그 손은 누구보다 부드러웠고 철 지난 복숭아를 만지는 것처럼 물렀다. 나는 그 손을 꼭 잡은 채 그들을 따라갔다.

한참을 가다가 작은 저수지 하나를 지났을 때쯤 가짜처럼 보이는 집이 눈앞에 들어왔다. 우리는 그 집으로 들어갔다. 얇은 외벽에 새하얀 페인트가 칠해진 집이었다. 마당에는 커다란 거위처럼 보이는 흰 닭들이 나란히 줄을 맞춰서 걷고 있었다. 바닥에는 고무호스들이 엉켜 있었고 식물이 말라붙은 화분도 더러 놓여 있었다. 식물은 꽤 크게 자라 있었고 죽은 지는 얼마 되지 않아 보였다. 나는 그것들의 이름을 알고 싶었지만 난쟁이 여자도 석이도 커다란 멕시코 모자를 쓴 남자도 알려주지 않을 것 같아서 물어보지 않았다.

집은 전부 다 가짜 같았지만 완전히 가짜는 아니었다. 집에는 커다란 거실이 하나, 화장실이 하나 있었다. 화장실 수납장에는 하얗고 긴 수건들과 뚜껑이 뾰족한 수십 개의 관장약이 진열되어 있었다. 나는 이번에도 난쟁이 여자의 복숭아처럼 무른 손을 잡고 화장실로 들어갔다. 난쟁이 여자는 말없이 내 옷을 벗겨주었다. 그러고는 갓난아이를 씻기듯 나를 정성스럽게 씻겨주었고 온몸의 털도 밀어주었다. 난쟁이 여자가 털들을 깎아낼 때마다 엉겨붙은 짧은 머리칼이 감자 껍질처럼 서걱서걱 떨어졌다.

너는 성병에 걸리지는 않았구나.

난쟁이 여자가 말했다. 나는 고개를 끄덕였다.

너 같은 애들은 지금쯤이면 으레 성병에 걸리곤 하는데, 어째서지?

나는 난쟁이 여자의 얼굴을 쳐다보았다. 석이가 나에게 꿈에 대해서 물었던 것처럼 여자는 나에게 질문했다. 여긴 너무 더워서요. 나는 석이에게 꿈에 대해 말했던 것처럼 그 말에 그렇게 대답하고 싶었지만 아무 말도 하지 않았다. 난쟁이 여자의 눈에서 어렴풋한 노란빛이 번뜩였다.

준비는 끝났단다.

난쟁이 여자가 말했다. 난쟁이 여자가 말할 때마다 꿈속을 걷는 이상한 기분이 들었다. 나는 갓 태어난 아기 염소처럼 온몸을 흰 수건으로 감쌌다.

거실로 나가자 멕시코 모자를 쓴 남자와 석이가 앉아 있었다. 불이 들어온 거실은 눈이 부실 정도로 환했다. 알 수 없는 한기에 몸이 떨렸다. 나는 다시금 머릿속으로 검은 등뼈를 휘감은 나비와 꽃, 옻칠된 구름을 떠올렸다.

준비는 끝났단다.

난쟁이 여자가 붉은 립스틱을 한번 더 바르면서 같은 말을 반복했다. 나는 아무 말 없이 석이가 있는 쪽을 바라보았다. 석이의 눈꺼풀이 부르르 떨렸다.

얼마가량 흰빛이 주변을 감쌌다. 나는 난쟁이 여자가 입혀준 빨간 천조각을 몸에 두르고는 가만히 바닥에 앉아 있었다. 플래시 불빛 때문에 눈을 가릴 때마다 멕시코 모자를 쓴 남자가 큰소리를 질렀다.

가만히 있어! 움직이지 마!

나는 몸을 금파리처럼 부들부들 떨었다. 멕시코 모자를 쓴 남자의 목소리가 너무 커서 움직일 수 없었다.

자세히 보니까 말이야. 상징적이다, 정말. 너 말이야, 너. 네가 언젠가 내 영화에 출연하면 좋겠다. 까만 소품이나 테이블, 장식장이어도 괜찮을 것 같아. 나는 그 말을 오래도록 떠올렸다. 내가 일어났을 때, 그들은 사라지고 없었다. 큰 거위 같은 흰 닭도 없었으며 아무렇게나 엉킨 고무호스도, 죽어버린 식물도 어딘가로 사라지고 없었다. 나는 바닥에 떨어진 챙이 큰 멕시코 모자를 쓰고 집으로 걸었다. 세상이 빙글빙글 도는 것처럼 어지러웠다. 나는 걸으면서 이상한 노래를 불렀다. 감자와 염소와 밟을 때마다 발이 푹푹 빠지는 땅에 대한 노래였다. 나는 계속해서 노래했다.

동네에 도착했을 때, 사람들은 나를 서커스 단원이라도 구경하듯이 쳐다보았다. 그들은 처음에 내가 연기를 하는 줄 알았다. 그러곤 내가 완전히 돌았으니, 나의 최후가 어떨 것이냐에 대해 떠들었다. 나는 그들 앞에서 보라는 듯 온몸을 벅벅 긁었다. 그들은 하나같이 인상을 찡그리곤 기괴한 표정을 지었다. 대단한 것이라도 본 듯한 그들의 표정이 웃겼다.

나는 석이가 돌아가고 나서 매일 울었다. 가끔씩 귓가에 들리는 슬픈 이야기 때문은 아니었다. 석이와 커다란 멕시코 모자를 쓴 남자 그리고 난쟁이 여자가 매일같이 꿈에 나왔다. 그들은 꿈에서 나를 때리고 발에 치이는 대로 걷어찼고 나를 작은 상자에 넣었다가 꺼내주기를 반복했다. 나는 그들이 나올 때마다 몸을 부르르 떨며 울었다. 몸을 떨 때마다 검은 나비와 구름이 등뒤에서 이상한 춤을 추는 것만 같았다.

나는 거의 잠을 자지 않았다. 잠들고 싶지 않았다. 나는 그들이 죽어버렸으면 좋겠다고 생각했다. 나는 그들을 저주했다. 그들에게 저주를 퍼붓고 불행을 기원하고 그들의 최후를 생각했다. 그들이 다음 생에 다시 태어나 으레 누군가 그러는 것처럼 성인이 되기 전에 지독한 성병에 걸리거나 미쳐서 죽어버렸으면 좋겠다고 생각했다. 나는 매일 밤 그들이 염소가 되는 이야기를 썼다. 뜨거운 황무지에 가만히 서서 매일매일 처형을 기다리는 이야기였다.

그들은 마을에서 보이지 않았다. 어디로 갔는지는 알 수 없었다. 아무도 이야기해주지 않았고 아무도 그들을 궁금해하지 않았다. 그러나 누군가는 그들이 가끔 먹을 것을 찾아 밤에만 거리로 나온다고 말하기도 했다. 지하에 굴을 파고 배고플 때만 밖으로 나온다고. 거리가 온통 푸른빛에 잠길 때, 먹을 것을 찾아 이리저리 돌아다닌다고. 나는 와르륵 쏟아지는 눈물을 닦았다. 그들이 죽지 않아서 나는 슬펐다.

나는 해가 다 저문 저녁, 저멀리 무허가 밭에서 처형을 기다리는 염소 울음소리가 들리면 잠에서 깨어났다. 햇볕이 싫었다. 이글이글 타오르는 햇볕 아래 서 있으면 뜨거운 황무지에 묶인 염소처럼, 금방이라도 무릎 관절이 꺾인 채 기절할 것만 같았다. 나는 동네 사람들의 장담대로 점점 염소를 닮아갔다. 나는 밭에 매여 있는 염소와 피를 나눈 형제였다. 주둥이는 길었고 눈알은 노란 빛깔을 띠고 있었다. 나는 밭에 매인 염소들에게 매일 포슬포슬한 감자를 먹여주었다. 염소들은 하루가 다르게 통통하게 살이 올랐다. 나는 그들을 나의 가족으로 생각했다. 나에게 밥을 차려주거나 같이 밤길을 걷거나 말을 걸어주는 가족이나 연인 혹은 친구도 없었기에. 나는 찌그러진 멕시코 모자를 불로 태웠다. 너는 뭐가 되고 싶니? 지겨운 건 그냥 무서운 것보다 더한 거야. 나는 매일 이야기를 적었다. 언젠가 단상에 올라 많은 사람들에게 들려줄 이야기였다. 나는 하루도 빠짐없이 그 이야기를 천천히 적었다. 마치 대단한 이야기꾼, 신의 은총을 받은 감독처럼. 그것이 살아서 내 꿈에 나올 때까지, 꿈에 나와서 내 자라난 머리털을 오래오래 쓰다듬어줄 때까지.

나는 매일 하천으로 나갔다. 제법 자란 머리를 감기 위해서였다. 저녁이면 저멀리 무허가 밭에서 처형을 기다리는 염소 울음소리가 들렸다. 노란 진주 같은 눈알을 끔뻑이는 까만 흑염소. 나는 매일 수영을 하며 어렴풋이 이상하고 슬픈 기분을 느꼈다. 그리고 그런 기분에 대한 이야기를 만들었다. 이 이야기를 다 쓰게 된다면 아마도 뜨거운 눈물을 흘리겠지.

나는 매일 조금씩 잊어버렸다. 이백 살은 거뜬히 먹은 치매 노인처럼. 물론 이전에 내가 어떻게 지냈는지도 잘 기억나지는 않았다. 무얼 먹고—지금은 관리하지 않는 밭에 아무렇게나 자란 알감자나 철 지나 무른 농작물을 주워먹지만—어떻게 잠을 잤는지 같은 사소한 것도 기억나지 않았다.

나는 매일 하천에 가만히 누워 있었다. 그게 나의 일상이었다. 빨간 눈을 가진 물고기들이 주위를 맴돌았다. 나는 하천에 누워서 멀리 천변을 바라보았다. 어린 여자애 하나가 안절부절 오줌을 눌 듯이 앉아 있었다. 여자애는 매일같이 천변을 찾았다. 내가 하천을 찾을 때마다 이곳에 있었으니, 하루도 빠짐없이 이곳에 오는 것 같았다. 어린 여자애는 챙이 큰 모자를 썼으며 누구보다 윤기가 흐르는 긴 머리카락을 가지고 있었다. 나는 어딘가 안절부절못하는 어린 여자애를 뚫어져라 쳐다보았다. 그러곤 여자애 쪽으로 휘파람을 불었다. 모자의 챙이 너무 커서 여자애의 얼굴은 잘 보이지 않았지만 이쪽을 바라보는 듯했다. 휘파람을 한번 더 불자 여자애가 일어서서 내 쪽으로 천천히 다가오는 것 같았다. 나는 웃었다. 어쩐지 그 여자애에게 내 이야기를 들려줄 수 있을 것 같은 기분이 들었다. 재밌는 얘기 좀 해봐, 재밌는 얘기. 나는 그 말을 다시금 떠올렸다. 나는 여자애 쪽으로 이빨을 드러내며 한껏 웃어 보였다. 이빨을 드러내며 웃을수록 속에서 갸릉갸릉, 거리는 소리가 들렸다.

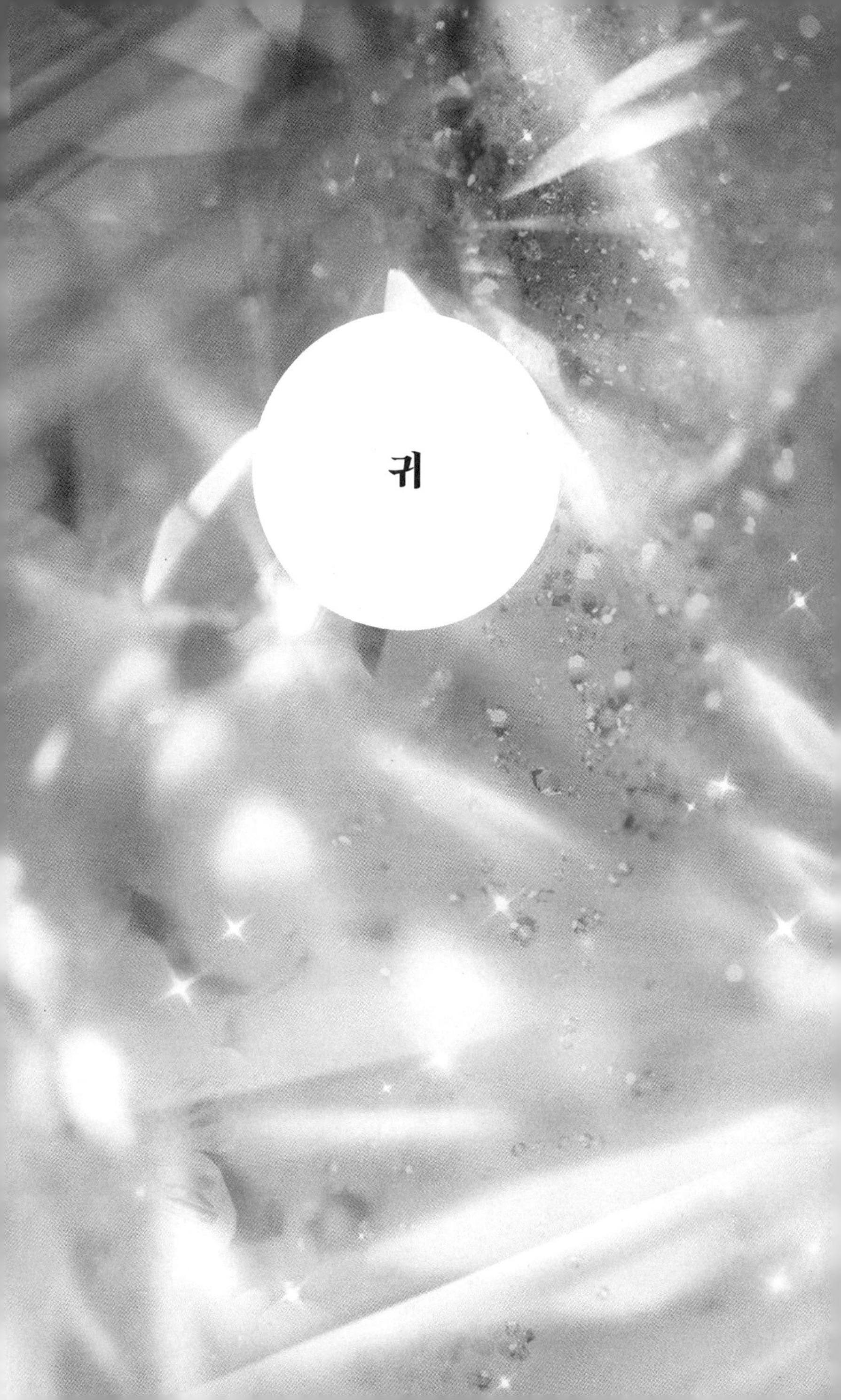

귀

길거리마다 새로 들어온 가죽의 고약한 냄새가 풍겼다. 매주 화요일 새벽, 상점마다 여러 종류의 가죽이 줄지어서 배달됐다. 색색깔의 가죽들이 꼭 완전히 미쳐버린 여자의 혓바닥처럼 보였다. 죽기 직전에 혓바닥을 길게 뺀, 그런 모습. 나는 배달되는 가죽을 보면서 실실 웃다가 괜히 혓바닥을 길게 늘어뜨렸다. 늘어진 가죽과 내 혓바닥이 어쩐지 비슷한 것 같아 괜히 기분이 묘했다. 닮았나, 아닌가. 나는 아무래도 잘 알 수가 없었다.

이곳은 정확히 말하자면, 주로 가죽으로 된 신발을 맞추는 상점이 줄지은 거리였다. 가방과 옷도 팔았지만 그것들을 사가는 이들은 거의 없었다. 오로지 가죽으로 된 신발이 주력 상품이었다. 매주 화요일 새벽에 배달되는 가죽은 항상 고약한 냄새가 나면서도 아름다웠다. 처음 보는 색과 오묘한 냄새. 그렇기에 나는 매번 화요일 새벽이면 그것들을 보러 미리 나와 있곤 했다. 바닷물처럼 파란 가죽과 소의 엉덩이 색을 닮은 가죽, 전깃줄처럼 시커먼 가죽 들이 계속해서 거리 위를 지나갔다. 예쁘다. 나는 멀리서 중얼거렸다.

누군가 금방 토해놓은 것 같은 축축한 토사물이 바닥에 흥건했다. 나는 기둥처럼 높다랗게 쌓인 쓰레기봉투 뒤에 숨어 계속해서 상가 쪽을 바라보았다. 조금 지저분하긴 했지만 나는 오히려 이 자리가 마음에 들었다. 나는 누군가가 나를 바라보는 것을 별로 좋아하지 않았다.

사람들의 말을 빌리자면 나는 굉장히 뚱뚱한 거구에 귀머거리였다. 귀가 아기 손바닥 반만큼 작다는 이유에서였는데, 그렇다고 진짜 귀머거리는 아니었다. 단지 귀가 작을 뿐이었지. 심지어 어떤 사람들은 이렇게 기형적으로 작은 내 귀를 보고 운이 없다면서 개종을 권유하기도 했다. 개종을 권유하는 이들은 하나같이 무례할 정도로 목소리에 힘을 주고 있었고 시끄러웠다. 목소리에 힘을 빼기만 했어도 개종이란 걸 수십 번은 할 수도 있었을 텐데, 나는 생각했다.

매일 밤 누군가에게 알 수 없는 기도를 중얼거리긴 했지만 나는 확실한 무교였다. 그리고 오히려 운이 좋은 편이었다. 누군가에게 말한 적은 없지만 나는 누구보다 귀가 밝았다. 벽이 천천히 삭아가는 소리, 멀리서 돌멩이가 구르는 소리까지 알아차릴 수 있었다. 정작 나에게 운이 없다고 말하는 이들은 멍청하게 어떤 소리의 반밖에 듣지 못한다는 것을 나는 알았다. 진짜 귀머거리들, 쓸데없이 당나귀처럼 귀만 커다란 것들. 나는 그런 이들을 볼 때마다 속으로 중얼거렸다.

나는 조금씩 걸음을 옮겨 아주 천천히 앞으로 다가갔다. 누군가 나를 쳐다볼까봐 조용히 걷고 싶었지만 무릎이 좋지 않아 걸을 때마다 신발 밑창 끌리는 소리가 났다. 나는 왼쪽만 심하게 닳은 신발 밑창을 들여다보았다. 밑창이 갈린 모양이 어쩐지 전보다 살이 좀더 불어난 것 같았다. 이유는 잘 알 수 없지만 나는 음식을 먹지 않아도 자꾸만 몸이 풍선처럼 불어났다. 정말로 금방이라도 곧 배가 터져버릴 것처럼. 어떨 때는 물 반병으로 하루 식사를 때우는데도 그랬다. 동네 사람들은 내가 살이 엄청난 속도로 찌고 있는 것이 내가 미쳐가고 있다는 증거라고 말했다. 진짜로 미친 사람은 무서워서 벌벌 떠는 것들이.

미치면 뚱뚱해진다던데. 너 걔네들이 뭐 주워먹는 거 본 적 있냐, 없지.

그들은 항상 말하곤 했다. 그들은 내가 미쳤다는 얘기를 할 때면 웃는 얼굴이어서, 마치 미치는 것이 꽤나 즐거운 일이라고 생각하는 것처럼 보였다.

거리 위로 천천히 해가 밝아오는 것이 느껴졌다. 꼼짝 않고 한 자리에서 서 있었던 탓에 발이 타는 것처럼 뜨거웠다. 나는 여전히 거리 위를 열심히 오고가는 가죽들을 바라보았다. 운반은 두 시간이 넘게 걸리는데도 불구하고 구경하다보면 항상 시간이 언제 흘렀는지 모르게 훌쩍 지나 있었다. 나는 몇 번 더 거리 위의 가죽들을 바라보고는 아쉽지만 뒤돌아서 거리 끝을 향해서 걸었다. 사람들이 내 주변에 우글우글 모여드는 것은 상상만으로도 피곤한 일이었다. 언젠가 내가 정말로 미친다면 그들 앞에서 춤을 추거나 그들에게 시시한 인사를 건넬 수도 있겠지만.

거리 끝에는 거리의 입구를 메우고 있는 상점들과 어울리지 않는 가게들이 늘어서 있었다. 거리 끝으로 걸음을 옮길수록 오래된 여관과 감자탕집 그리고 삼겹살집이 다닥다닥 몰려 있는 것이 보였다. 걸을 때마다 몸에서 나는 것인지, 거리에서 나는 것인지 알 수 없는 푸른곰팡이 냄새가 났다. 나는 거리 맨 끝에 있는, 어설픈 부조물로 벽면을 장식한 건물 앞에 섰다. '억수장'이라는 오래된 이름과 어울리지 않는 건물이었다. 나는 이 여관에서 일했다. 지은 지 오래되었지만 리모델링을 했다는 명목으로 원래의 값에 삼만원을 더 받는 여관이었다. 여관은 내가 일하기 시작했을 때만 하더라도 동네에서 꽤나 인기가 있었다. 값이 싼데다 방이 많고 이곳을 자주 찾는 손님들에 의하면 어쩐지 두 번은 거뜬히 할 수 있다는 속설이 있는 여관이었다. 물론 지금은 단골들을 빼면 거의 아무도 찾지 않는 곳이었다. 주위에는 벌써 시멘트 냄새가 마르지도 않은 신식 여관들이 줄지어서 생겨나고 있었다. 나는 아쉬웠다. 그깟 삼만원이 뭐라고. 나는 이곳이 매번 지하철역처럼 붐비었을 때가 좋았다. 이곳을 찾는 이들은 거들먹거리는 말투에 반해 표정은 어딘가 모르게 주눅들어 있었다. 나는 그들의 하나같이 불행하다는 투의 얼굴을 구경하는 것이 좋았다. 그들의 표정을 보고 있으면 어쩐지 지루하지가 않았다.

얄팍한 유리로 된 여관 문을 열자마자 새가 지저귀는 역겨운 소리가 났다. 억수장의 유리문이 덜렁거리는 이빨처럼 쉽게 벌어졌다. 여관 주인은 저 소리를 반가운 인사 대신 달아놓았지만, 나는 문을 열 때마다 그 소리 때문에 다시 밖으로 나가고 싶어졌다. 어떻게 이런 소리가 나는 것을 매달아놓을 수 있는지 이해할 수 없었다. 문을 열자 바로 앞에 맞닿은 작은 카운터에 앉아 있는 여관 주인이 보였다. 여관 주인은 얼핏 보면 나보다 더 뚱뚱해 보였다. 여관 주인은 볼 때마다 무언가를 주워먹고 있었다. 살이 오동통하게 오른 여관 주인의 얼굴이 전보다 더 늙어 보였다.

뭘 먹어요?

나는 카운터에 다가가서 말했다. 카운터의 작은 창구로 달콤한 냄새가 새어나왔다.

복숭아. 조금 지났다고 다 물러터졌는데, 아까워서. 근데 또 어딜 갔다 오는 거냐.

밖에요.

나는 짧게 말했다. 여관 주인의 팔뚝을 타고 복숭아 즙이 줄줄 흘렀다. 바닥으로 뚝뚝 떨어지는 복숭아 즙을 닦아주고 싶었지만 그러지는 않았다.

뭘 볼 것 있다고 나갔다 오니. 그만 좀 나돌아다녀라. 일도 바쁜데.

여관 주인이 말했다. 여관 주인은 아무 일이 없는데도 바쁘다는 말을 꼭 습관처럼 덧붙였다.

뭐가 바빠요. 손님도 없는데.

나는 웃으면서 말했다.

안 바쁘긴. 302호, 치워.

천천히 먹어요. 안 뺏어먹어.

귀가 먹었어? 302호, 치워.

여관 주인은 내 말이 들리지 않는지 짧게 말하고는 다시 복숭아에 코를 박았다.

안 뺏어먹는다니까요. 진짜.

나는 여관 주인에게 다시금 말했다. 여관 주인은 내 말이 들리지 않는지 복숭아를 먹는 데 더 열중했다. 여관 주인은 요즘 정말 돼지라도 될 것처럼 먹기만 했다. 미치면 뚱뚱해진다던데. 너 걔네들이 뭐 주워먹는 거 본 적 있냐, 없지. 그러나 여관 주인은 쉴 새없이 무언가를 먹고 있었다. 가엾어라. 나는 여관 주인을 좀더 바라보고는 삼층을 향해 올라갔다.

내가 주로 하는 일은 손님이 나간 방의 시트를 갈고 머리카락을 치우는 일이었다. 여관이 망하지만 않는다면 그건 변함없이 계속될 일이었다. 아마 내가 이 일을 그만두어도 누군가가 그리고 또 어떤 누군가가 똑같이 시트를 갈고 머리카락을 치우고 키를 건넬 것이었다. 별 이유는 없지만 어쨌거나 계속되는 일들이 세상에는 널리고 널려 있었다. 누군가는 내가 하는 일보다 쉬운 일은 없다고들 했지만 나는 이 일이 너무 지루해서 피곤했다. 이 일뿐만이 아니라 나에게는 모든 일들이 다 그런 식이었다. 너무 지루해서 금방 피곤해지는 일. 피곤해서 금방이라도 고꾸라지고 싶은 일. 지루하다는 것이 어떻게 그렇게나 피곤할 수 있는지 잘 알 수 없었다. 나는 가끔씩 그런 일들이 나를 이렇게 피곤하게 만드는 것이 분했다. 도대체 왜. 나는 중얼거렸다. 그럴 때마다 나는 청소를 하다 말고 누군가가 누웠던 침대에 한참 동안 누워 있곤 했다. 어느 방이든 상관없이 온기만 남아 있으면 그곳에 누웠다. 이제 나를 만지는 사람은 아무도 없었기에 그것이 내 새로운 취미 같았다. 누군가들이 방금 전까지만 해도 있던 방에 누워 있으면 마치 그들과 사랑이라도 나눈 듯한 기분이 들었다. 좋다. 따듯하다. 나는 혼자 중얼거렸다.

나는 누워서 주로 그들이 흘리고 간 머리카락 혹은 음모를 매만졌다. 그것들은 가끔 아주 기괴한 그림을 그리고 있어서 그다지 지루하지 않았다. 그들의 머리카락 혹은 떨어진 음모를 볼 때면 그들이 무엇을 했는지 대충 짐작할 수 있었다. 이곳에 오는 이들의 거의 대부분은 말도 안 되는 괴팍한 사랑의 취미를 갖고 있었다. 황폐하고 난폭한 사랑의 취미들. 나는 그런 것들을 확인할 때마다 그들을 상상하며 실실거렸다. 아주 오래전 이야기지만, 내가 만났던 이들도 대부분 그쪽에 심도 깊은 취미가 있는 이들이었다. 그들은 멍청한 얼굴을 하고서 누군가를 때리고 짓밟지 않으면 잠을 자지 못하는 인간들이었다. 그들은 주로 내가 우는 모습을 사랑했다.

걸을 때마다 비좁고 가파르고 높낮이가 제각각인 계단 때문에 금방 숨이 찼다. 확실히 전보다 살이 훨씬 더 불어난 기분이었다. 미쳤나, 아닌가. 나는 알 수 없어 난감했다. 계단을 올라갈 때마다 작게나마 이상한 탄성들이 귓가에 들렸다. 그 탄성들은 기분이 좋아 보이기도 했고 어딘가 힘들어 보이기도 했다. 나는 그 소리들 중에서 예지의 소리를 골라내었다. 예지는 지금 유일하게 욕조가 달려 있는 204호에 있는 것 같았다. 맨날 피곤한 예지. 맨날 힘든 예지. 나는 노란 기가 도는 얼굴을 한 채 가늘고 긴 담배를 쭉 빨아들이는 예지를 떠올렸다.

예지는 매번 이 여관을 찾는 여자애였다. 예지는 이곳의 오래된 단골이었다. 예지가 정확히 무엇을 하는 애인지는 잘 몰랐다. 대학을 졸업 안 했으니까, 대학생 아니야? 예지는 항상 그렇게 대충 말하곤 했었다. 내가 이곳에서 처음 일할 때부터 왔으니까 예지도 이곳을 찾은 지 꽤 오래였지만 예지는 여전히 대학생이었다. 학교에 다시 갈까. 나만 나이가 존나 많겠지. 예지는 가끔 그런 말을 하기도 했는데 나는 그 말을 믿지는 않았다. 예지는 어떨 때는 건축회사 경리 일을 맡았다고도 했고, 맥줏집에서, 곱창집에서 오래 서빙을 했다고도 말한 적 있었다.

예지에 대해 잘 알지 못하지만, 어쨌거나 예지를 한마디로 말하자면 큰 동공을 끔뻑이면서 힘들다는 말을 입에 달고 사는 애였다. 언니, 나 힘들어. 피곤해서 죽을 것 같아. 예지는 항상 그런 말을 하고는 카운터에 기대서 가늘고 긴 담배를 쭉 빨아들이곤 했다. 조금 노란 기가 돌긴 해도 예쁜 편에 속하는 얼굴이었다. 깡마르고 신 레몬 냄새가 나서 그렇지. 나는 항상 피곤하다는 말을 하는 예지에게 아무 말도 하지 않았다. 피곤한 것은 나도 마찬가지였다.

예지는 여관에 주로 자기 사이즈보다 한 치수 작은 바지를 입는 인간들을 데리고 오곤 했다. 그들은 다 다른 사람이었지만 똑같이 형편없어 보였다. 예지가 그런 멍청한 이들을 매번 데려온다고 해서 그들에게 돈을 받고 해주거나 그들과 사랑을 하는 것은 아니었다. 언젠가 예지가 보드카와 맥주를 섞어 마시고 온 날, 나에게 시시한 비밀을 털어놓는 것처럼 말한 적 있었다. 말하자면 예지는 하는 게 좋다고 했다. 언니, 나는 하는 게 좋아. 그냥, 별생각이 안 들어. 시간도 잘 가고. 좋잖아. 얘기도 하고, 키스도 하고, 진짜 집인 것처럼 같이 자고. 딱 하루만 애틋한 거야. 어차피 오래 만나봤자 죽이고 싶기만 하지. 딱 하루만 애틋한 거, 나는 그런 게 좋더라. 예지가 말했었다. 예지는 그때 어딘가 복잡한 표정으로 조금 웃고 있었는데, 정말 좋은 것인지 아닌지 알 수 없는 표정이었다. 나는 그때까지만 해도 예지가 조금 어른스럽게 느껴졌었다. 그리고 지금은 아니었다. 예지는 요즘 무언가를 완전히 다 까먹은 어린아이 같았다. 예지는 나를 볼 때마다 얼빠진 표정으로 쓸데없는 얘기를 늘어놓았다. 예지의 말은 대부분 결기에 차 행복을 설파하는, 예를 들면 성경과 비슷한 말들이었다. 나는 예지가 하는 말들을 이해할 수 없었다. 예지가 행복이라고 말하는 것은 사실 행복과는 거리가 멀었다. 예지가 행복이라고 생각하는 것은 그래봐야 고작 주말에 관광용이랍시고 세워놓았지만 아무도 구경하러 가지 않아 휑하게 버려진, 쇠꼬챙이를 닮은 건축물을 보러 갔거나 개천에 놀러가 비대하게 사육된 개구리나 눈이 먼 두더지를 봤던 것이 전부였다. 귀여워, 정말 귀여웠다니까. 예지는 그때마다 덧붙여 말했다.

예지는 최근 들어 항상 똑같은 사람을 여관으로 데리고 왔다. 예지의 말에 따르면 그는 부끄러움이 많은 사람이라고 했다. 예지는 그게 좋다는 듯이 말했다. 나는 잘 이해할 수 없었지만 예지는 그에 관한 이야기를 꺼낼 때마다 얼굴이 붉어지곤 했다. 나는 얼굴이 붉어진 예지에게 차라리 교회나 절에 가보라고 권하고 싶었지만 그러지는 않았다. 예지는 웃고 있었지만 자신의 말처럼 피곤해서 금방이라도 죽어버릴 것 같은 얼굴을 하고 있었다.

나는 삼층으로 올라가다 말고 이층에서 걸음을 멈추었다. 그리고 최대한 소리가 나지 않게 천천히 걸음을 옮겼다. 204호, 나는 예지가 있는 방 앞에서 잠깐 귀를 기울였다. 요란한 소리가 계속되고 있었다. 피곤한 예지, 힘든 예지가 탄성을 질렀다. 나는 거친 숨을 천천히 몰아쉬었다. 예지가 저런 식의 탄성을 지를 때마다 알 수 없이 기분이 조금 우울했다. 나는 한참을 문 앞에서 서성이다가 삼층으로 올라갔다. 계단을 올라가자 문이 반쯤 열린 302호가 보였다. 302호는 금방 누군가가 씻고 나온 것처럼 습기가 가득했다. 습한 방안에 들어서자 누군가가 내 몸을 핥아주고 있는 듯한 기분이 들었다.

귀는 밝아가지고. 나 거기 있는 거 어떻게 알았어?

예지가 커다란 동공으로 카운터에 앉아 있는 나를 뚫어져라 보면서 말했다. 예지가 움직일 때마다 어디선가 신 레몬 냄새가 났다. 나는 발을 놀리며 딴청을 피웠다. 닦지 않은 복숭아 즙 때문에 바닥이 진득거렸다.

뭘?

나는 모르는 척 말했다.

언니 밖에 있는 거 다 들려. 무슨 멧돼지가 숨쉬는 것 같다니까.

뭐가 궁금한데, 돼지야.

내가 아무 대답도 하지 못하자 예지는 표정을 장난스럽게 바꾸더니 내 볼을 꼬집었다.

으, 이, 이 살 봐.

예지가 나를 보며 조금 웃었다. 예쁘다. 나는 조금 부끄러웠다. 예지는 항상 아무렇지 않은 얼굴을 하고서 나를 조금씩 부끄럽게 만들었다.

언니도 하고 싶으면 해. 구경하지 말고. 언니는 여기서 일하니까 아무때나 들어갈 수 있잖아. 맨날 심심하게……

투덜거리던 예지가 가늘고 긴 담배를 물었다.

아, 진짜 존나 피곤하다.

입버릇처럼 중얼거린 예지가 실실 웃었다.

언니. 근데…… 나 요즘 존나 피곤해서 뒈지고 싶은데 기분은 좋다. 그냥…… 좋아. 이번 주말에 우연히 개천에 갔다가 불꽃놀이도 봤어. 존나 유치한데 존나 기분좋더라고. 진짜 행복하더라니까, 그게.

예지가 담배를 쭉 빨아들이면서 웃었다. 예지의 웃는 모습이 꼭 바보 같았다. 나는 예지의 그런 바보 같은 표정이 너무 바보 같아서 꼭 한번 주먹으로 쥐어박아 우는 모습을 구경하고 싶었다. 한 주먹이면 될 텐데, 그러면 바보 같은 예지가 번뜩 정신을 차릴 텐데, 나는 생각했다. 예지의 얼굴이 마치 진짜 사랑이라도 하는 것처럼 보였다.

언니, 언니는 회오리바람 보러 간 적 있어?

예지가 다시금 말을 이었다.

옆 동네 공원 중앙에 길게 만들어놓은 거. 나는 봤다. 바람 불면 막 소리가 나는데, 존나 웃겨.

아니, 나는 본 적 없어.

나는 짧게 말했다. 사실 먼발치에서 쇠꼬챙이를 구부려놓은 듯한 조형물을 본 적이 있었지만 거짓말을 했다.

한번 가보지 그래. 진짜 좋던데. 바람 불면 우우우, 소리도 나고…… 거기 사람이라도 들어가 있는 것 같았어. 웃기지? 그 사람은 거기에 분명 누군가 들어가 있을 거라고 말했는데, 나는 그딴 건 잘 안 믿거든. 나는 애가 아니니까.

예지가 말했다. 예지는 그 사람이라고 발음하면서 그 사람에 대해 질문해달라는 식으로 커다란 동공을 끔뻑거렸다. 하지만 나는 물어보지 않았다. 나는 여관에서 예지 옆에 쭈뼛쭈뼛 서 있는 그 사람을 두 번 정도 본 적 있었다. 아직 완전한 겨울이 아닌데도 불구하고 장갑이며 목도리까지 온몸을 칭칭 감고 있던 그 바보 같은 모습을. 그는 주말이면 탁구를 치고 저녁으로 장어구이를 먹는 여느 게걸스럽고 평온한 사람들과 비슷한 모습이었다.

그런 건 재미없어. 나는 차라리 교회에 갈래.

예지가 실실 웃다가 갑자기 푸하하 웃음을 터뜨렸다.

언니, 교회는 무슨 교회야. 어차피 교회는 심심할 때 모여서 남들 흉이나 보고 애들이나 봐주는 탁아소야. 운좋으면 밥도 얻어먹을 수 있지. 그런데 그런 건 재미없어. 연애하고 싶으면 언니도 여기, 애기 귀 좀 보여주고 해봐. 의외로 이런 것 좋아하는 사람들 많아.

예지가 갑자기 카운터 창구로 손을 뻗어 내 귀를 슬쩍 만졌다. 나는 예지의 차가운 손 때문에 온몸에 소름이 돋았다.

부드러워. 꼭 애기 귀 같아.

예지가 말했다.

언니도 좋은 사람 만나면 좋겠다…… 씹새끼들, 불로 지져버리고 싶은 새끼들 말고, 진짜 좋은 사람. 그럼 좀 덜 피곤할 텐데……

예지가 무표정한 얼굴로 담배를 피우더니 멍하니 천장을 바라보았다.

언니, 나는 요즘 잘 살 수 있을 것 같아. 존나 피곤한데, 그래도 좀…… 그래. 나 학교에 다시 갈까…… 아니다, 아니야. 학교는 못 가겠지? 나만 나이가 존나 많을 테니까 말이야.

그렇게 말하는 예지의 무표정한 얼굴이 누구보다 쓸쓸해 보였다. 나는 예지가 학교에 돌아가지 못한다는 것을 예지의 표정을 보고 어렴풋이 알고 있었다. 예지야, 너는 학교에 다시 못 갈 거야, 차라리 건축회사 사무실 책상 앞이나 맥줏집, 곱창집으로 가겠지, 나는 생각했다. 누가 보나 그것이 예지에게 좀더 생산적인 일이었다. 나는 예지에 대해서 잘 알지 못했지만 예지가 누구보다 멍청해지고 있다는 것은 알았다. 개새끼들, 좆밥 같은 새끼들. 지금의 예지는 언젠가 술을 먹고 욕을 해대던 예지와는 다른 모습이었다. 예지는 대단한 사랑의 도사인 양 매일같이 여관을 찾았지만 대부분 누군가를 애타게 기다리는 사람처럼 굴었다.

예지야, 너는 어른이 되어야 해. 대학생 말고. 진짜 어른. 어른이 되지 못하면 교회나 절이라도…… 가야……

나는 예지에게 말했다. 예지는 내 말이 들리지 않는지 멍하니 서 있다가 밖으로 나갔다. 멍한 표정의 예지가 꼭 진짜 귀머거리 같았다. 너는 금방이라도 지옥에 떨어질 거야. 쓸쓸하고 추울 거야. 욕조도 없는 여관보다 더 나쁜 곳으로 갈 거야. 매일 가만히 앉아서 지루하게 누군가를 기다릴 거야. 나는 밖으로 나가는 예지를 쳐다보면서 무언가를 예감하기라도 한 것처럼 이상한 생각을 잠깐 했다. 그 생각들은 마치 종교를 권유하는 무례하고 시끄러운 이들의 목소리 같았다. 재수없어. 예지가 있던 자리에서 담배 냄새와 짙은 샴푸 냄새가 났다.

나는 불이 꺼진 거리를 유리문을 통해 바라보았다. 예지가 나갔을 뿐인데 전보다 이곳이 지루하고 조용하게 느껴졌다. 나는 예지가 나에게 그런 기분을 느끼게 하는 것이 싫었다. 어차피 그래봤자 예지는 단골 중 한 명일 뿐이 아닌가. 나는 일부러 속으로 그런 말도 했다. 예지가 신경쓰인다는 것이 꼭 예지가 불쌍해서만은 아니었다. 나는 이 감정을 잘 알 수 없었다. 너는 진짜 어른이 되어야 해. 진짜 어른. 나는 그저 예지가 나간 자리를 보며 중얼거렸다. 혼잣말이 늘 때마다 정말로 미쳐가는 것은 아닌가, 생각이 들었다. 나는 아까 예지가 보았다던 쇠꼬챙이를 떠올렸다. 거대한 쇠꼬챙이에서 바람이 질질 새는 소리를 떠올렸다. 우우우, 우우우. 정말 그렇게 기쁜 나쁜 소리가 날까. 나는 어쩐지 그 시시한 바람소리가 조금 궁금했다.

나는 카운터에 가만히 앉아 좀전에 예지가 만졌던 귀를 다시금 만지작거렸다. 갓난아기 손바닥 반만한 귀가 한 손에 들어왔다. 부드러웠다. 부드러워. 꼭 애기 귀 같아. 나는 그 말을 다시금 떠올렸다. 선명하진 않지만 아주 오래전 나에게도 그런 이야기를 해준 사람이 있었다. 그는 흐릿하지만 여전히 내 기억 속에 남아 있었다. 그는 거리 끝으로 나를 보러 오는 유일한 사람이었다. 부드러워. 애기 귀 같아. 그는 나에게 그런 말을 하곤 내 귀를 정성스럽게 핥아주었다. 그는 긴 앞머리를 늘어뜨리고 주머니가 여러 개 붙어 있는 조끼를 입고 다니는 사람이었다. 그는 이 여관의 장기투숙자이자 내 첫사랑이었다. 그에 대한 기억은 거의 없지만 내가 기억하기로 그는 죽을 기회가 여러 번 있었음에도 자신이 죽지 않은 것을 분하다는 듯이 이야기하곤 했었다. 종로에서, 반지하실에서, 술집에서, 거리에서. 차라리 그때 죽었으면 좋았을 텐데. 그는 술에 잔뜩 취해 자주 말하곤 했었다. 그는 새해에는 담배도 끊고,

술도 끊고, 탄수화물도 줄이겠다는 시시한 말을 하고서는 다시는 이 여관을 찾지 않았다. 이유는 잘 몰랐다. 그렇기에 나는 이곳에 더이상 오지 않는 그가 죽었다고 종종 생각했다. 내 머릿속에서 그는 종로에서, 반지하에서, 술집에서, 거리에서 죽어 있었다. 그가 죽었다고 생각하면 내가 더이상 그를 기다릴 필요가 없으니까, 그게 편했다. 그는 나보다 나이가 훨씬 많은 사람이었다. 그러나 정확히 몇 살인지는 알지 못했다. 아마도 지금 내가 그의 나이쯤 되는 것 같았다. 나는 그의 주머니보다 더 많은 살집을 몸에 달고 있었다. 시간이 지날수록 나는 내가 정말로 몇 살인지 헷갈렸다. 거울을 보면 어떨 때는 막 전문대 졸업을 앞둔 우울한 아이 같았고 어떨 때는 주름이 가득한 육십대 같았다. 씹새끼. 불로 지져버리고 싶어. 나는 카운터 앞 작은 거울 속 나를 보면서 중얼거렸다.

가죽을 나르는 차들이 오늘은 거리를 찾지 않았다. 비가 내려서 당분간 이곳을 찾지 않을 것 같았다. 비가 오는 날에 가죽은 전보다 더 지독한 냄새가 날 뿐 아름답지 않았다. 나는 조금 짜증이 났다. 앞으로 장마가 계속될 것이라고 했다. 나는 신경질적으로 발을 굴러 여관으로 걸었다. 여관 카운터에서는 여전히 여관 주인이 무언가를 먹고 있었다. 그는 방울토마토를 먹고 있다고 말했다. 꼭지도 따지 않고 군데군데가 퍼렇게 설익은 방울토마토였지만 여관 주인은 개의치 않고 그것들을 입으로 마구 가져갔다. 여관 주인은 지난날을 모두 잊어버리기라도 한 것 같았다. 나는 여관 주인에게 점점 미쳐가는 것이라고 말해주고 싶었지만 그러지는 않았다. 여관 주인은 이미 많이 늙어 있었다. 나는 카운터 옆 객실로 올라가는 계단에 쪼그려앉아 있는 예지를 발견했다. 예지는 아직 겨울도 아닌데 팔이 짧고 털이 덩어리진 이상한 모피 코트를 입고 있었다. 오늘따라 예지가 꼭 다른 사람 같았다.

어딜 갔다 와?

예지가 말했다. 예지의 눈 밑이 며칠은 잠을 못 잔 사람처럼 까맸다.

밖에.

나는 말했다. 예지가 나를 위아래로 쳐다보았다.

언니도 신발 사고 싶구나. 가죽으로 된 것. 하나 사줄까? 돈이 있긴 있는데……

예지는 이상한 모피를 입고 있었지만 추운 듯이 몸을 가끔씩 부르르 떨었다.

아니, 그냥 보는 거야. 예쁘니까.

나는 말했다.

언니도 먹어라, 토마토. 내가 가져온 거야. 아주 좋은 거야.

예지가 모피 코트 주머니 속에서 검은 봉지를 하나 더 꺼냈다.

정말 돼지처럼 잘 먹는다.

예지가 여관 주인을 바라보며 말했다.

언니 건 따로 있어.

예지가 꺼낸 검은 봉지 속 방울토마토가 바스락거리는 소리를 냈다. 나는 예지가 그것들을 어느 빌라 옥상에 있는 스티로폼 화단에서 아무렇게나 따왔다는 것을 알 수 있었다. 그것들은 매번 아주 쓴 맛이 났다.

선물이야. 받아.

예지가 다시금 봉지를 들이밀었다. 예지는 행복한 듯 얼굴을 찡그린 채 웃고 있었다. 나는 아무 말도 하지 않은 채 검은 봉지를 받아들었다.

언니, 오늘 하루만 204호 나 주라.

내가 봉지를 받아들자 예지가 말했다.

왜?

예지의 동공이 추운 듯 떨리고 있었다.

그냥…… 물어보지 말고. 만나야 될 사람이 있어서 그래. 그 사람은 아니야. 무슨 말인지 알지? 비밀이라고. 어차피…… 진짜 마지막이니까.

예지는 말하다가도 생각에 잠긴 듯 가끔씩 큰 동공을 천장 어딘가에 고정시켰다.

괜찮을 거야. 그렇지? 어차피 마지막이니까. 그냥 마지막으로 할 얘기가 있어서 그래.

예지가 슬픈 것인지 기쁜 것인지 알 수 없는 표정을 지었다. 나는 예지가 무슨 말을 하는지 잘 알 수 없었다. 무엇이 마지막인지, 무엇이 괜찮다는 것인지도 알 수가 없었다. 예지의 표정이 하나도 괜찮아 보이지 않았다.

뭐가 괜찮다는 건지 잘 모르겠어.

나는 말했다.

모르면 그냥 괜찮을 거라고만 얘기해주면 돼. 말했잖아. 이젠 다신 안 만나. 그런 새끼들은…… 나는 잘 살 거니까. 진짜로 마지막…… 진짜가 아니면 엄창.

예지가 고개를 떨구고 바닥을 쳐다보았다. 나는 아무 말 없이 가만히 서 있었다. 예지가 열심히 방울토마토를 먹고 있는 여관 주인을 비켜 카운터에서 키를 가져갔다. 예지가 계단을 오르는 중간중간 이상하게 손을 흔들었다. 예지는 꼭 마지막 인사라도 하는 것처럼 손을 흔들었지만 나는 예지가 어쩔 수 없이 다시 이곳을 찾으리라는 것을 어렴풋이 알고 있었다.

위층에서 간간이 예지의 탄성이 들렸다. 예지가 방에 들어간 지 한참이 지나자 여관 문을 열고 누군가가 들어왔었다. 그는 짧은 머리에 두꺼운 안경을 쓰고 있었다. 생긴 것이 꼭 비대하게 사육된 개구리를 닮아 울상이었다. 예지는 오늘따라 몇 번이고 탄성을 질렀다. 매번 힘든 예지가 오늘따라 조금은 행복해 보였다. 예지에게 말한 적은 없지만 예지의 행복은 오히려 이쪽에 가까워 보였다.

가만히 앉아 있어도 시간이 너무 잘 갔다. 나는 시간이 잘 간다는 것이 어쩐지 조금 참담했다. 한순간에 죽어버렸으면 좋았을 텐데. 그러지 못했다는 게 분해. 나는 누군가가 그랬던 것처럼 말했다. 그러곤 누군가가 나를 보러 마지막으로 이 여관에 들렀으면 좋겠다는 이상한 생각을 잠깐 했다. 그러나 나는 이것이 정말로 불길한 소원이 깃든 이상한 생각일 뿐, 누구도 나를 보러 오지 않는다는 사실을 한편으로는 잘 알고 있었다. 불길한 기분. 불길한 소원. 불길한 생각…… 나는 갑자기 배가 고파 예지가 두고 간 쓴 맛이 나는 푸르뎅뎅한 방울토마토를 집어먹으려다가 그만두었다.

나는 당신을 좋아합니다.

처음 보는 얼굴의 그가 말했다. 그는 자신을 108호 장기투숙자라고 소개했다. 그의 체구는 거대한 풍차 같았고 그에게서는 비에 젖은 마분지 냄새가 났다. 그가 카운터로 좀더 다가왔다. 그가 천천히 다가올 때마다 술냄새가 훅 끼쳤다.

나는 당신을 좋아합니다. 당신을 오랫동안 지켜봤어요. 새벽 거리에서, 여관방에서도요.

나는 고개를 들고 거대한 풍차 같은 그를 다시금 쳐다보았다. 숨을 거칠게 쉬는 그의 모습이 기분 나빴다.

나는 여기 주인이 아니에요. 주인은 나갔어요.

나는 말했다.

네, 그건 알고 있습니다. 나는 여관 주인이 아니라 당신을 본 것이에요.

그가 말했다. 그는 눈이 먼 두더지처럼 작은 눈을 열심히 끔뻑거리고 있었다. 나는 조금 화가 났다. 그의 지나치게 문어체적인 말투 때문에 금방이라도 토가 나올 것 같았다.

나는 여관 주인이 아니에요. 나는 그렇게 뚱뚱하지 않아요. 나와 헷갈리지 말아주세요.

나는 일부러 그의 말투를 따라 했다.

알고 있습니다. 알고 있어요. 나는 당신을 오랫동안 지켜봤어요. 기분이 나빴겠지요. 그렇지만 나는 단지 조금 서투릅니다. 어떻게 해야 하는지 잘 모릅니다. 나는 108호에서 장기투숙을 해요. 보증금을 사기 당했거든요. 아, 그건 중요한 이야기가 아니에요. 어쨌거나 여기서 얼마나 더 장기투숙을 할지는 모릅니다. 그래서…… 그래서 말인데, 오늘 제 방에 와주실 수 있을까요?

그는 마지막 말을 뱉고 몸을 덜덜덜 떨었다. 금방이라도 경기를 일으킬 것 같은 얼굴이었다. 나는 그런 그의 얼굴을 본 순간 그가 평생에 걸쳐 나를 저주하고 증오했으면 좋겠다고 생각했다. 그럴 수 있다면 무엇이든 하고 싶다는 생각이 들었다. 개새끼들. 좆같은 새끼들.

기다릴게요.

그가 다시금 말했다. 그의 목소리가 여전히 심하게 떨리고 있었다.

그렇다면 기다리세요. 기다린다면 백 년 뒤쯤에 휴지통을 비우러 들어갈 수도 있겠군요. 그렇지만 장담은 못합니다. 백 년 뒤라면 제가 휴지통이 되어 있을지도 모르겠습니다.

나는 말했다. 그가 얼굴이 붉어진 채로 나를 쳐다보았다.

어째서 나한테 그런 말을 하는 것이죠. 나는 단지 서툴다고 말했을 텐데……

그가 말했다.

아니요. 문제는 내가 아니라 당신인 것 같습니다. 발작 증세인가요? 어딘가 아픈 것처럼 보이는데요. 방에서 같이 본드를 부시겠습니까? 가스를 터뜨리겠습니까? 보드카와 고량주를 섞어 수면제와 함께 드시겠습니까? 그것도 아니면 환기기에 목을 매달 수 있겠습니까? 그렇다면 가겠어요.

나는 그에게 말했다. 금방이라도 목구멍 위로 토가 넘어올 것 같았다.

저는 지금 몹시 용기를…… 부디 그렇게 말하지 말아주세요.

그가 또박또박 말을 하고는 사라졌다. 금방이라도 쓰러질 듯 몸을 심하게 떨면서. 나는 그가 가고 나서 일부러 한참을 와하하 웃었다. 천장이 무너질 것처럼 와하하 웃을 때마다 복도 끝에서 문을 열고 닫는 소리가 반복적으로 들려왔다. 죽여버리겠어. 나는 웃을 때마다 간간이 그런 소리를 들었다. 죽여버리겠어. 불로 지져버리겠어. 나는 깔깔깔 웃었다.

나 이제 한동안 안 올 거야.

예지가 유리문을 열고 들어오자마자 말했다. 비에 젖은 예지의 머리칼이 막 샤워를 끝마친 사람 같았다.

나 이제 한동안 안 올 거라니까. 진짜로.

예지가 다시금 말했다. 예지가 자기 자리인 양 계단에 쪼그려 앉았다. 나는 예지가 그렇게 쪼그려앉아 있는 모습이 누구보다 잘 어울려서 짜증이 났다.

나는 이제 작은 빌라에서 살 거야.

무슨 빌라?

나는 말했다.

알면서 뭘 물어.

예지가 계단에 앉아 다리를 배배 꼬았다. 나는 아무래도 주말에 탁구를 치고 장어구이를 먹는 예지의 모습이 잘 떠오르지 않았다. 예지는 평온하지도 게걸스럽지도 못했다.

어떻게?

나는 말했다. 예지가 가만히 있다가 입술을 여러 번 달싹였다.

그냥…… 잘.

예지가 머뭇거리다가 말을 뱉었다.

그런 건 없어.

나는 예지를 보면서 말했다. 예지가 팔이 짧은 싸구려 모피 코트를 여몄다.

뭘 받은 거니?

이건 원래 내 거야. 원래 있던 거야. 뭘 받아? 그런 게 어디 있어.

예지가 나를 쏘아보듯 말했다.

나는 학교도 다시 갈 거야. 나이가 많아도 그런 건 별로 상관없다고 했어. 그럼 무언가 달라질 거야. 사실 성실하다면 뭐든 겁내지 않고 해볼 수 있으니까.

예지가 말했다. 예지의 삐죽 나온 종아리에 닭살이 돋아 있었다. 나는 모피 코트를 입고 있는데도 추워 보이는 예지가 싫었다.

너는 학교에 못 갈 거야. 나이가 너무 많으니까.

나는 말했다. 예지가 붉어진 눈으로 나를 쳐다보았다.

너는 지금 당장 일을 구해야 해. 그런 거라면, 지금보다는 나을 거야. 내 말을…… 내 말을 들어야 해.

말하면서도 목소리가 조금 떨렸다. 떨리는 목소리가 꼭 108호 장기투숙자의 목소리 같았다.

난 오늘 마지막 인사를 하러 온 거야. 그게 예의니까. 그런데…… 언니가 뭔데 나한테 그런 말을 해? 언니 앞가림이나 해. 씨발, 내가 여기서 언니랑 놀아주니까 똑같아 보이나본데…… 나는 언니랑 달라.

예지가 소리쳤다.

아니, 다른 건 없어. 우린 친척이라도 되는 것처럼 닮았어.

나는 말했다.

웃기지 마. 내가 어째서 언니랑 똑같다는 거야? 난 여기 이제 안 와. 난 여기가 처음부터 싫었어.

거짓말하지 마.

예지가 왠인지 천천히 흐느끼기 시작했다. 모피 코트를 여민 채 웅크린 예지가 꼭 비를 쫄딱 맞은 참새처럼 보였다.

거짓말 아니야. 난 진짜 여기가 엿같았어. 씨발, 욕조도 하나밖에 없으면서 삼만원이나 더 받고. 나는 그것도 애초에 이해할 수 없었어. 어째서 삼만원을 더 받는 거지? 여긴 진짜 좆같잖아.

예지가 계속해서 말을 이었다.

이때까지 좋은 척한 거지. 여기가 한 번도 엿같지 않은 적이 없었어. 난 요리도 배우고 청소도 하고 살림을 할 거야. 내년에는 술도 끊고 행복하게…… 그 사람이 그렇게 해준다고 했어. 우리는 약속했어. 어차피 다 정리했으니까.

나는 예지가 쏟아내는 말을 가만히 듣고 있었다. 그 말들이 꼭 시시한 새해 다짐처럼 느껴졌다. 주말, 탁구, 장어구이, 작은 빌라, 약속, 학교…… 정말 그럴 수 있을까.

넌 교회에 가야 해.

그런 것들을 머릿속으로 곱씹다가 갑자기 이상한 말이 튀어나왔다.

교회는 무슨 교회야. 이상한 말 좀 하지 마.

예지가 나를 쏘아보듯 말했다.

너는 차라리 교회에 가야 해.

나는 다시금 말했다. 예지가 나를 여전히 노려보고 있었다.

교회는 돈 없는 애들, 부모 대신 맡아주는 탁아소라고. 나는 거기서 애들 침냄새만 맡아도 토할 것 같아. 걔네들이 얼마나 더러운지 알아? 나는 거기를 잘 알아. 여기보다 거기가 더 지옥 같을 거야. 아니, 아니야. 둘 다 좆같아. 좋은 게 하나도 없어, 씨발……

예지가 어깨를 떨면서 울었다. 교회가 싫다는 것인지 이곳이 싫다는 것인지 잘 알 수 없는 울음이었다.

그러니까 가야 해. 너는 아직 어리니까.

나는 계속해서 말했다. 말하면서도 알 수 없이 몸이 계속해서 떨렸다. 추운 것은 아니었다.

이상한 말 좀 하지 마. 내가 부러워서 그렇지? 아닌 척하면서 언니도 부럽잖아, 내가. 맨날 외로워서 벌벌벌 떠는 것 다 알아. 맨날 방에 누워서 뭘 하는 건데? 진짜 불결해. 내가 나온 방에 들어가서 한참 안 나오는 것도 나는 이미 알아.

예지가 말했다.

걱정하지 마. 나는 잘 살 거니까. 언니는 어떨 때 보면 진짜 미친 것 같아. 부러우면 부럽다고 해. 교회는 무슨 교회야.

예지의 큰 동공이 번뜩였다.

함부로 말하지 마. 니가 뭘 안다고 그러니. 니가 도대체 뭘 안다고 그러니.

나는 가만히 서서 예지에게 소리를 질렀다. 목구멍으로 뜨거운 기운이 느껴졌다. 나는 니가 부럽지 않아, 소리치고 싶었지만 말하지 않았다. 목구멍이 타는 것처럼 뜨거웠다. 미친년. 진짜 미친 건 너야. 멍청한 예지. 피곤한 예지. 멍청해서 피곤해서 완전히 돌아버린 예지. 예지가 곧바로 나를 비켜 밖으로 나갔다. 나는 예지가 가고 난 뒤에도 가만히 카운터에 서 있었다. 여관 주인이 없는데도 불구하고 어디선가 설익은 토마토를 서걱서걱 씹는 소리가 들리는 듯해 머리가 깨질 것 같았다.

예지는 진짜 자기의 말처럼 여관을 다시 찾아오지 않았다. 무언가를 보여줄 심산인 것 같았지만 별 상관은 없었다. 나는 이제 예지가 싫었다. 어차피 예지는 단골 중 한 명일 뿐이 아닌가. 그렇지 않은가. 나는 여러 번 곱씹었다.

여관이 망하지 않아서 내가 하는 일은 변함이 없었다. 나는 누군가들의 머리카락이나 음모를 매만지다가 가끔씩 화가 났다. 개 같은 년. 씨발년. 나는 머리카락이나 음모를 매만질 때마다 욕을 했다. 누군가들의 취미가 삼류 드라마의 마지막 장면처럼 느껴졌다. 사랑해요. 나는 널 사랑하지 않아. 왜 날 사랑하지 않나요? 너는 내 이복동생이니까. 오, 이럴 수가. 그렇지만 걱정하지 마. 널 사랑하지 않지만 너와는 밤새도록 할 수도 있어. 나는 조용히 울었다.

나는 침대에 누워 있다가 자주 거리로 나갔다. 비가 와서 상점의 절반 이상이 닫혀 있었다. 상점에 들르던 이들은 비가 그칠 때까지 이쪽을 당분간 찾지 않을 것 같았다. 습도가 높아질수록 참을 수 없이 지독한 냄새가 났다. 나는 상점 옆 공원으로 걸었다. 공원에서 어떤 사람들이 여전히 성경 구절이 담긴 책자를 나누어주고 있었다. 그들은 비가 오는데도 불구하고 우산은커녕 우비를 입고 있지도 않았다. 나는 그들 옆에서 콧물과 눈물이 구정물처럼 뒤범벅된 아이들을 보았다. 아이들은 밝은 색의 낡은 옷을 입고 비를 맞으면서도 흙장난을 하고 있었다. 아이들은 하나같이 지저분했다.

내가 공원으로 걸음을 옮기자 책자를 든 그들이 나에게 웃어 보였다. 그들은 비에 젖은 책자를 건네주면서 내 뺨을 어루만지려는 듯이 손을 뻗은 채 다가왔다. 그들이 내 귀를 보는 것인지 얼굴을 보는 것인지 잘 알 수 없었다. 그들은 그저 계속 웃는 얼굴이어서 누구보다 피곤해 보였다.

운이 없으셨군요.

그들은 천천히 다가와 나를 아주 오래전부터 알았다는 듯이 내 손을 잡으면서 말했다.

운이 없으셨군요.

그들이 같은 말을 반복하며 내 손을 가만히 잡았다. 나는 아무 말도 하지 않았다. 그들은 금방이라도 뜨거운 눈물을 흘릴 것처럼 굴었다.

여기 봐, 새로운 엄마가 오셨어. 앞으로 너희들을 맡아주실 거야.

그들이 나오지 않는 눈물을 글썽이며 아이들에게 연이어서 말했다. 그들이 나를 바라보자 지저분한 아이들이 따라서 나를 일제히 쳐다보았다. 나는 무서웠다. 아이들이 움직일 때마다 풍기는 지독한 침냄새가, 투명하고 무구한 눈동자가 무서웠다.

조용하다는 것이 나를 꼭 죽이러 올 것 같았다. 하지만 아무리 기다려도 아무 일도 일어나지 않았다. 나는 거리에 전보다 더 자주 나갔다. 여관이 망한 것은 아니었다. 차라리 망했으면 좋았을 텐데. 그러면 내가 조금은 덜 지루했을 텐데. 하지만 여관은 몇몇의 단골과 보증금이 없는 장기투숙자들 때문에 어느 정도 유지가 되었다. 단지 여관 주인이 여관을 비울 때가 많았다. 여관 주인은 카운터에서 무언가를 집어먹다가 어느덧 사라져 있곤 했다. 여관 주인이 있던 자리에는 항상 지저분하게 음식물이 남아 있었다. 컹, 컹. 나는 여관 주인이 가끔씩 습관적으로 내는 그 소리를 들었다. 나는 여관 주인이 점점 미쳐가는 게 오히려 다행이라고 생각했다. 미치면 즐거울 테니까. 더는 음식을 주워먹지 않아도 될 테니까. 어쩐지 그 편이 나을 것 같았다.

나는 여관 주인이 자리를 비울 때마다 교회에 갔다. 똑같이 좆같았지만 여관에 있는 것보다는 나을 것 같았다. 나는 가끔가다 나를 노려보는 듯한 이상한 시선을 느꼈다. 죽여버리겠어. 불로 지져버리겠어. 나는 간간이 웃었다.

교회에서 하는 일은 간단했다. 아이들에게 덩어리진 밥과 쉬기 직전의 반찬들을 차례대로 나눠주는 일이었다. 아이들은 영양가가 없는 밥을 먹고도 몸을 잘 키웠다. 금방이라도 돼지가 될 것처럼 살이 찐 아이도 있었다.

잘 먹는구나.

나는 그때마다 아이들을 보면서 말했다.

나는 거리로 나와 가죽들을 바라보면서 일부러 혓바닥을 쭉 빼었다. 장마가 지나가고 거리는 언제 그랬느냐는 듯 분주해졌다. 길을 걷던 누군가가 나를 보더니 속이 안 좋은지 가로수를 붙잡았다. 시간이 얼마나 지났는지 모르지만 나는 전보다 훨씬 거대했고 썩은 치즈 냄새가 났다. 여관 주인은 천천히 발길을 줄이더니, 이제는 더이상 여관에 나오지 않았다. 정말로 무언가를 먹다가 배가 터져 죽어버린 것만 같았다. 여관에서, 거리에서 나는 오로지 혼자였다. 나는 항상 무언가를 이해하는 척했지만 단 한 순간도 어떤 것을 제대로 이해한 적이 없었다. 내가 사랑했던 사람도 여관 주인도 예지도 마찬가지였다. 그렇기에 나는 모두가 다 죽어버렸으면 좋겠다고 생각했다. 그러면 내가 더는 이런 생각을 하지 않아도 될 테니까. 죽어버려. 제발 날 혼자 내버려둬. 나는 흐느꼈다.

나는 여관에 들어와 누군가 있는 방 옆으로 들어가 바지를 벗었다. 나를 만지는 사람은 나뿐이었다. 나는 그 방식을 천천히 이해했다. 누군가 탄성을 내지를 때마다 나도 같이 기분이 좋았지만 눈에서 자꾸 축축한 눈물이 새어나왔다.

나는 여관 주인의 자리를 대신하기라도 하는 것처럼 카운터에 앉아서 무언가를 주워먹기 시작했다. 상한 음식이나 설익은 과일이라도 상관없었다. 음식에 코를 박는 순간 조금 행복했다. 그럴 때마다 아주 가끔씩 예지가 떠올랐다. 거리에서 예지와 닮은 이를 본 적도 있었다. 어딘가 색조가 빠진 옷을 걸친, 가느다란 팔다리와 달리 배가 비대하게 나온 여자였다. 철 지난 감자, 옥수수 등이 잔뜩 들어 있는 장바구니를 든 여자의 머리끝에서 지푸라기 냄새가 났다. 그 여자는 무언가를 더는 예감하지 못하는 사람처럼 멍하게 입을 벌리고 거리를 걷고 있었다. 나는 그 여자를 한동안 바라보았다. 그러자 예지가 다시 온다고 한들 나를 알아볼 일은 없을 테지만, 예지가 조금 보고 싶었다. 나는 예지가 부러웠다. 우우우 바람소리가 나는 쇠꼬챙이에 대해 말하며 웃는 예지가, 빌라와 따듯한 요리에 대해 대단히 얼빠진 표정으로 말하는 예지가 부러웠다.

살아 있다는 게 분해. 불로 지져버려야 해. 거대한 불쏘시개처럼. 재가 될 때까지. 재도 남지 않을 때까지.

나는 가끔 몰래 기도했다.

거울 속 나는 얼핏 늙은 여관 주인을 꼭 닮아 있었다. 나는 전보다 낡고 가끔 비에 젖은 고양이 냄새가 들끓는 여관을 청소하기 시작했다. 그건 내가 아직 살아 있어서, 여관이 망하지 않아서 어쩔 수 없는 일 같았다. 나는 그전에 있었던 일들을 모두 잊어버리기로 했다. 사실 잊어버리기로 했다기보다 기억이 잘 나지 않았다.

나는 절뚝거리면서 여관 계단을 올랐다. 계단을 오를 때마다 어딘가 익숙한 목소리가 들려왔다. 그 목소리는 어쩐지 피곤해 보였다. 나는 귀를 세우고 그쪽으로 천천히 걸었다. 욕조가 없는 삼층 맨 끝 방에서 나는 소리였다. 나는 그 방으로 천천히 걸음을 옮겼다. 누군가 한참을 운 것처럼 바짝 마른 성대로 탄성을 내지르고 있었다. 나는 익숙한 그 소리를 오랫동안 들었다. 문 앞에서 숨을 크게 내쉴 때마다 돼지가 우는 것처럼 컹, 컹 하는 소리가 들렸다. 나는 정말 미치기라도 한 것처럼 실실 웃기 시작했다.

이상한 소설

종수는 내 소설이 싫다고 했다. 폭력적이고 지루한데다 특히나 말이 되지 않는다고 했다. 존나 이상해. 어떻게 이딴 게 말이 된다고 생각하는 거지. 종수는 혼잣말처럼 중얼거렸다. 종수의 얼굴이 술에 취해 벌겋게 달아올라 있었다. 종수는 내 소설이 사실을 말하는 것 같지만, 말도 안 되는 인물이 종횡무진 아무 말이나 지껄인다고 했다. 그런 삼류 같은 글을 보면 술을 먹다가도 금방이라도 술이 깰 것 같다는 말도 덧붙였다.

차라리 치과나 열심히 다녀. 이런 것보다 그게 훨씬 낫잖아. 거기 있는 사람들한테도 잘 보이고, 언니들이랑도 친하게 지내려고 노력도 좀 하고. 그냥 성실하게……

종수가 말했다. 나는 그런 말을 하는 종수의 얼굴을 가만히 바라보았다. 소주를 마실 때마다 입술을 깨무는 버릇 때문에 종수의 입술이 퉁퉁 부어 있었다.

입술 좀 그만 깨물어, 종수야.

나는 말했다.

그니까, 이런 애들 나오는 소설을 왜 쓰는 거야? 진짜 싫다, 진짜.

종수가 내 말에 아랑곳하지 않고 반복해서 말했다.

이런 게 니 머릿속에 있는 것도 싫고, 여기 나오는 새끼들이 다 존나게 싫어.

종수가 이를 악물었다.

너는 진짜로 이게 말이 된다고 생각해? 너는 진짜로 이런 새끼들을 만난 거야? 진짜로 이런 새끼들을 만난 거냐고.

종수는 가만히 고개를 숙이고 있었다. 종수의 얼굴이 종수 앞에 놓인 미역국에 흐릿하게 비쳤다. 나는 말없이 종수의 입에 딱딱한 나무막대기 같은 당근을 넣어주었다. 종수는 울고 있는지, 침인지 눈물인지 모를 것을 뚝뚝 흘리면서 나무막대기 같은 당근을 아작아작 씹었다.

아니다. 치과도 그냥 그만둬, 재수없으니까…… 진짜로 원장 새끼가 너한테 이상한 짓을 한 것 같으니까…… 어차피 나도 다 생각이 있어. 나도 생각이…… 그니까, 조금만 기다리면 되잖아……

종수가 여전히 당근을 아작아작 씹으며 말했다. 그렇게 말하는 종수의 얼굴이 꼭 슬픈 생각을 하는 것 같아서, 나는 조금 웃겼다.

종수는 동네에서 가장 기름이 싸다고 소문난 주유소에서 일했다. 그리고 나는 그 주유소와 그리 멀지 않은, 중앙공원을 가로지르는 육교 바로 옆 치과에서 일했다. 진짜로 간호조무사 자격증을 땄거나 치기공을 전공한 것은 아니었다. 말하자면 나는 무자격 아르바이트생이나 다름없었다. 나는 그저 스케일링이나 미백, 혹은 원장이 임시치아의 모형을 만들 때나 신경치료를 할 때 옆에서 돕거나 환자의 침을 기계로 빨아들이는 일을 주로 했다. 쓸데없이 굽 있는 신발을 신는 것을 빼면 어려운 일은 아니었다. 그냥 시키는 대로 하면 되었으니까. 그리고 남는 시간에는 간간이 소설을 썼다. 낯익은 미국식 이름을 가진 인물이 주구장창 나오는, 종수의 말을 빌리자면 말도 안 되는 이야기였다. 그들을 쓰는 데에 딱히 커다란 이유는 없었다. 소설 속 그들과 나는 어디서나 사랑을 나눴고, 좀더 과격하게 말하자면 어디서든 해댔고, 어디서나 같이 있었다. 그들은 나를 항상 사랑해주었다. 나는 그들을 쓸 때마다 마치 그들과 진짜로 사랑이라도 나누는 것처럼 기분이 좋았다. 그건 덜 외롭고, 재밌는 일이었다. 바보 같은 종수가 그걸 모를 뿐이지. 남의 몸에는 무서워서 손도 못 대고 덜덜 떠는 병신 주제에. 나는 중얼거렸다.

종수는 항상 나를 만지려고 몇 번 시도만 할 뿐 진짜로 만진 적은 없었다. 내가 마치 무서운 사람이라도 되는 것처럼. 나를 만지면 지독한 병이라도 옮는 것처럼. 종수는 옷을 홀딱 벗고 가끔씩 겁에 질린 것처럼 나를 그저 바라만 보았다. 그러면 나는 종수에게 왜 그러냐고 물었는데 종수는 그럴 때마다 채, 책임감이라고 말을 더듬으면서 말했다. 자기 자신도 제대로 책임 못 지는 주제에 책임감이라니. 나는 웃겼다.

소설을 쓰는 일을 빼면 종수가 하는 일은 내가 하는 일만큼이나 간단했다. 종수는 한 번도 염색을 한 적 없지만 어쩐지 노란 기가 도는 머리카락을 뒤통수에서 휘날리며 주유소를 이쪽저쪽 뛰어다녔다. 종수가 하는 일은 지독한 휘발유 냄새를 맡고, 기름을 주유하고, 가끔 주유가 끝난 차를 세차하고, 꾸준히 뒤통수를 얻어맞는 일이었다. 종수는 나름 그 일을 잘 견뎠다. 매일 머리를 맞을 때마다 조금씩 바보가 되어가는 것 같기는 했지만 종수는 매일 웃으며, 머리칼이 삐죽 솟은 채 주유소를 걸어나오곤 했다. 나는 그렇게 종수가 주유소에서 걸어나올 때마다 매주 키가 쑥쑥 자라는 옥수수밭을 보고 있는 듯한 이상한 기분이 들었다. 종수가 옥수수밭 사이에서 걸어나온다. 키가 장대처럼 커진 옥수수밭을 헤치면서 걸어나온다. 나는 주유소에서 나오는 종수를 볼 때마다 그런 생각을 잠깐 했다.

어제 종수는 내 소설을 보고 화를 냈지만, 그 소설은 솔직히 말하자면 완벽한 코미디였다. 소설은 토니라는 이름을 가진 치과 원장이 같이 일하는 간호조무사인 나와 대형 틀니를 딱딱거리면서 사랑을 나누는 이야기였다. 둘은 주로 기공실에서 사랑을 나눴고 그러다가 공동 의사로 있는 부인에게 발각돼 그제야 모든 걸 버리고 발리나 하와이로 도피를 가서 평생 행복하게 산다는 것이 이 이야기의 전부였다. 자식도 다섯이나 낳고, 강아지도 열 마리 이상 키우면서.

나는 이 소설이 좋았다. 전혀 말이 안 될뿐더러, 그들이 사랑을 나눌 때마다 일종의 리듬의 방식으로, 손으로 대형 틀니를 딱딱거리는 게 웃겼다. 바보 같은 종수, 그냥 깔깔깔 웃지 그랬니, 나는 생각했다. 종수는 항상 반대로 행동했다. 재밌는 것을 볼 때 슬퍼 보였고 슬픈 걸 볼 때 웃음을 억지로 참는 것 같아 보였다. 너는 화가 난 거니, 슬픈 거니. 나는 그런 종수를 볼 때마다 잘 알 수 없었다.

나는 자전거를 타고 달렸다. 치과는 자전거로 십오 분 정도 거리에 위치해 있었다. 종수는 아마 여전히 집에서 자고 있을 것이었다. 나는 방금 전까지 내 옆에 누워 자던 종수를 떠올렸다. 종수는 가슴팍에 새긴 촌스러운 문신을 그대로 드러낸 채로 곤히 자고 있었다. 심각해하지 말자, 는 문구를 라틴어로 새긴 문신도 있었는데 솔직히 말하자면 종수는 매일 심각한 편에 속했다. 종수는 오늘도 지각을 할 것이 뻔했다.

나 진짜로 부우자가 될 거야. 그러니까, 조금만 기다려.

나는 페달을 밟다가 어제 종수가 중얼거리던 그 말을 다시금 떠올렸다. 멍청한 종수. 잘 알지도 못하면서. 넌 정말 하나도 모르는구나. 나는 다시금 중얼거렸다. 종수에게 말한 적은 없지만 사실 소설을 쓰는 것은 나보다는 종수에게 좀더 어울렸다. 종수는 나보다 종횡무진 아무 말이나 지껄이는 이야기에 대해 더 잘 알 것 같았다. 종수는 나보다 더 시답지 않고 말도 안 되는 얘기들을 잘했다.

거리에는 아무도 없었다. 길가에 서 있는 가로수들이 간간이 그늘을 만들어주었다. 나는 이 시간을 가장 좋아했다. 지구상에서 유일하게 혼자 살아남아 자전거를 타고 있는 듯한 기분이었다. 차라리 그랬으면 좋았을 텐데, 그러면 정말이지 아무런 감정도 없이 페달이나 밟다가 죽어버려도 기분좋을 텐데, 나는 자주 생각했다. 나는 일상의 평화라도 도모하는 척 자전거를 타고 있었지만 속으로는 항상 그런 생각에 몰두해 있었다. 말하자면 내 머릿속에서 그리는 진짜 평화란 늘 그런 쪽에 더 가까웠다.

정확히 십오 분 후, 나는 치과 건물에 도착했다. 나는 항상 그 시간이 너무 짧게 느껴졌다. 건물 입구에서부터 소독약 냄새가 들끓었다. 그 냄새는 바로 옆 건물, 프랜차이즈 햄버거집에서 나는 감자튀김 냄새보다 더 독했다. 나는 자전거를 세우면서 건물 뒤편을 잠깐 쳐다보았다. 매번 먼저 와 담배를 피우던 언니가 보이지 않았다. 언니는 치과에서 일하는 무자격자들 중에서도 제일 오래된 언니인데, 항상 건물 뒤편으로 이어진 공원에서 담배를 피우곤 했다. 공원 비둘기들 사이에서 거대한 비둘기라도 된 것처럼 한껏 몸을 웅크린 자세였다. 나는 언니가 늘 있던 쪽을 몇 번 살피고는 건물로 올라갔다. 오늘은 내가 제일 먼저 도착한 것 같았다.

나는 치과 문을 열고, 차트실로 이어진 기공실에 유니폼을 가지고 들어갔다. 품이 낙낙하고 마크 하나 없이 온통 짙은 파란색인 유니폼이었다. 유니폼 군데군데 치아를 본뜰 때 쓰는 분홍색 알지네이트 용액이 말라붙어 있었다. 그것들은 빨아도 절대 지워지지 않았다. 여기 있는 모두가 그 옷을 누군가에게 물려받고 또 누군가에게 물려받고 또 그 누군가에게 물려받는 식이었다. 물론 불평은 없었다. 우리는 불평할 자격이 없었다. 옷을 갈아입으려고 하자 숨에서 어제 먹은 소주 냄새가 올라왔다. 옷을 갈아입는 도중 기공실 세면대에 올려놓았던 휴대폰이 울렸다. 종수한테서 문자가 여러 통 와 있었다. 왜 안 깨웠냐는 이야기부터 시작해서, 마지막에는 미안하다는 말이 적혀 있었다. 종수는 항상 마지막에야 알 수 없는, 미지근한 사과를 했다. 도대체 뭐가 맨날 미안한지 알 수 없지만 종수는 항상 그렇게 사과를 했다. 나중에 꼭 미안할 일을 만들고 싶은 사람처럼. 나는 세수도 하지 않고 헐레벌떡 나가는 종수를 상상했다. 길쭉하고 선한 눈. 통통 부은 입술. 종수가 뛰어간다. 종수가 신호등을 건넌다. 종수가 가로수를 지난다. 가로수의 그늘이 종수의 얼굴에 얼룩진다. 멍청한 종수가 혼자 주유소에 도착한다. 기름 냄새가 지독한 주유소에. 나는 조금 웃었다.

아홉시가 되기도 전에 환자들이 물밀듯이 밀려왔다. 언니도 어느새 쿰쿰한 담배 냄새를 풍기며 차트실에 들어와 있었다. 나는 기공실 창문 밖으로 보이는 주유소에서 콩알만하게 보이는 종수를 확인하고 싶었지만 그러지 못했다. 나는 밖으로 나와 대기실에 일렬로 앉아 있는 이들을 쳐다보았다. 볼을 칭칭 싸맨 뾰루퉁한 표정들. 그들은 너무 닮아 있어서 꼭 먼 사촌들 같았다.

나는 진료 순서대로 필요한 물품을 트레이에 올려 원장에게 미리 가져다주었다. 원장은 나이가 그렇게 많은 것도 아닌데 벌써 머리가 많이 까진데다 백발에 배도 엄청나게 나와 있었다. 원장은 오늘따라 독한 향수를 뿌리고 와서는 사무적인 표정으로 나를 대했다. 병신. 나는 언젠가 기공실에서 똥 마려운 표정을 짓던 원장을 떠올렸다. 나는 그 지저분한 표정을 잘 알았다. 원장은 내 앞에서 그런 표정을 자주 짓곤 했으니까.

원장은 매번 모두가 퇴근한 시간, 기공실로 나를 불러 이런저런 얘기를 하곤 했다. 오늘 가장 지독한 냄새가 났거나 가장 깨끗하고 단단한 치아를 가진 환자 얘기부터 점심 반찬이 너무 짰다는 아주 사소한 얘기까지, 원장은 하나도 빠짐없이 나에게 모두 이야기해주었다.

원장은 아무도 관심 없는 얘기를 한없이 늘어놓았다. 원장은 업무의 연장이라고 생각했겠지만 사실 나는 원장이 이야기를 시작하기 전에 나한테 헌납하는 필터가 노랗고 단맛이 나는 담배가 좋았다. 솔직히 그 담배가 아니었다면 애초에 원장의 얘기를 들어주지 않았을 수도 있었다. 하지만 그 필터가 노란 담배는 원장의 얘기를 참아줄 수 있을 정도로 너무 달고 맛있었다. 한 번도 그래본 적 없지만 그건 마치, 사탕 수십 개를 입안에서 굴리는 듯한 느낌이었다.

나는 원장이 하나같이 재미없고 하나같이 변함없는 그 얘기를 왜 하는지 알 수 없었다. 하지만 원장은 그걸 좋아했다. 꼭 이곳을 찾는 노인들처럼. 이곳 치과를 찾은 노인들은 아무도 관심 없는 얘기들을 눈이 마주치는 사람에게 아무렇게나 늘어놓곤 했다. 아무도 관심 없는 노인의 죽은 친구들, 남편들……

너도 내가 미쳤다고 생각하지. 원장은 이야기를 다 마치고는 자주 그렇게 말하는 사람이었다. 그리고 나는 그런 원장을 보면서 친절하게 고개를 저어주었다. 솔직히 나는 원장이 완전히 미쳤다고 생각하지는 않았다. 그냥 좀 배가 많이 나오고 그냥 좀 외로워서 그런 거지.

햄버거집으로 잠깐 나와. 할 얘기 있어.

휴대폰을 확인하니 종수한테서 문자가 와 있었다. 나는 시계를 흘깃 쳐다보았다. 벌써 점심시간이었다. 점심시간은 말로는 한 시간이라고 했지만, 밥은 삼십 분 만에 먹고 나머지 삼십 분은 오후 타임 준비를 해야 했다. 나는 할말이 있다는 종수의 문자에 조금 짜증이 났다. 종수는 요즘따라 망상에 빠진 사람이 할 것 같은 얘기들을 자주 늘어놓곤 했다. 대부분 주유소와 소장에 대한 얘기였다.

나는 옷을 갈아입기 전에 주위를 둘러보았다. 오전 환자만 받았을 뿐인데 바닥이 이미 엉망진창이었다. 임시치아를 씌우러 온 이들이 많았기 때문이었다. 그들은 저마다 다른 이유로 누군가에게 얻어터져서 치아가 망가진 이들이었다. 나는 깎인 임시치아를 빗자루로 쓸어 담았다. 그것들은 마치 누렇고 딱딱한 플라스틱 조각 같았다. 이런 걸 이빨에 달고 있어야 한다니, 괴롭겠다. 나는 중얼거렸다.

나는 빗자루를 차트실 구석에 두고 외투를 입었다. 여름이 너무 더워서 겨울은커녕 가을조차 영영 안 올 줄만 알았는데, 어느새 겨울의 초입이었다. 병원 사람들은 이미 자리를 잡고 점심으로 내장탕을 먹고 있었다. 원장도 마찬가지였다. 땀을 뻘뻘 흘려가며 내장탕을 먹고 있는 원장이 나는 웃겼다. 나는 멀리서 원장만 볼 수 있게 입을 빼끔거렸다. 병신아. 원장이 나를 확인하고는 뜨거운 내장탕을 황급히 삼켰다. 병원에 있는 사람들은 질리지도 않는지 매번 내장탕만을 고집했다. 그리고 나는 내장탕이라면 냄새만 맡아도 토가 나올 것 같았다. 어떻게 그렇게 매번 죽은 지 오래된 동물의 질긴 내장을 우적우적 씹을 수 있는지 나는 이해가 되지 않았다.

너는 왜 밥 안 먹어? 또 남자친구?

언니가 말했다. 언니의 유니폼 주머니 밖으로 담뱃갑이 반 정도

삐져나와 있었다. 내장탕을 먹을 바엔 차라리 굶는 게 낫겠다고 말하고 싶었지만 하지는 않았다.

좋겠다. 근데 맨날 만나도 안 지겹나보다. 부럽다. 있을 때 잘해야 돼. 후회하지 말고.

언니가 얼굴이 벌게져서 내장탕 국물을 마셨다. 나는 아무 말도 하지 않았다. 언니는 자기 앞가림도 제대로 못하는 주제에 항상 훈수를 두곤 했다. 알코올중독자 주제에. 나는 밖으로 나가다 말고 중얼거렸다. 원장이 나를 흘깃 쳐다보다가 다시 내장탕에 숟가락을 푹 찔러넣었다.

나는 건물 일층으로 뛰어내려갔다. 옆 건물 프랜차이즈 햄버거집 통유리 안에 까치집을 머리에 얹은 것 같은 종수가 멍하니 앉아 있었다. 종수는 어딘가 얻어맞은 듯 전보다 더 멍한 표정이었다. 아직 술이 덜 깬 것 같아 보이기도 했지만, 노란 기가 도는 뒷머리가 삐죽 선 모양이 진짜로 누군가에게 맞은 것 같기도 했다.

씨발, 소장 새끼.

종수는 내가 앉자마자 소장에 대해 말하기 시작했다. 종수의 뒤편에서 슬픈 가사에 전혀 슬프지 않은 멜로디의 최신 가요가 나오고 있었다.

씨발, 소장 새끼. 금방 뒈질 새끼가. 진짜 깐깐하게 구네.

맞았니? 지각해서, 아가야? 그러게, 잘 일어났어야지.

나는 말했다. 테이블 위에 놓인 감자튀김이 벌써 눅눅하게 식어 있었다. 손가락으로 감자튀김을 집자 기름이 손가락을 타고 주욱 흘렀다. 종수는 매일 햄버거집에 가자고 하고서는 햄버거는 먹지 않고 식어빠진데다가 기름이 뚝뚝 흐르는 감자튀김만 먹었다.

내가 무슨 아가야, 아가는…… 미친놈이, 그거 조금 늦었다고 지랄하잖아. 금방 뒈질 거면서.

조금 악에 받쳐 벌게진 종수의 얼굴이 꼭 아까 전 내장탕 국물을 벌컥벌컥 마시던 언니의 얼굴 같았다. 종수가 매번 똑같은 소장의 이야기를 다시금 늘어놓았다.

종수는 소장이 싫다고 했다. 그리고 소장은 금방 죽을 것이라고 했다. 몸이 망가질 대로 망가졌고 수술도 많이 한데다 나이도 꽤나 많이 먹었다는 것이었다. 하지만 종수의 말을 들어보면, 나는 소장을 직접 본 적은 없었지만 소장은 대단한 사람이었다. 소장은 머리통에 여러 번 칼로 쪼갠 수술 자국이 있었고, 주유소 사무실에 고물이란 고물은 다 모아놓고 있었으며, 게다가 주구장창 똑같은 드라마만 보면서도 눈물을 흘릴 수 있는 사람이었다. 머리를 여러 번 쪼개고도 살아 있는 건 어떤 기분일까. 나는 소장의 이야기가 나올 때마다 생각했지만 아무래도 잘 알 수가 없었다.

못 견디겠다니까. 난 진짜 그만둘 거야. 그 소장 새끼 죽기 전에. 아니면 내가 그 새끼를 죽이거나.

말하는 종수의 입술에 감자튀김 기름이 번들거렸다.

똑같은 드라마만 보는데, 눈이 빨개져서 울음을 참는 거야. 진짜 미친놈이 따로 없다니까. 그래서 왜 우냐고 물어보면 그냥 늙어서 가만히 있어도 물이 줄줄 샌다는 둥, 자기는 그래도 건강한 편이라는 둥, 그러더라고. 뒈지게 오래 살고 싶은 거지. 욕심은 많아가지고. 사람들 말 들어보면 머리 수술만 열 번은 넘게 했다는데. 대단하다니까. 성깔도 여전하고. 그 소장 새끼가 보는 드라마 제목이 뭐더라. 사랑은 자고로, 뭐 그런 삼류 제목이었어.

종수가 감자튀김을 여러 개 한꺼번에 입에 넣어 우적우적 씹으면서 말했다.

소장 새끼 얼른 뒈지면 좋겠다. 뒤통수 한번 세게 때리면 바로 골로 가버릴 텐데. 어떨 때 보면 대가리가 꼭 물러터진 복숭아 같다니까. 팍, 치면 퍽하고 터지겠지.

종수가 여전히 감자튀김을 우물우물 씹으며 말했다. 나는 종수의 얼굴을 뚫어져라 쳐다보았다. 종수의 표정이 전보다 더 멍했다. 종수는 어느새 또 저런 표정을 짓고 있었다. 종수는 요즘 많게는 하루에도 두세 번씩 생각에 잠긴 것처럼 저런 식의 표정을 자주 지었다. 진짜로 어떤 망상이나 생각에 갇혀 헤어나오지 못하는 사람 같았다. 그럴 때마다 종수는 여러 번 불러도 대답을 잘 하지 않았다. 꼭 귀먹은 노인처럼. 나는 그때마다 종수에게 무슨 생각을 하냐고 물어보진 않았지만 분명 시답지 않거나 절대로 일어날 리 없는 일들을 상상하는 것 같았다. 나에게 말한 적 없지만 나는 종수가 세차를 하다가 차 안에서 푼돈을 훔친다는 것을 알고 있었다. 그리고 나는 세차를 하다가 푼돈을 주머니에 욱여넣는 종수를 생각할 때마다 너무 구질구질하고 시시해서 조금 씁쓸한 기분이 들었다.

나도 다 생각이 있어. 조금만 기다려, 조금만.

종수가 알 수 없는 말을 다시금 뱉었다. 종수의 어쩐지 비장해 보이는 표정이 짜증났다. 나는 종수의 멍한 표정을 조용히 쳐다보았다. 삼십 분이라는 시간이 거의 다 지나고 있었다.

우리 있잖아. 우리, 진짜로 딱 이 년만 기다리자. 더도 말고 덜도 말고, 이 년만. 어때?

종수가 말했다.

뭘?

나는 말했다. 종수의 길고 가는 눈이 나를 비껴 어딘가를 응시하고 있었다. 종수의 초점 없는 눈이 꼭 죽은 사람 같았다.

막냇동생, 막둥이, 제대할 때까지만. 그때까지만 기다리자. 그땐 진짜 행복하게 살 수 있을 거야. 지금처럼 말고.

종수는 정말로 하나도 모르는 사람처럼 말을 계속 이었다. 종수의 눈이 좀더 먼 허공을 바라보고 있었다.

동생 군대 제대하면 그때는 소장 새끼도 죽고, 내가 주유소 실장은 되어 있을 거야. 그러면 너 하고 싶은 거 다 하게 해줄게. 소장 새끼 진짜 얼마 안 남았다니까……

종수는 혼자서 이상한 말들을 쏟아내고는 씨익 웃었다. 종수의 기름기 묻은 입술이 번들거렸다. 종수가 하는 말들이 오늘따라 마치 허공에 어처구니없는 소설이라도 쓰는 듯했다.

종수야, 푼돈으로는 부자가 절대 못 돼. 잘리기나 하지.

내가 말했다. 종수는 내 말이 들리지 않는지, 여전히 초점 없는 눈으로 어딘가를 응시하고 있었다. 종수가 너무 많이 맞아서 정말로 멍청이가 돼가는 것은 아닐까 나는 잠깐 생각했다. 지금을 유지하는 게 우리의 최선이라는 것을 종수는 모르는 것 같았다. 자전거를 타고, 가끔 술을 먹고, 지각을 하고, 감자튀김을 주워먹고, 남이 주는 담배를 피우는 이런 생활이, 종수는 마치 별로인 것처럼 말했다.

나는 이제 이렇게 사는 게 싫어. 지겨워. 너는 안 그래? 언제까지 이렇게 맨날 돈도 안 벌리는 일만 하느냔 말이야. 돈도 많이 벌고, 여유 있게, 맨날 우리 주유소 와서 기름 넣고 뻰대는 새끼들처럼. 그러니까…… 딱 이 년만.

나는 종수를 가만히 바라보았다. 기름이 번들거리는 입술로 웃는 종수가 어느 때보다 바보 같았다.

정말로 어디가 아픈 거니. 아니면 너무 맞아서 바보가 된 거니.

나는 말했다. 종수가 허공을 보면서 으하하 웃었다. 종수의 주머니에 대충 욱여넣어진 천원짜리가 여러 장 보였다.

진지하게 들어봐. 너는 내 얘기를 진지하게 들어줘야 돼. 진짜로, 푼돈 아니라, 거금. 나한테 다 생각이 있단 말이야……

종수가 한참을 멍하게 있다가 다시금 말했다.

근데, 너…… 넌 소설을 계속 쓸 거야? 말도 안 되는 거……

응.

계속 그런 식으로? 토니, 아니, 원장도 나오고? 이상한 남자들도 나오는?

응.

내가 대답하자, 종수는 한참 동안 아무 말도 하지 않았다. 종수의 무표정한 얼굴이 붉게 달아올랐다. 종수가 슬픈 것인지 화가 난 것인지 알 수 없는 표정을 한번 더 지었다.

왜? 돈도 안 되고, 그냥 주구장창 그런 걸…… 해대기만 하잖아…… 그건 이상한 거잖아. 넌 그런 게 좋아?

나는 그 말에 한참 동안 대답하지 않았다. 그렇다고 말하고 싶었는데, 말이 잘 나오지 않았다. 나는 누군가의 체온을 느끼는 게 좋았다. 술을 먹고 달아오른 종수의 광대뼈를 만질 때처럼. 그런 것은 주구장창 만져도 매번 행복할 것 같은데, 종수가 그런 마음에 대해 알 리가 없었다.

그럼 니가 해주든가. 넌 겁이 많아서 그러지도 못하잖아. 아니면, 내가 더럽다고 생각하니.

나는 말했다.

무, 무슨 소리야. 못하는 게 아니라, 안 하는 거라니까. 겁이 아니라, 채, 책임감.

나는 조금 붉게 달아오른 종수의 얼굴이 보기 싫어 고개를 돌렸다. 종수의 얼굴이 꼭 거짓말을 하는 것 같았다. 내가 정말 무서운 거니, 더러운 거니, 아니면 정말 그 책임감 때문인 거니. 나는 잘 알 수 없었다. 종수는 그뒤에도 소장의 병세에 대해 무어라 좀더 중얼거렸지만 나는 종수의 말이 잘 들리지 않았다. 엄청나게 슬픈 얘기들을 종수가 억지로 웃으면서 얘기하는 기분이었다.

기공실의 기계가 멈췄는데도 석횟가루가 한동안 계속 날렸다. 치과는 여섯시 반이 되어서야 문을 완전히 닫았다. 원래는 여섯시에 완전히 닫아야 하는데, 매번 닫는 준비를 위한 삼십 분이 더 있다는 것이었다. 진짜 좆같은 삼십 분. 나는 중얼거렸다. 나를 제외한 언니와 무자격자들 모두 여섯시 반이 되자마자 칼같이 집으로 돌아갔다. 언니는 오늘따라 무슨 일이 있는지 평소보다 퇴근을 서두르는 눈치였다. 언니 어디 좋은 데 가요, 라고 물어도 언니는 눈도 안 마주친 채 대충 으응, 하고 얼버무릴 뿐이었다. 치과는 십 분도 채 지나지 않아 쥐죽은듯 조용해졌다. 나는 모두가 퇴근한 후 기공실 안에 들어가 간이의자에 앉아 있었다. 석횟가루가 여전히 잘 날렸다. 석횟가루가 꼭 꽃가루가 날리는 것처럼 예뻤다. 나는 매일 여기에 앉아서 가만히 시간을 때워도 좋겠다고 생각했다. 폐 속에 석횟가루가 천천히 쌓여서 폐가 커다란 돌덩이가 될 때까지. 그런 건 지금을 유지하는 것보다는 훨씬 덜 피곤할 테니까. 나는 소설 속, 기공실 안에서 주구장창 사랑을 나누던 토니를 다시금 떠올렸다. 나는 문득 조금 슬퍼졌다. 그런 게 진짜로 있을 리가 없을 것 같아서. 지겨워. 나는 아까 전에 종수가 했던 말을 하마터면 뱉을 뻔도 했지만 하지는 않았다. 나는 이것이 최선이라는 것을 알고 있었다.

뒤에서 원장이 소리 없이 문을 열고 들어와 있었다. 나는 그걸 독한 향수 냄새 때문에 알았다. 오늘따라 원장의 독한 향수 냄새가 코를 찔렀다.

향수 뿌렸어요?

나는 원장을 쳐다보며 말했다. 원장이 살짝 고개를 끄덕거렸다. 나는 왠지 부끄러운 것처럼 고개를 끄덕이는 원장이 이해가 되지 않았다. 이마가 벌써 많이 까졌고 완전히 백발인 원장이 노인과 비슷한 행색을 하고 있으면서도 부끄러움을 타는 것이 웃겼다. 원장이 잠깐 멀뚱하니 서 있다가 간이의자를 끌고 와서 앉았다. 나는 원장이 주는 담배를 받아 원장이 말을 시작하기도 전에 불을 붙였다. 필터가 노란 담배가 타들어갈 때마다 혀끝에 단맛이 돌았다. 단맛이 나는 담배 연기를 폐 속으로 쭉 빨아들일 때마다 목이 따끔거렸다.

원장은 내가 담배를 피우자마자 이야기를 시작했다. 환자 얘기, 대출 전화 얘기. 원장의 얘기는 변함이 없었다. 매번 똑같은 얘기를 하는 원장이 오늘따라 조금 불쌍해 보였다. 꼭 지구상에 혼자 남아서 자기 얘기를 주절거리는 것 같았다. 그 얘기들이 다 뭐라고.

오늘 어금니가 몽땅 썩은 젊은 남자 환자가 왔거든. 세시쯤 왔던, 이십대, 너 나이 또래. 근데 그런 애들은 웬만하면 그렇게 썩을 때까지 잘 못 기다리거든. 신경까지 썩으면 엄청 아프니깐 말이야. 근데 걔는 그 아픈 걸 어떻게 참았는지 어금니 네 개가 몽땅 신경까지 다 썩어 있더라고. 한동안 죽어 있었던 사람처럼. 그래서 물어봤지. 혹시 어디가 많이 아프셨어요? 그러니까 교통사고가 크게 나서 한동안 의식이 없었다고 하더라고. 그럼 그렇지. 그렇게 썩을 동안 참는 애들이 거의 없지…… 애들은 참을성이 없으니까.

원장이 계속 말을 이었다.

오후에는 대출 전화가 엄청 오더라. 한 시간마다 울려서 얼마나 짜증나던지. 돈도 많은데 무슨 대출…… 예전에 우리 삼촌이나 썼지, 대출은. 우리집 어려울 때……

그렇구나.

나는 담배를 피우면서 원장의 말이 끝날 때마다 고개를 끄덕여주었다. 원장은 허공에 날리는 석횟가루를 보면서 추억에 잠긴 듯 계속해서 말을 이었다. 불쌍한 원장. 불쌍한 배불뚝이. 곧 노인들처럼 늙어버리겠구나. 나는 열심히 얘기하는 원장을 등지고 창밖으로 멀찌감치 떨어져 있는 주유소를 바라보았다. 여러 대의 차가 여전히 줄을 서 있었다. 맨날 존나게 많네. 나는 예전에 종수가 했던 것처럼 중얼거렸다.

밖에 나오자 주변이 어느새 어두워져 있었다. 날이 추워지면서 해가 전보다 훨씬 짧아진 것 같았다.

근데 나 궁금한 게 있어.

원장이 다시금 말했다. 원장의 귀가 붉어져 있었다.

너, 남자친구…… 같이 사는 거니? 이 근처에서 일해?

원장이 말했다. 괜히 부끄러운 듯 땅을 쳐다본 채였다.

네. 왜요?

같이 살아? 같이 잠도 자고…… 같이 씻기도 하고, 그래?

원장이 말했다. 나는 그런 것을 물어보는 원장이 짜증났다.

아니요. 그런 것보다 더 좋은 걸 하는데요.

나는 웃으면서 말했다. 원장의 얼굴이 천천히 달아올랐다.

좋겠다. 같이 있는 사람도 있고…… 너가 맨날 얘기 들어주면 참 좋겠다, 걔는. 하나도 안 지겹겠다.

나는 원장을 보다가 고개를 돌렸다. 그렇게 말하는 원장의 표정이 꼭 다 죽어가는 노인 같아서 싫었다. 변태, 저질 새끼. 뭐가 그렇게 슬프다고. 나는 잠깐 허공을 보면서 슬픈 표정을 짓던 종수를 떠올렸다. 그러다 그런 표정을 남들에게 마음껏 보여주는 이들이 너무 이기적이라는 생각이 들었다. 자기 얘기만 떠들고, 자기 혼자 슬퍼하는 이기적인, 씨발놈들. 나는 중얼거렸다. 나는 아무리 생각해도 남들에게 할 이야기가 없었다. 나는 진즉에 나에 대한 이야기들을 모두 다 까먹어버렸다. 아주 사소한 것까지 전부. 그것들은 고약하면서도 슬퍼서 늘 피곤했으니까. 나는 원장에게 그렇게 지껄일 바엔 소설이나 쓰라고 말하려다가 말았다. 원장은 누구보다 재미가 없었다.

나는 원장을 등지고 나와 자전거를 타고 달렸다. 달리는 내내 전화가 울렸다. 원장은 내게 여러 통의 문자를 보내왔다. 내가 달리는 내내 내 뒤를 보고 있었을 원장을 생각하니 기분이 나빴다. 원장은 치과를 닫고 싶다는 얘기와 어딘가로 가고 싶다는 얘기, 그리고 저녁에는 뭘 먹을까에 관한 얘기가 뒤섞인 문자를 여러 통 보내왔다. 나는 원장에게 답장을 하지 않았다. 나는 그런 말을 하는 원장이 웃겼다. 원장이 하는 말이 너무 말이 되지 않았다. 꼭 내가 쓴 이상한 소설에 나오는 인물처럼. 나는 자전거 페달을 밟으면서 깔깔 웃었다. 페달을 세게 밟을수록 차가운 공기가 몸속 가득 들어오는 기분이었다. 나는 페달을 밟으면서 종수가 했던 말을 다시금 떠올렸다. 진짜로 기다리면 뭐가 달라지려나. 이 년이 지나면 뭐가 달라지려나. 푼돈이 정말로 거금이 되어서, 자전거도 안 타고, 지각도 안 하고, 햄버거나 먹고 담배나 왕창 피워도 행복해지려나. 나는 웃으면서 페달을 계속해서 밟았다. 오늘따라 페달을 빨리 밟는데도 앞으로 나가고 있다는 느낌이 별로 없었다.

나는 집으로 들어와서 집안의 창문을 몽땅 다 열었다. 창문을 열자 집안에 떠다니는 먼지가 눈에 잘 보였다. 예쁘다. 좋다. 나는 혼자 중얼거렸다. 종수는 어디선가 술을 먹고 바닥에 아무렇게나 누워 있었다. 종수의 촌스러운 문신이 눈에 잘 보였다. 나는 종수를 따라서 종수의 옆에 아무렇게나 누웠다. 종수한테서 독한 술 냄새가 풍겼다. 종수가 숨을 들이마실 때마다 종수의 갈비뼈가 잘 드러났다. 나는 종수의 촌스러운 문신에 귀를 가져다댔다. 종수의 심장 소리가 귓가에 잘 들렸다. 종수야, 살았니. 죽었니. 아니면 정말 알코올중독자라도 되고 싶은 거니. 나는 중얼거렸다.

다 봤어.

언니가 거대한 비둘기처럼 앉아서 담배를 피우다가 말했다.

다 봤어. 어제, 너랑 원장.

나는 언니의 흐릿한 눈동자를 쳐다보았다. 언니는 마치 대단한 계획이나 비밀을 알았다는 듯이 말했다.

어쩜 그럴 수가 있니.

나는 아무 말도 하지 않았다. 무언가 대단한 계획이나 비밀을 알고 있다는 듯한 언니의 표정이 너무 지루해서 견딜 수가 없었다.

지겨워요.

나는 언니를 보면서 말했다. 언니의 손이 조금씩 떨리고 있었다.

지겨워도 그렇지. 그런 건 아니지.

언니가 계속해서 말을 이었다. 주변에서 비둘기들이 바닥을 열심히 쪼고 있었다.

난 너를 그렇게 안 봤어. 어린애가 그러면 안 돼. 어차피 욕먹어도 너만 먹게 될걸. 나는…… 나는 그걸 잘 아니까.

언니가 우는 듯이 이야기했다. 나는 갑자기 머리가 아팠다. 주변에 꽃가루인지 석횟가루인지 모를 것들이 날아다니면서 얼굴에 달라붙는 기분이었다. 나는 손을 허공에 휘휘 저었다.

언니가 뭘 알아요?

나는 언니를 바라보며 말했다. 언니가 눈이 빨갛게 충혈된 채로 나를 노려봤다.

나는 너 생각해서 말해주는 거야. 나는 다 알고 있으니까. 그런데 왜 그렇게 말하니? 왜 나를 무시하니? 왜 내가 멍청하다고 생각하니? 내가 다 안다고.

언니가 혼자서 말을 계속 이었다. 나는 마치 그 모습이 혼자서 고함을 질러대다가 울어버리는 노인 같아 보여서 피곤했다.

언니가 뭘 아는데요.

내가 다 봤다고. 기공실에서. 너랑 원장이랑, 사랑…… 사랑하는 거. 그거 사랑 아니야?

나는 언니의 얼굴을 다시금 바라보았다. 언니의 눈 밑으로 주근깨가 덜덜 떨리고 있었다.

그건 사랑이야. 그건 사랑인 것 같았어. 내가 둘이 얘기하는 거 다 들었으니까. 그렇게 사소한 것까지 얘기하는 사이. 그거 사랑

맞잖아…… 나도 그걸 잘……

언니는 내가 무언가를 대답하기도 전에 연달아 말했다. 나는 아무 말 없이 언니를 등지고 치과로 올라갔다. 언니가 등뒤에서 무어라 계속 말을 했지만, 딱히 그 얘기가 잘 들리지는 않았다. 그 얘기들은 시시하고 지루해서 금방이라도 잠이 들 것처럼 재미가 없었다.

언니는 환자들을 보는 내내, 나를 공원에서 이를 득실득실 달고 있는 비둘기를 보듯이 쳐다보았다. 그리고 차트실에서 무자격자들에게 무슨 이야기를 계속해서 늘어놓았다. 제대로 들리지는 않았지만 그 말이 꼭 언니가 쓰는 재미없는 소설 같아서, 나는 웃겼다. 언니의 소설은 꼭 삼류 소설 같았다. 주구장창 별것 아닌 얘기만 해대면서 눈물을 뚝뚝 흘리기나 하는, 그런.

나는 점심시간이 되자마자 밖으로 나왔다. 종수에게서 문자가 하나 와 있었다.

나 일 안 갔어. 소장 새끼 곧 죽일 거야.

나는 종수에게 답장을 보내지 않았다. 종수의 악에 받친 얼굴을 생각하면 슬프고 슬프면 기분이 엿같고 기분이 엿같으면 금방이라도 의지랑 상관없이 눈물이 나올 것 같았다. 나는 이런 어이없는 무의지가 짜증났다. 나는 공원을 여러 번 돌았다. 다 늙어서 가만히 있어도 눈물이 줄줄 새는 노인들이 공원에 앉아서 허공을 바라보고 있었다. 그들은 여럿이 있는데도 꼭 혼자밖에 없다는 듯 서로 다른 곳을 쳐다보고 있었다. 불쌍한 노인들, 차라리 지금이라도 바로 죽어버리면 좋을 텐데, 나는 생각했다.

나는 일이 끝나자마자 자전거를 타고 집으로 달렸다. 모든 게 지겨웠다. 자전거를 타고, 가끔 술을 먹고, 지각을 하고, 감자튀김을 주워먹고, 남이 주는 담배를 피우는 이런 생활이, 너무 지겹게 느껴졌다. 그리고 이런 생각이 드는 것이 다 종수 탓인 것 같은 기분이 들었다. 종수가 쓸데없는 이야기를 해서, 종수의 표정을 보면 그 이야기가 꼭 가짜 소설이 아니라 진짜 같은 기분이 들어서. 진짜로 이 년만 기다리면 무언가 달라질까. 나는 잠깐 우스운 생각을 했다.

자전거를 타고 가는 내내 휴대폰이 여러 번 울렸다. 나는 그걸 그대로 무시하고 계속해서 페달을 밟았다. 몸에 공기라도 가득차서 폐가 터져버렸으면 좋겠다고 생각했다. 그러면 종수도 언니도 원장도, 나를 피곤하게 하는 사람들 모두 다 한 번쯤 봐줄 수 있을 텐데. 나는 아무렇지 않게 크게 혼잣말을 뱉었다.

집에는 종수가 누워서 아무 말 없이 숨을 몰아쉬고 있었다. 나는 종수의 얼굴에 손을 가져다댔다. 손바닥에 뜨끈한 열기가 훅 올랐다.

영주야.

종수가 말했다. 숨에서 독한 술냄새가 훅 끼쳤다.

영주야.

종수가 다시금 불렀다.

너는 농담이 가끔 너무 심해. 그래서 맨날 나를 오해하게 만들어. 그건 진짜로 나쁜 거야. 이상한 소설이나 쓰고 말이야……

종수가 말했다. 나는 아무 말도 하지 않았다. 종수의 무표정한 얼굴에서 금방이라도 눈물이 흐를 것 같았다.

세상에는 진짜 나쁜 놈들이 많아…… 나 잘렸다. 그거 푼돈 얼마 한다고. 진짜로 지겨워 죽겠다. 머리가 더 돌덩이가 돼가는 것 같아. 자꾸 사람들이 무시하니까, 더 바보가 되는 것 같다니까. 그러니까 너는 나한테 바보라고 하면 안 돼. 그건 걔네들보다 더 나쁜 거야. 나는 바보가 아니야. 내가 왜 바보야.

종수가 우는지 양팔로 머리를 감싸며 몸을 웅크렸다. 바보 같은 종수. 멍청한 종수. 나는 종수의 뺨을 손으로 만지려다가 말았다. 종수의 얼굴이 주정뱅이처럼 붉게 물들어 있었다.

그냥 엄마한테나 가고 싶다. 근데 엄마는 지금 아픈 건지 뒈진 건지 볼 수가 없어. 옛날에 나 엄마랑 청도, 소싸움 하는 거 맨날 구경했는데. 우리 엄마가 그 옆에서 국밥집 했거든. 삼시 세끼 먹어도 안 질렸는데…… 우리 나중에 거기 내려가서 국밥집이나 하자. 멋은 없지만 돈은 꽤 된다.

종수가 울면서 말했다. 나는 물끄러미 종수를 바라보았다. 종수가 아무것도 모르는 것이 슬펐다.

종수야, 차라리 소설을 써봐.

나는 말했다. 종수가 내 말을 무시한 채 계속 말했다.

너는 나를 사랑하기는 하니…… 진짜로 나를 사랑하는 게 아니지. 너는 배불뚝이 원장인지 토니인지, 개를 사랑하는 거지. 둘이나 버리고 도망갈 거지.

나는 아무 말 없이 공중에 떠다니는 먼지를 바라보았다.

너네가 도망가기 전에, 내가 먼저 도망갈 거야. 너는 소설을 못 쓸 거야. 제대로 말도 하지 않으면서, 책임감도 없으면서. 니가 무슨 소설이니. 그런 건 재미가 없다…… 재미가……

종수는 여전히 몸을 웅크리고 있었다.

나는 진짜 간다. 진짜 가. 지겨우니까. 지겹다고. 그거, 푼돈…… 얼마 한다고……

종수가 알 수 없는 말을 여러 번 소리쳤다.

나는 종수를 그대로 두고 밖으로 나와서 걸었다. 토할 것처럼 속이 울렁거렸다. 날씨가 너무 추워서 손끝이 시렸다. 누군가 내 손을 만져준 지가 너무 오래되어서 언제였는지 잘 기억나지 않았다. 나는 누군가가 내 손을 만져주는 상상을 잠깐 했다. 그 상상은 너무 실제 같아서 정말로 손끝이 따듯해지는 기분이었다. 나는 아주아주 옛날에 내 손끝에 입김을 불어주던 이를 떠올렸다. 그는 나이가 아주 많은 노인이었다. 나는 그 노인을 떠올리자마자 금방이라도 쓰러질 것 같았다. 그 노인은 너무 슬퍼서 그래서 피곤해서 일찍 죽어버렸다. 좋겠다, 일찍 죽어버려서. 나는 혼자서 길을 걷다가 혼잣말을 뱉었다. 무어라 말하는지는 정확히 몰랐지만, 내가 하고 싶은 말을 계속해서 지껄였다. 대충 오늘은 어떤 환자가 왔고, 자전거를 탔으며, 종수가 아무것도 모른다는 내용이었다.

나는 집에 와서 소설을 썼다. 종수는 아무것도 모르는 얼굴로 다시 자고 있었다. 종수는 정말로 너무 많이 맞아서 바보가 된 것 같았다. 소설은 내가 아는 모두가 나와 같이 사랑을 나누는 이야기였다. 그들은 종수도 닮았고 노인도 닮아 있었다. 나는 계속해서 사랑을 나누는 이야기를 썼다. 기공실에서, 거리에서, 공원에서. 그들은 내 울퉁불퉁한 몸을 한없이 만져주었다. 나는 진짜 사랑이라도 하듯이 가끔씩 몸을 부르르 떨었다.

눈을 뜨니, 종수가 정말 없었다. 나는 아침 일찍 혼자 길을 걷는 종수를 상상했다. 비칠비칠, 힘없는 옥수숫대처럼. 나는 진짜 간다, 가. 나는 종수를 생각하면서 그 말을 여러 번 곱씹었다. 종수가 소설이나 썼으면 좋았을 텐데. 그러면 웃겼을 텐데. 나는 푼돈을 주머니에 넣는 종수를 다시금 떠올렸다. 종수는 언제 떠올려도 너무 시시해서 나는 조금 슬펐다. 차라리 진짜 나쁜 놈이 되었다면 조금 나았을 텐데. 진짜로 소장 뒤통수도 깨고, 돈도 훔치는, 이 년 뒤에 진짜로 부자가 될 수도 있는, 그런. 나는 어쩐지 종수가 시시하다는 것이 나쁜 놈들보다 정말로 더 나쁘게 느껴졌다. 시시한 종수가 간다. 시시해서 나쁜 종수가 간다. 시시해서 나쁜 종수가 주머니에 천원짜리를 욱여넣고 간다. 종수가 진짜로 간다.

진짜로. 나는 크게 중얼거렸다.

치과는 매번 조용했다. 볼을 칭칭 싸맨 사촌들이 오지 않는 것은 아니었다. 아무도 나에게 말을 걸지 않았다. 언니는 거대한 계획이라도 성공한 사람처럼 기뻐 보였다.

내가 다 안다고 했지. 까불지 말라고 했잖아. 어린년이 뭘 안다고 아는 척이야.

언니는 어느 때보다 행복해 보였다. 나는 차라리 언니가 기뻐 보여서 다행이라고 생각했다. 자기 앞가림도 못하면서 늘 무언가에 쫓기듯 뺨을 부들부들 떨던 언니가 누구보다 기뻐 보여서. 내가 언니를 보고 웃을 때마다 언니가 나를 죽일 듯이 노려보았다.

나는 주로 기공실에 혼자 있었다. 기공실의 기계가 돌아갈 때마다 날리는 석횟가루를 보면서 혼잣말을 하는 게 좋았다. 아, 예쁘다. 아름답다. 나는 중얼거렸다. 그런 말을 할 때마다 폐 속에 진짜로 무언가 쌓이는 것이 느껴졌다. 그리고 나는 그게 몸속에서 기괴한 조각이 되어 있었으면 좋겠다고 생각했다. 팔다리도 많고, 울긋불긋한 광대뼈도 여러 개 보이는. 나는 기공실 밖으로 보이는 주유소를 자주 쳐다보았다. 종수만 없고 주유소는 그대로였다. 여전히 차가 많았다. 종수는 진짜로 간다는 말을 하고는 돌아오지 않았다. 물론 그 이후로 종수를 아예 못 본 것은 아니었다. 나는 그 이후로 몇 번, 집 근처 골목에서 몸을 빠르게 숨기는 종수를 본 적이 있었다. 차라리 영영 가버리지. 조금은 덜 시시하게. 나는 생각했다.

종수가 최선에 대해서 알면 조금 달라졌을까, 나는 가끔씩 생각했다. 하지만 종수는 다시 태어난다고 해도 그것에 대해서 모를 것 같았다. 정말로 이 년이라는 시간을 기다리지 못한 것은 내가 아니라 종수였다.

조금만 기다려, 조금만.

나는 가끔씩 광대뼈가 술기운에 달아오른 종수를 습관처럼 떠올렸다. 종수를 떠올리면 매번 슬퍼서 그다지 지루하지는 않았다.

나는 언젠가 내가 완전한 혼자가 될 것이라고 줄곧 생각해왔다. 나는 지저분하고 더러운 생각을 달고 사니까. 누구든 나를 만지면 지독한 병이라도 걸릴 것처럼. 나는 종수가 떠난 뒤로 더이상 원장의 이야기를 들어주지 않았다. 원장의 이야기는 지겨워서 금방이라도 죽고 싶은 기분이 들었다. 원장은 나에게 몇 번 문자를 하다가 그만두었다. 원장은 이제 똥 마려운 표정을 짓는 사람이 아니라 진짜 노인이 된 것 같았다. 실수가 잦았고, 가끔 어딘가를 응시하면서 침을 흘릴 때도 있었다. 지저분한 원장. 진짜로 노인이 되어버렸구나. 나는 생각했다.

나는 치과에 나가지 않았다. 누군가 시키는 일을 하기가 싫었고 특히나, 자전거를 탈 때마다 무언가 몸을 통과하는 기분이 드는 것이 싫었다. 나는 매일 집에 누워 있다가 국물이 시뻘건 라면을 끓여먹었다. 국물을 마실 때마다 가슴이 불에 타는 것처럼 뜨거웠다. 나는 이제는 그 기분이 좋았다. 그런 걸 삼키고 나면 무언가 조금 괜찮아지는 것 같았다.

가끔 모르는 번호로 전화가 왔지만 받지는 않았다. 나는 그게 종수라는 것을 알았다. 그렇기에 나는 전화를 받지 않았다. 미안하다고 말하는 종수가 조금은 덜 시시할 수 있도록.

나는 더이상 자전거를 타지 않았다. 천천히 걷고 있어도 폐 속이 딱딱한 시멘트 덩어리같이 느껴졌다. 나는 빨리 늙어서 금방이라도 죽어버릴 수 있는 노인이 되고 싶었다. 당장 내일이라도 늙어버려서 눈물을 질질 흘리면서 마지막날을 보내고 싶었다. 이렇게 시간을 보내는 것이 나에게는 필요가 없었다.

나는 주유소를 멀리서 자주 구경했다. 소장은 종수의 말과는 다르게 여전히 살아 있었다. 나는 그런 소장이 누구보다 최선을 다하고 있다고 생각했다. 소장은 너무 대단해서 징그러웠다. 얼마 지나지 않아 주유소에는 새로운 직원이 들어왔다. 머리가 노랗고 덩치가 컸다. 주유소 사람들은 종수에 대해 가끔씩 떠들었다. 달리 할 얘기들이 별로 없을 테니까. 내용은 매번 비슷했다. 세차하다가 빼놓은 푼돈을 공중화장실에 숨겨놨다는 둥, 더러운 짓은 골라서 했다는 둥, 절대로 봐주지 않을 것이라는 얘기뿐이었다. 나는 그 이야기가 진짜로 너무 이상한 소설 같아서 웃겼다. 웃기는 종수, 멍청한 종수, 이상한 소설 같은 종수. 나는 깔깔깔 웃었다.

나는 시간이 지날수록 엄청나게 뚱뚱해졌다. 나는 매번 음식을 씹지 않고 그대로 삼켰다. 걸을 때마다 무릎이 아프고 새치가 자라나 있었다. 꼭 노인처럼. 나는 매일 뒤뚱거리면서 공원을 걸었다. 눈물을 줄줄 흘리며 앉아 있던 노인들이 하나둘 자리를 떠난 뒤였다. 공원은 전보다 더 넓어 보였다. 나는 대단한 사람처럼 공원에 앉아 있었다. 꼭 몇 세기를 혼자서만 살아남은 사람처럼.

나는 공원에 앉아 멀리서 나는 냄새를 킁킁거렸다. 지독한 휘발유 냄새. 나는 어렴풋이 그런 냄새를 맡았다. 그러곤 허공에 어처구니없는 소설이라도 쓰듯 중얼거렸다. 저 멀리서 종수가 온다. 저멀리 웃으면서 종수가 온다. 저 멀리서 진짜로 부자가 된 종수가 걸어온다. 나는 시린 손끝을 여러 번 마주 비비면서 중얼거렸다. 손끝을 비비는 것이 마치 소원을 비는 사람 같았다.

나는 눈을 똑바로 뜨고 정면을 바라보았다. 그러자 저 멀리서 진짜로 무언가가 성큼성큼 걸어오는 것 같은 기분이 들었다. 공원 중앙에 있는 시계 옆으로 누군가가 다가오고 있었다. 나는 손등으로 눈물을 닦아내며, 다시금 앞을 바라보았다. 잘 보이지는 않았지만, 누군가가 얼굴 주위에 꼭 옥수수밭에나 있을 법한 빨갛고 시끄러운 날벌레를 우글우글 달고 천천히 걸어오는 모양이었다.

해설

권희철(문학평론가)

김남숙 소설어 작은 사전
—혹은 불가능한 사랑

몸: 이야기의 그물이 삶을 어떻게 이해하고 계획하며 실천하는가와 무관하게 언제나 거기 있는 삶 자체의 물질성(☞ 이 글의 **이야기** 항목을 볼 것). 이 물질성의 번다함과 분주함이 이야기의 그물을 찢어버리고 삶이 이야기를 초과하는 것임을 표현할 가능성이 있지만, 반대로 이야기의 그물이 삶을 포획하고 경직되게 할 때 삶의 물질성은 지나치게 빈약하거나 혹은 공허하게 비대한 것으로 표현된다. 어떤 경우든 삶과 이야기의 관계 맺기가 곤란해질 때, 그 곤란은 몸에 대한 표현을 빈번하게 만든다.

아래의 두 인용문은 얼핏 서로 반대되는 것처럼 보인다.

두치는 내가 몹시 빠르게 살이 빠지고 있는 것 같다고 말했다.

(……)

나는 될 수 있으면 몸피를 줄이고 싶어졌다. 이십 킬로그램가량 몸무게를 줄이고 앙상한 나신으로 눈밭을 걸어보았으면 좋겠다고 생각했다.(「아이젠」, 20~21쪽, 이하 강조는 인용자)

이유는 잘 알 수 없지만 나는 음식을 먹지 않아도 자꾸만 몸이 풍선처럼 불어났다. 정말로 금방이라도 곧 배가 터져버릴 것처럼. (……) 동네 사람들은 내가 살이 엄청난 속도로 찌고 있는 것이 내가 미쳐가고 있다는 증거라고 말했다.(「귀」, 199쪽)

그러나 「아이젠」과 「귀」 각각의 구도 속에서 이 인용문들을 이해하기로 하자면, 살이 빠져나가는가 불어나는가에는 아무런 차이가 없다. 둘 모두 삶 자체의 물질성이 사라져가는 과정이라는 점에서는 같기 때문이다. 한쪽에서는 몸피가 점점 줄어들고 앙상해지다가 사라질 것이고, 다른 한쪽에서는 지나치게 부풀어올라 풍선처럼 속이 비어가다가 결국에는 터져버리는 바람에 사라질 것이다(「아이젠」과 「귀」를 포함해서 이 소설집의 거의 모든 소설들이 항상 누군가가 사라지거나 사라진 사람을 체념적으로 기다리는 구도라는 것이 저 '사라져가는 몸'과 호응하고 있다는 점을 환기해볼 수도 있겠다. ☞ 이 글의 **커플** 항목을 볼 것).

감각적으로 표현하거나 세부적인 데까지 묘사하지 않으면서도 김남숙 소설이 이렇게 자주 몸에 대한 관심을 표시하는 것도, 정확히 말해서 몸 그 자체에 대한 관심 때문이라기보다 그것의 늘어나거나 줄어드는 급격한 변화를 통해 '물질성의 사라짐'이 감각되기 때문이다. 그렇다면 겉보기와 달리, 앞의 인용문과 다음의 인용문은 같은 흐름 속에 있는 것이 된다.

> 지독한 소독약 냄새가 났다. 나는 그게 좋았다. 이곳은 아무런 향기도 흔적도 없는 곳 같았다.(「파수」, 56쪽)

> 락스 냄새가 진동을 했다. 나는 이 냄새를 좋아했다. 내 몸에서 이런 냄새가 나면 어쩐지 무균의 깨끗한 사람이 된 것 같은 기분이 들었다.
>
> (……)
>
> 그렇게 한참 동안 락스 물에 몸을 담그고 있다보면 나에게서 나는 악취도 모두 사라지는 것만 같은 기분이 들었다.(「제수」, 68, 70쪽)

냄새와 같은, 미세하지만 너무나 확실하게 감각되는 삶의 물질성의 흔적을 지우기, 혹은 사라지게 하기. 그것은 물질성을 다소 추상화해서 기억을 지우기 혹은 사라지게 하기의 형태로도 반복된다.

요즘에는 열이 오르고 나면 기억이 한줌씩 머리카락처럼 빠지는 것 같았다.(「자두」, 146쪽)[1)]

나는 매일 조금씩 잊어버렸다. 이백 살은 거뜬히 먹은 치매 노인처럼. 물론 이전에 내가 어떻게 지냈는지도 잘 기억나지는 않았다.(「염소와 나」, 193쪽)

나는 그전에 있었던 일들을 모두 잊어버리기로 했다. 사실 잊어버리기로 했다기보다 기억이 잘 나지 않았다.(「귀」, 229쪽)

사라짐을 표시하는 이 모든 요소들(줄어들거나 커지는 몸, 소독, 망각)은 아마도 텅 빈 구멍, 자라나는 구멍, 자라날수록 점점 더 무화無化시키는 구멍의 이미지로 집약되는 것 같다.

나는 개미가 덕지덕지 붙어 있는 각설탕을 우걱우걱 씹었다. 죽지 않는 개미들이 내 몸에 커다란 개미집이라도 지었으면 좋겠다고 생각했다.

---

1) 「자두」에서 화자가 읽고 있는 제목이 드러나지 않은 소설은 아마도 모니카 마론의 『슬픈 짐승』일 텐데, 『슬픈 짐승』의 형식을 결정하는 중요한 요소는 화자의 기억의 혼란과 망각이어서, 「자두」의 화자의 상태에 호응한다. 그들의 기억에서는 뭔가가 빠져나가 사라져버리는 것이다.

(……)

혈관 속으로 개미가 기어가는 것처럼 온몸이 저릿저릿한 기분이 들었다.(「제수」, 87~88, 97쪽)

수시로 각설탕을 씹어먹는 여자의 몸은 점점 부풀어오르겠지만, 그것은 사실 개미집의 증식, 속이 비어 있는 관管들의 증식, 여자에게 주어진 삶의 물질성을 갉아먹는 무無의 증식이다. 이 관들이 「제수」의 여러 장면에서 음울한 관악기라도 되는 듯 물질성이 제거된 이상하고 기분 나쁜 소리를 낸다.

언니는 날이 갈수록 볼이 패고 점점 앙상해졌다. 언니는 멀리서 보면 꼭 살아 있는 해골 같았다. 바람이라도 심하게 부는 날이면 나는 언니의 텅 빈 갈비뼈 사이에서 조율되는 바람소리를 떠올렸다. 바람을 몸안에 가두고 걷는 언니. 음침하고 슬픈 소리. 몸이 내는 기분 나쁜 소리.(72쪽)

슬프거나 우울한 기분은 아니었다. 그저 몸에 난 실 크기만한 구멍을 바람이 가만히 통과하는 기분이었다. 음침하고 슬픈 소리. 몸이 만드는 가장 기분 나쁜 소리……(83쪽)

나는 각설탕을 씹으면서 속으로 이상한 소리를 냈다. 새소리도

아니고 바람소리도 아닌, 그저 기분 나쁜 울음소리 같은 것.(88쪽)

몸속 구멍이 내는 이 기분 나쁜 소리를, 사라져가는 삶의 물질성에 부치는 김남숙의 음악이라고 부를 수 있을까? (☞ 이 글의 **소리** 항목을 볼 것).

*

병신: 특정한 삶의 방식을 채택하고 있는 인간에 대해 부정적으로 평가할 때 사용하는 말. 씨발년, 씨발놈들, 미친년, 미친놈, 개 같은 년, 좆밥, 바보, 겁쟁이 등과도 호환된다. 보다 점잖게 불구라고도 쓴다. 그런데 이 욕설 혹은 멸칭으로 이루어지는 평가에는 역동적인 측면이 있다. 왜냐하면 평가는 그 평가가 전제하는 가치척도 등을 환기하는 탓에, 가치척도에 의해 어떤 대상을 긍정적으로 또는 부정적으로 평가할 뿐만 아니라, 가치척도 그 자체를 평가의 대상으로 제공하기도 하기 때문이다. 다시 말해서 우리가 누군가를 병신이라고 부를 때, 비하하는 표현의 윤리적 정당성과는 별개로 그를 병신이라고 평가하게 되는 가치척도 그 자체를 다시 평가할 가능성이 열리며, 결국에는 누군가를 병신이라고 부르는 바로 그 사람이야말로 병신이라는 사실이 드러날 가능성이 함께 열리는 것이다. 그러므로 평가라는 것은 그것을 어떻게 표현하고 배치하느냐에 따라 '가치 전도'로 기능할 가능성이 있다.

김남숙 소설에는 병신 등등의 욕설 혹은 멸칭이 비교적 자주 나타나지만, 그것은 그저 무엇인가를 거칠게 표현하는 것만은 아니고, 거의 언제나 가치 전도로 배치되어 있다. 씨발놈들이라고 불리는 사람들이 정말로 씨발놈들인 것이 아니라 누군가를 씨발놈이라고 욕하는 자들이야말로 씨발놈들이다. 귀머거리라고 불리는 사람이 정말로 뭔가를 듣지 못하는 것이 아니라 누군가를 귀머거리라며 불쌍히 여기는 자들이야말로 귀머거리들이다.

걸레 같은 년, 죽어버려. 지옥에나 가버려라. 사람들은 늘 언니에게 그런 욕을 하곤 했다. 잘 알지도 못하면서.

(……)

씨발놈들. 잘 알지도 못하면서.(「염소와 나」, 174, 186쪽)

사람들의 말을 빌리자면 나는 굉장히 뚱뚱한 거구에 귀머거리였다.

(……)

나는 누구보다 귀가 밝았다. (……) 정작 나에게 운이 없다고 말하는 이들은 멍청하게 어떤 소리의 반밖에 듣지 못한다는 것을 나는 알았다. 진짜 귀머거리들, 쓸데없이 당나귀처럼 귀만 커다란 것들.(「귀」, 198~199쪽)

이 개새끼, 씨발놈.

제수가 갑자기 욕을 뱉었다. (……) 나는 참을 수 없이 짜증이 났다.

(……)

뭐가 무섭냐. 이 겁쟁이. 이 개새끼. 씨발놈아〔겁이 나는 바람에 길가에 잠들어 있는 취객에게 개새끼 씨발놈이라고 욕을 하는 제수를 가리키는 말—인용자〕. 그냥 취한 병신〔아무데서나 자고 있는 취객을 가리키는 말—인용자〕인데.(「제수」, 90~91쪽)

이런 가치 전도 아래에는 다음과 같은 질문들이 은밀하게 깔려 있는 것 같다. 씨발놈이 사실 씨발놈이 아니고 귀머거리가 사실 귀머거리가 아니며 이른바 정상인들이야말로 사실은 병신이었다면 병신이라고 불렸던 자들의 진실은 어떤 것일까? 혹은 반대로 스스로 정상이라고 자부하던 자들의 진실은 어떤 것일까? 그러니까 김남숙 소설에서 병신 등등의 욕설과 멸칭은 사실상 가치 전도와 관련된 질문으로 활용되기를 기다리고 있다고도 말할 수 있다. 혹은 김남숙 소설에 나오는, 병신 등등으로 불리며 정상적인 삶을 살아가는 데 실패하는 불구자들은 불구자로서 그려지고 있기보다 그들을 불구라고 평가하는 정상성에 대한 질문 그 자체를 살아가며 어떤 고난을 견디고 있는 것처럼 보이기까지 한다.

이 점에서 어딘가 정신적인 문제를 겪고 있는 것처럼 보이는 「캐치볼」의 화자('숙')와 그녀의 부모들의 관계를 생각해보면 어떨까. 숙의 부모는 아무런 활력도 느낄 수 없이 매일 똑같이 반복되는 생활을 당연하게 받아들이고 심지어 거기에서 모종의 기쁨을 느낀다. 숙은 그들의 모습에서 역겨움을 느끼지만, 그런 생활에 동참할 수 없다는 점에서 숙은 부모에게 짐이고 불구처럼 여겨지며 그들은 숙이 그들의 삶으로부터 사라져주길 바라는 것 같다. 그런데 여기서 대체 누가 불구인가. 「캐치볼」의 전반부를 읽을 때까지 우리들은 숙의 정신이 어딘가 미숙하거나 이상하고 불건전하다고 생각하게 되는데, 거의 같은 판단을 내리는 숙의 부모들을 보면서는 점점 다르게 생각할 수밖에 없다. 저렇게까지 무의미한 반복을 당연하게 받아들이고 심지어 환호성까지 질러대는 저들이야말로 불구가 아닐까. 그런 무의미한 삶을 기뻐하며 받아들이는 부모들이야말로 "엄청난 생명력, 그런 걸 가진 불구"(122쪽)가 아닐까. 그렇다면 그런 그들이 불구라고 판정을 내린 숙은 불구가 아닌 게 아닐까.

그렇다는 것은 혹시, 숙의 존재는 정상성으로부터 핍박 받는, 정상보다 더 우월한 엄청난 생명력과 같은 것일까. 김남숙 소설은 불구와 정상 사이에 대한 가치 전도를 포함하고 있기는 하지만 그렇다고 '불구라고 판정되는 자가 느끼는 엄청난 생명력'과 같은 낭만적 비전을 허락하지 않는다. 숙은 자신을 불구라고 지목하려는 정상성에 굴복하지는 않지만, 정상성으로 양식화된 삶 너머 어딘가에 날것으로서의 엄청난 생명력 같은 것이 따로 있으리라고 믿지도 않는다. 차라리 김남숙 소설에서의 선택지는, 자신이 정상이라고 생각하는 불구와 타인에게 불구로 인식되는 불구로 좁혀져 있는 것처럼 보인다. 말하자면, 누군가를 병신이라고 부르는 자들이야말로 병신이지만, 그렇다고 병신이라고 불리는 자들이 병신이 아닌 것은 아니게 된다. 김남숙 소설의 인물들은 사라져가고 희박해지는 삶에 시달리느라 그들 자신이 어딘가 비틀린 존재가 되어 있다는 사실을 모르지 않게 되기도 한다(☞ 이 글의 **몸** 항목을 볼 것). 그런 점에서 병신 등등의 욕설과 멸칭은 가치 전도의 질문으로 기능하는 것을 넘어서 자신에게 주어진 삶과 자기 자신에 대한 비관적인 인식이 되기도 한다(☞ 이 글의 **삶** 항목을 볼 것).

*

삶: 살아 있게 하는 힘, 혹은 그 힘에 의해 살아 있는 것. 삶은 분열하고 증식하며 생성하고 변화하는 것이지만, 그것이 반드시 활력 넘치는 풍요로움으로 경험되거나 표현되는 것은 아니다. 그것은 오히려 무분별하고 혼란스러운 고통으로 경험되거나 표현될 가능성이 있다. 혹은 그것이 활력 넘치는 풍요로운 것으로 기대되면서도 그 기대가 전혀 실현될 가능성이 없는 것으로 인식된 탓에 무의미하고 무감동적인 것

으로 표현될 가능성이 있다. 이 경우 삶은 죽음을 갈망하게 하는 것인 동시에 죽음에 이르는 길을 유예시키는 거추장스러운 것으로 이해되기도 한다.

김남숙 소설에서 삶은 정상으로 불리건 병신으로 불리건 간에 살아 있는 자들에게 고통을 줄 뿐인 것으로 전제되는 것처럼 보인다. 김남숙 소설은 삶의 기쁨 같은 것에는 아무런 관심도 없고 차라리 모든 것이 끝장나기를 바라는 자살 충동과 같은 것을 자주 드러낼 뿐이다.

> 그냥 죽어버리는 거야. 그건 아무것도 아니야.(「파수」, 62쪽)

> 나는 모두가 다 죽어버렸으면 좋겠다고 생각했다.
> (……)
> 살아 있다는 게 분해.(「귀」, 227~228쪽)

> 좋겠다, 일찍 죽어버려서.(「이상한 소설」, 259쪽)

그러나 여기서도 가치 전도가 계속해서 작동하고 있다는 점을 한번 더 고려해본다면 어떨까(☞ 이 글의 **병신** 항목을 볼 것). 삶이 뒤집혀 죽음과 같은 것이 되는 바람에 살아간다는 것이 곧 자살 충동에 시달리게 되는 것으로 끝나는 게 아니라, 차라리 죽기를 바라는 저 병신 같은 삶들이 한번 더 뒤집혀 자살 충동 안에 삶을 향한 어떤 의지가 포함되어 있다는 사실이 밝혀지는 것이라면?

「이상한 소설」을 그런 식으로 읽을 수 있을 것 같다. '종수'가 보기에 '영주'의 머릿속에는 뭔가 이상한 게 들어 있지만, 영주가 보기에 종수는 병신이다. 종수는 이러저러한 시시한 방법을 통해 더 나은 삶이 가능하리라고 믿는 멍청이에 불과하기 때문이다. 종수는 대체 왜 모르는 것일까. 삶이 더 나아지는 것은 불가능하며, 그것은 그저 견디며 받아들여야 할 대상일 뿐이라는 것을. "나는 이것이 최선이라는 것을 알고 있었다."(250쪽) 그런데 더 나은 삶에 대한 종수의 망상, 실현 불가능한 시나리오야말로 그것이 설사 멍청하고 병신스러운 것이라고 하더라도 삶에 대한 의욕을 불러 일으키며 종수의 삶을 살아 있게 하는 것이 아닐까. 반대로 삶의 진실에 대한 영주의 냉소적인 인식이야말로 삶에 대해 무감각하게 만들고 삶을 그저 견디며 받아들여야 할 대상으로 만든다는 점에서 영주의 삶을 이미 죽어 있게 한다고 할 수 있다. 그러므로 영주는 어떤 의미에서 자살 충동을 느낄 필요가 없다. 영주의 삶은 이미 죽어 있으니까. 영주는 잠든 종수에게 "살았니. 죽었니"(254쪽) 하고 묻지만 이 질문에 답해야 하는 사람은 영주 자신인지도 모른다. 이런 맥락에서 다음 두 장면을 우리는 섬세하게 구분해볼 수도 있다.

(A) 멍청한 종수. 잘 알지도 못하면서. 넌 정말 하나도 모르는구나.

(……)

아무런 감정도 없이 페달이나 밟다가 죽어버려도 기분좋을 텐데, (……) 나는 일상의 평화라도 도모하는 척 자전거를 타고 있었지만 속으로는 항상 그런 생각에 몰두해 있었다. 말하자면 내 머릿속에서 그리는 진짜 평화란 늘 그런 쪽에 더 가까웠다.(238쪽)

(B) 나는 일이 끝나자마자 자전거를 타고 집으로 달렸다. 모든 게 지겨웠다. (……) 그리고 이런 생각이 드는 것이 다 종수 탓인 것 같은 기분이 들었다. 종수가 쓸데없는 이야기를 해서, 종수의 표정을 보면 그 이야기가 꼭 가짜 소설이 아니라 진짜 같은 기분이 들어서. 진짜로 이 년만 기다리면 무언가 달라질까. 나는 잠깐 우스운 생각을 했다.

(……)

계속해서 페달을 밟았다. 몸에 공기라도 가득차서 폐가 터져버렸으면 좋겠다고 생각했다.(257쪽)

(A) 삶에 대해 자신은 뭔가를 알고 종수는 아무것도 모르는 병신이라고 생각할 때, 영주에게 죽음은 기분좋은 어떤 것이고 평화로운 어떤 것이다. 그것은 이미 영주의 무감각한 삶과 구분되지

않는다. 그러므로 죽음에 이르는 과정이 특별히 극적이지도 폭력적이지도 않으며 거의 묘사되지도 않는다. (B) 그러나 실은 종수가 그저 병신인 것만은 아니라는 생각이 들 때, 종수의 망상 속에 삶을 향한 의지에 관계하고 있는 모종의 진실이 포함되어 있다는 생각이 어렴풋이 들 때, 삶을 낙관하는 종수의 이야기가 진짜라는 기분이 들고, 이제 영주는 삶에 대해 무감각한 상태로 있을 수 없게 된다. 그런 이유로 영주는 '죽어 있는 삶이 최선'이라는 앎을 유지할 수 없고, 그런 종류의 삶을 견딜 수 없어져, 그것을 터뜨리며 죽어버리고 싶어진다. (B)에서 (A)의 평화로움과는 차이 나는 약간은 격렬한 자살 충동이 일어나는 것은 (B)가 더 죽음을 격렬히 원해서가 아니다. (B)의 자살 충동 안에 더 나은 삶을 향한 의지 같은 것이 들어와 있는 탓에 '죽어 있는 현재의 삶'을 죽여버리고 '다르게 살고자' 하는 욕망이 분출하기 때문이다.

*

섹스: 연인들끼리 나눌 수 있는 최고의 사랑의 표현으로서 서로에게 최대한의 기쁨을 선물하는 것으로 상상되는 것. 실제로는 거의 언제나 사랑과 무관하게 이뤄지는, 자신의 감각적 쾌락을 기대하며 상대방을 이용하는 마스터베이션. 그렇기 때문에 이용되는 자와 이용하는 자 사이에 폭력과 착취가 개입할 때가 있고, 그렇지 않더라도 그 둘은 적어

도 불평등한 관계이기 쉽다. 섹스가 이런 식으로 이해되고 묘사되는 한에서, 섹스는 사랑의 불가능성을 표시하는 방식처럼 보이기도 한다.

김남숙 소설은 사랑과 일치하는 섹스라는 환상에 대해 냉담하다. 이 냉담은 김남숙 소설에 등장하는 커플들이 언제나 겪는 실패와도 밀접한 관련을 맺고 있는 것처럼 보인다. 「김남숙 소설어 작은 사전」에 등재된 어휘들은 모두 김남숙 소설에서 자주 발견되지만, 이 냉담의 톤으로 그려진 섹스 장면들의 빈도는 유독 두드러지는 것 같다. 그 장면들에서 섹스는, 연인들 사이에서는 납득할 수 없는 이유로 이뤄지지 않거나 폭력적인 방식으로 무감동하게 이뤄지거나 연인이 아닌 자들 사이에서 성매매의 방식으로만 이뤄진다.

〔연인인 '두치'에게 화자인 '영'이 하는 말:〕 오늘도 안 할 거지?
〔영에 대한 두치의 답:〕 할 수 있어. 그치만 안 하는 거다.(「아이젠」, 14쪽)

나는 뚱보와 여관에 갔다. 뚱보가 먼저 돈을 줬다. (……) 나는 그 돈을 주머니에 넣음과 동시에 옷을 벗었다.(「아이젠」, 24쪽)

그는 어떨 때는 나를 벌세우듯이 벽에 세워놓고 나를 박아댔다.

(……) 그가 나를 그렇게 다루는 것이 느껴질 때마다 완전하고 무감동한 창녀가 되어가고 있다고 생각했다. (……) 아무런 마음을 지니지 않게 될 때까지 그가 나를 패주었으면 좋겠다고 생각하기도 했다.(「파수」, 55쪽)

멍청한 바보, 못된 것만 배워서는. 나는 속으로 중얼거렸다. 제수가 나에게 하는 것은 매번 비슷했다. 힘으로 온몸을 밀어붙이는 느낌.(「제수」, 75쪽)

얼마든지 더 많은 사례들을 거론할 수 있지만, 인용문의 나열은 여기서 그치기로 하자. 이 모든 장면들은 사랑과 일치하는 섹스라는 불가능한 환상, 그런 환상에 의해 지지받고 있는 사랑 그 자체에 대한 환상을 집요하게 거부하면서 어떤 어긋남을 인정하라고 반복해서 요구하는 것처럼 보이기까지 한다. 김남숙 소설에서 섹스는 오로지 그런 어긋남을 표시하기 위해서, 그리고 그 어긋남으로부터 무엇인가를 생각해야 한다는 점을 강조하기 위해서라는 듯 빈번하게 장면화된다(☞ 이 글의 **커플** 항목을 볼 것).

*

소리: 의미화하고 해석하고 평가하는 모든 언어적인 것에 미달하거

나 초과하는 것. 그렇기 때문에 그것을 듣고 있는 한 우리가 언어적인 것의 의미와 해석과 평가에 관통당하지 않도록 도와줄 수 있는 것. 정확히 같은 이유에서 삶을 이해하고 설계하며 실천하는 것을 방해하는 바람에 삶을 고통스럽게 하는 것(☞ 이 글의 **이야기** 항목을 볼 것).

김남숙 소설에서 몸은 희박해져가는 삶 자체의 물질성을 표현하는 가운데 자기 안의 어떤 구멍들, 굴들을 느끼며 텅 빈 관을 통과하는 기분 나쁜 소리를 경험한다. 혹은 그 소리들이 삶에 대한 낙관적인 시나리오들을 받아들이는 것을 방해한다(☞ 이 글의 **몸**과 **삶** 항목을 볼 것). 예컨대 「아이젠」에서 영이 두치의 엉터리 같은 이야기를 들어줘야 할 때, 그 이야기를 들어주기는 하지만 곧이듣지는 않는 영이 정작 귀 기울여 듣는 것은 바람 소리다. 「파수」에서 화자가 자살한 '성아'를 고통스럽게 회상할 때마다 간헐적으로 피아노 소리가 들려오는데, 그것은 화자의 회상이 끝나는 시점에서(성아의 죽음을 어떤 식으로든 인정하고 화자가 자신의 삶을 살기로 한 시점에서) 함께 그친다. 「염소와 나」에서 화자가 '석이'를 위해 만들던 이야기와는 '다른 종류의' 이야기를 어린 여자애에게 전달하려고 할 때, 정작 화자의 입에서 나오는 것은 갸릉거리는 염소의 울음소리다.

*

이야기: 삶을 이해하고 설계하며 실천하기 위해 필수적으로 요청되는 삶에 대한 언어-시나리오. 이것 없이 삶이 가능하다고 상상하기 어렵다. 하지만 아무리 정직한 이야기라고 하더라도 이야기가 삶과 완전히 일치하는 것은 불가능하다. 이야기는 언제나 삶 그 자체를 왜곡하고 결국에는 억압할 가능성을 포함하게 된다. 그래서 삶에 대해 정직하고 성실한 자들은 이야기를 의심하거나 상대화하기를 게을리하지 않고, 이야기와는 다른 종류의 언어-시나리오를 찾고자 하며, 시나리오처럼 조직화될 수 없는 비언어에 이끌리기도 한다. 그러므로 '이야기'와 대립하는 '말'(이야기와는 다른 종류의 언어-시나리오), 그리고 그 대립을 넘어서는 '소리'(시나리오처럼 조직화될 수 없는 비언어)를 상정해볼 수도 있다(☞ 이 글의 **소리** 항목을 볼 것).

김남숙의 데뷔작 「아이젠」에는 불안정하고 모호하지만 흥미로운 대립이 하나 숨겨져 있다. 그것을 우선은 '이야기'와 '말'의 대립으로 생각해볼 수 있을 것 같다.

나는 가만히 두치의 이야기를 듣고 있었다. (……) 두치는 그런 것도 질서라고 이야기했다. (……) 두치는 머리를 긁적이려다 말고 자신도 재미없어하는 이야기에 대해 계속 떠들었다. 두치가 진짜 하

고 싶어하는 이야기가 그게 아니라는 것쯤은 알고 있었다.(9쪽)

바람 불 때 좋은 소리가 난다, 나는 하마터면 그 말을 두치가 있는 앞에서 진짜로 뱉을 뻔했다. (……) 이제 두치가 하고 싶은 진짜 이야기를 하면 되었다.(10~11쪽)

나는 계속 새우나 조개 그리고 물고기가 먹고 싶다고 말했다. 두치는 군복을 침대 위에 벗어두고 산에 관한 이야기를 시작했다.(11쪽)

나는 말을 툭툭 던지며 웃었다.(14쪽)

무의식적으로 튀어나온 그 말에 스스로 조금 놀랐지만 내색하지 않으려고 나는 문짝을 잡은 손끝에 힘을 줬다.(19쪽)

두치는 '이야기'하고 영은 '말'한다. 두치의 이야기는 '하는 것'이고 영의 말은 '뱉거나 던지거나 튀어나오는 것'이다.[2] 이 대립

2) 그러나 이 대립이 일관된 것은 아니다. "나는 조용히 두치의 말을 들어주었다"(22쪽)처럼, 이 대립이 흐려지는 대목들도 없지 않다. 하지만 전체적으로 보면 「아이젠」에 이 대립이 산재해 있으며 약간은 끈질기게 작동하고 있다는 점이 인정되어야 할 것 같다. 두치가 말을 하는 경우도 종종 있지만, '두치가 이야기한다'는 문형이 두드러지게 많고, 「아이젠」에서 '이야기한다'고 표현되는 사람은 두치 외

을 어떻게 읽어야 할까? 그것은 「아이젠」의 내용과 어떤 관계가 있을까?

두치의 이야기는 '질서'에 대한 강박으로 오염되어 있는 것처럼 보이고("두치는 그런 것도 질서라고 이야기했다."(9쪽), "그냥 모든 게 괜찮았어. 그런 게 질서라니까."(12쪽), "하청업체에 들어가서 열심히 일할 거야. 돈도 벌고 누구든 오더만 내리면 그 오더대로 흠씬 두들겨 패줄 거다. 그게 질서니까."(23쪽)) 그것은 언제나 두치가 정말 하고 싶어하는 이야기는 아니다. 정말 하고 싶어하는 이야기에 가까워질 때 두치는 어딘가 소심하면서도 발작적이 된다. 영과 여관방에 들어가 "나 니 껄 좀 보고 싶어"(13쪽), "그냥 보기만이야 (……) 할 수 있어. 그치만 안 하는 거다. 일단…… 그 장교 새끼 죽여버린 다음에…… 이런 게 진짜야 영아"(14쪽)라고 말하는 식으로.

에 아무도 없기 때문이다. 「아이젠」만큼 분명하지는 않지만 「제수」와 「이상한 소설」에서도 각각 언니 혹은 '제수' 그리고 종수 혹은 원장이 이야기하는 사람의 역할을 차지하며 비슷한 구도를 반복한다. "언니는 거짓말을 쉬지 않았다. (……) 언니는 여전히 이야기 속에서 살았다."(80쪽) "제수는 신이 난 채 먼 미래와 부자가 됐을 때의 이야기(……)를 다시금 늘어놓았다. (……) 멍청한 희망, 멍청한 상상, 그런 것들에 쉽게 자기를 내어주는 것 같았다."(89~90쪽) "나는 원장이 하나같이 재미없고 하나같이 변함없는 그 얘기를 왜 하는지 알 수 없었다. 하지만 원장은 그걸 좋아했다."(241쪽) "종수는 요즘따라 망상에 빠진 사람이 할 것 같은 얘기들을 자주 늘어놓곤 했다. 대부분 주유소와 소장에 대한 얘기였다."(241~242쪽) 그리고 그들의 이야기를 듣던 영주는 말한다. "자기 얘기만 떠들고, (……) 이기적인, 씨발놈들. 나는 중얼거렸다. 나는 아무리 생각해도 남들에게 할 이야기가 없었다."(252~253쪽)

그러니까 이렇게 정리해볼 수 있을 것이다. '이야기'는 '질서' 잡힌 말이다. 여기서의 '질서'는 지위의 높고 낮음과 그에 따른 지시와 기능의 체계와 다르지 않다(그래서 두치는 군인으로 등장하는 걸까?). 그러므로 그것은 폭력적 지배와 구분하기 어려워지고, 그렇게 해서 '죽여버리고 싶은 장교 새끼'로 인격화된다. 인격화된 폭력적 지배를 죽이고 싶어하는 마음에도 어떤 정당성이 있겠지만, 그러나 두치가 "내가 언젠가 그 장교 새끼 죽여버린다"(12쪽)는 생각에서 벗어나지 못하는 한 두치의 이야기 속에 장교 혹은 폭력적 지배가 이미 들어와 있다는 점도 간과할 수 없다. 그런 점에서 두치는 이야기(장교)를 하면서 이야기(장교)에 먹히고 있는 것인지도 모른다. 이야기(장교)는 어떤 이들의 삶에 질서를 주입하는 거대한 그물 같은 것이고 그 그물은 무수한 사람들을 옭아맨다. 사람들은 그 그물 속에 잡혀 있는 한, 자신이 진짜 하고 싶은 이야기 그러니까 더이상 이야기가 아닌 '말'을 할 수 없게 된다. 그러니까 두치가 영과 (섹스를) '할' 수 없는 것은 그가 '이야기를 하기' 때문이다. 말하자면 그것이 두치의 질서이고, 여기서의 질서란 본질적으로 삶과 욕망을 금지하는 것이다. 장교를 죽인 뒤에야 영과 할 수 있을 것이라는 두치의 사리에 닿지 않는 말은 그런 의미에서 논리정연한 것이다. (그런데 두치가 정말 하고 싶어하는 이야기, 더이상 이야기가 아닌 말은 벗은 몸을 보고 싶다는 것일까? 아마 그렇게 단정하기는 어려울 것이다. 차라리 두치가 이야기에 붙들려 있기 때문에 자신이 진정으로 원하는 것을 잘못 이해한다고 말해야 할 것이다.)

'말'은 그런 이야기의 그물로부터 벗어나 있는 것, 그러나 질서 잡혀 있지 않기 때문에 조각나 있는 것이라고 생각되는 어떤 것이다. 그런 탓에 이야기는 '하는' 것으로 되어 있지만, 말은 조각난 작은 덩어리처럼 '뱉거나 던지거나 튀어나오는 것'으로 물질화된다.

그러므로 말하는 영과 이야기하는 두치는 서로 말이 통하지 않고 둘의 대화는 이야기가 되지 않는다. 그것이 「아이젠」의, 말하자면 '구조'인 셈이다. 그것이 내용으로 전환되면, 두치는 면회 와달라고 간청하지만 영은 면회 가지 않고, 영은 손꼽아 기다려온 두치의 전역날 성장盛裝을 하고 두치의 전화를 기다리지만 두치는 전화하지 않으며, 영은 다른 남자와 돈을 받고 섹스를 하려던 중 두치가 자살했다는 소식을 듣게 되는 것이 「아이젠」의 줄거리가 된다. 이런 식으로 어떤 커플이 등장하지만 둘 사이에서 뭔가가 어긋나거나 실패하고 회복되지 못하는 것이 김남숙 소설의 기본 구도이기도 하다(☞ 이 글의 **커플** 항목을 볼 것). 앞에서 정리한 줄거리가 아니라, 이 구도 즉 이야기와 말의 대립 그리고 그 대립 때문에 빚어지는 난처함이야말로 「아이젠」이 진정으로 표현하고자 했던 것인지도 모른다.

*

커플: 혼자만의 힘으로는 우리가 병신 같은 우리 자신을 참을 수 없기 때문에 누군가를 필요로 한다는 점에서 요청되는 최소 관계. 우리에게는 이 최소 관계가 꼭 필요하지만 그것은 우리에게 거의 주어지지 않으므로, 커플은 언제나 회상 속에서만 혹은 실패하고 어긋나고 사라진 것으로서만 표현될 수 있다.

나는 주기적으로 악취가 나는 사람 (……) 제수는 이 냄새를 참을 수 있는 유일한 사람 (……) 그렇기에 나는 제수를 좋아했다. 제수가 좋은지, 이 냄새를 참을 수 있다는 것이 좋은지는 아직 잘 알 수 없었다.

(……)

너한테서 좋은 냄새가 나.

(……)

거짓말.

나는 제수에게 말했다.

아니야, 진짜야. 이건 나만 맡을 수 있는 니 냄새야. 남들은 바보라서 이걸 못 맡는 거야.

제수가 말했다.(「제수」, 68~69, 74~75쪽)

상대방을 참을 수 있는 능력, 이것이 한 커플이 맺어지는 이상하고 예외적인 조건이 아니라 오히려 반드시 요청되는 필수조건이라고 한다면 어떨까. 「파수」를 그런 방식으로 읽어야 할 것 같다. 자살한 성아에 대해 고통스럽게 회상하고 있는 이 소설에는 어쩌면 성아가 자살을 실행하기로 결심했을 어느 밤의 말다툼이 자세히 묘사되어 있다. 그것은 처음에는 사랑의 대화처럼 시작된다. "너는 나를 정말로 좋아해?"(50쪽) 성아가 그렇게 물었을 때, 그것은 상대방에게 사랑의 고백을 강요하는 흔한 전략처럼 보인다. 화자는 그 전략에 호응하며 답한다. 좋다고, 우리는 뭔가가 좀 비슷한 것 같고 그래서 좋다고. 이유 같은 것이 있어서 좋아했던 것은 아니지만, 성아가 이유를 물어왔기 때문에 화자는 그렇게 답했다. 그런데 성아는 이 사랑의 고백에 격렬하게 저항한다.

아니, 달라. 난 너랑 달라. 나랑 같다고 이야기하지 마.

(……)

징그러워. 나는 니가 가끔 징그러워.

(……)

넌 사람들이 우릴 어떻게 생각하는지 생각이나 해봤어? 넌 이상해. 이런 것에 대해 아무런 말도 안 해. 니가 밤마다 여기 올 때 사람들이 이상하게 쳐다보는 거, 모르는 거 아니잖아. 〔두 사람은 레즈비언 커플이다—인용자〕 근데 넌 그런 거엔 도무지 관심이 없

어. 머리가 반쪽은 떨어져나간 사람같이……(51~52쪽)

화자도 거칠게 대꾸한다.

내가 왜 이상해? 나는 하나도 안 이상해. 정말로 이상한 건 이런 질문이나 하고 있는 너야. 니가 날 찾은 거야. 내가 널 찾은 적 없어. 니가 맨날 죽는다면서 운이나 시험하는 거, 그거. 그게 이상한 거야. 정말로 죽고 싶으면 아무 말 없이 죽어버리면 되잖아. 밤만 되면 옆에 있어달라고 징징대는 건 너였어. 누가 만져줘야만 잠드는 거, 그게 징그럽지.(53쪽)

왜 이 커플이 사랑의 고백으로 시작한 대화를 말다툼으로 끝낸 뒤 한쪽이 자살해야 했는가 하는 전후 맥락은 이 소설에 제시되어 있지 않다. 하지만 이 장면 안에는 전후 맥락과 상관없이 모든 커플이 가질 수밖에 없는 어떤 어긋남이 들어 있다.

화자에게 '넌 이상하고 징그럽다'고 말할 때, 성아가 생각하고 있었던 것은 아마 자신이었을 것이다. 화자가 뒤에 받아치는 말들, 늘 죽어버리겠다고 이상한 으름장을 놓고 레즈비언 커플에 대한 사람들의 시선을 모르는 것은 아니지만 그럼에도 늘 화자에게 찾아와달라고 만져달라고 부탁하는 자신이 이상하고 징그럽다는 것을, 성아가 먼저 느끼고 있었을 것이다. 그래서 자신의 그 이상하고 징그러운 면을 혼자서는 견디기 어려워 화자에게 도움을 청하고 싶었을 것이다. 그것이 커플의 성립조건이니까. 그래서 이 대화는 "너는 나를 정말로 좋아해?"로 시작될 수밖에 없었을 것이다. 나는 네가 좋아, 너의 이러저러한 것들은 하나도 이상하지 않고 징그럽지 않아, 같은 말들을 성아는 듣고 싶었을 것이다. 성아가 늘 화자 앞에서 이상한 내기를 걸고 그 내기에 실패하면 죽어버리겠다고 으름장을 놓는 것은, 한편으로는 성아가 스스로를 견디기 어려워한다는 표현이었을 것이고 동시에 그 내기를 지켜봐주는 화자 곁에서라면 계속 살고 싶기 때문에 그 내기에 최선을 다해 성공하고서 실패하지 않았으니 어쩔 수 없다는 듯 삶을 유지하겠다는 표현이었을 것이다. 내기를 지켜보고 성아의 방으로 찾아오는 화자의 행위 속에는 이미 이상하고 징그러운 성아를 이상하지 않고 징그럽지 않다는 듯 대하는 태도가 포함되어 있지만, 성아는 그것을 한번 더 말로 확인받고 싶었을 것이다. 화자가 '우리는 서로 비슷하기 때문에 좋아한다'고 답했을 때, 성아는 비슷한 점 말고 자신의 그 견딜 수 없는 어떤 것들에 대한 논평이 듣고 싶었을 것이고 그것을 화자에게 투사하며 '넌 이상하고 징그럽다'고 말해버린 것일 터이다.

만약 화자에게 잘못이 있다면 그것은 화자가 '정말로 죽고 싶으면 아무 말 없이 죽어버리면 된다'고 말했다는 점이 아니라, 성아가 '넌 이상하고 징그럽다'고 자신의 마음을 왜곡해서 내뱉었을 때 '성아 너는 이상하지 않고 징그럽지 않다'는 화자의 속마음을 제대로 표현하지 못하고 '이상하고 징그러운 건 바로 너'라고 잘못 말했다는 점일 것이다.

커플의 성립 가능성은, 이상하고 징그러운 상대방의 삶을 서로 받아들이며, 악취를 '바보들은 맡을 수 없는 좋은 냄새'로 바꿀 수 있는가 하는, 결국 상대방이 자기 자신을 견딜 수 있도록 도와줄 수 있는가 하는 문제에 달려 있다. 그런데 우리들은 우리 자신조차 제대로 견딜 수 없기 때문에 상대방의 삶을 받아들이는 데 너무 자주 실패한다. 이것이 커플이라는 구조에 언제나 끼어드는 어긋남이다.

*

파수: 경계하여 지킨다는 말把守을 뒤집어놓은 것.

「파수」의 도입부에서 성아는 목숨을 거는 이상한 내기를 제시한다. "담벼락 위에 깨진 유리병으로 파수를 세운 집"(38쪽)까지 십 초 안에 도달하기. 그렇게 할 수 있으면 살고, 그럴 수 없으면 그냥 죽어버리기. 성아가 이런 내기를 제시할 때 성아는 한편으로 죽음을 바라는 투로 말하지만, 정작 언제나 내기에 최선을 다하기 때문에 항상 십 초 안에 도달하고 살아남기를 택한다. 그런데 이 장면이 거의 싱겁다고 말해도 될 만한 내용으로 되어 있음에도 우리의 마음을 강렬하게 어지럽히고 있는 것은 왜일까? 그것은 이 장면의 구도 혹은 이미지가 자꾸만 무엇인가와 연결되거나 뒤얽히면서 혹은 갈라놓거나 밀쳐내면서 격렬히 움직이고 있기 때문이 아닐까.

이 장면에서 담장의 안과 밖이라는 구도는, 이 내기에 목숨이 걸려 있기 때문에 삶의 안과 밖이라는 구도와 혼동되는데, 성아가 살아남고 싶은 것인지 죽고 싶은 것인지 불분명하기 때문에 그것은 다시 죽음의 안과 밖이라는 구도와 혼동되면서 그 안쪽으로 들어가고 싶은 마음과 바깥에 머물고 싶은 마음이 서로 뒤엉키고 있다는 인상을 준다. 파수로 세워진 깨진 유리병은 그 실제적인 날카로움 때문에, 이 집에 침입하려고 담장에 기어오르는 자의 손가락을 자르고 피부를 찢어 온통 피범벅으로 만들어버리겠다는 위협적이고도 과시적인 기능 때문에 우리가 그것을 쳐다보는 것조차 두렵게 하지만, 그것은 동시에 저마다 독특한 색과 형태로 깨져나간 그 투명한 날카로움 그리고 그것을 반영하면서 반짝거리는 반사광의 아름다움 때문에 우리의 눈을 잡아챈다. 그렇다면 파수는 경계하여 지키고 침입자를 밀쳐내는 것일까, 아니면 누군가를 유혹해서 기어이 침입자로 만드는 것일까? 삶 혹은 죽음의 안과 밖을 갈라놓고 있는 담장, 그 갈라놓음을 더욱 날카롭고 격렬하게 만들고 있는 깨진 유릿조각의 위태롭고도 화려한 이미지는 동시에 그 갈라놓음을 무효화하고 무엇인가가 침입하도록 유도하는 것 같기도 하다. 이 이상한 담장은 소설이 진행됨에 따라 점차 성아와 나를 갈라놓으면서도 이상한 방식으로 강하게 다시 연결하는 것처럼 읽힌다.

나는 "담벼락 위에 깨진 유리병으로 파수를 세운 집"의 구도 혹은 이미지가 보여주는 혼돈스러운 움직임을 좀더 밀고 가보고 싶다. 그런데 삶과 죽음의 경계선을 어지럽히고 있는 저 위협적이면서 매혹적인 유릿조각의 이미지는 「파수」를 넘어 김남숙 소설 전체에 걸쳐져 있는 것이 아닐까. 단지 이 아름답고 위험한 깨진 유리병의 이미지가 김남숙의 데뷔작에서도 발견된다는 것을 지적하려는 것이 아니다("옆에서 드링크를 마시고 있던 두치가 나를 노려보며 드링크 병을 바닥에 던졌다. 드링크 병이 깨졌고 나는 헬기장에서 본 콜라 병이 이상하게 아름다워 보였다던 두치의 말을 떠올렸다."(「아이젠」, 15쪽) 그것은 유리처럼 단단한 얼음을 뚫고 들어가는 아이젠의 스파이크의 이미지로 변주되기도 한다). 김남숙 소설에서는 뭔가 뾰족하고 날카로운 것이 뚫고 들어왔다는 듯이, 그것 때문에 구멍이 뚫려버렸다는 듯이 '몸' 속에서 기분 나쁜 '소리'가 들려오지 않는가. 그 기분 나쁜 소리는 '삶'에 대한 순진하고 낙관적인 '이야기'들에 대해 '병신!'이라고 외치는 셈이 아닌가. 그런데 김남숙 소설에서 '섹스'야말로 삶에 대한 순진하고 낙관적인 이야기들과는 무관한, 날카롭고 뾰족한 것으로 몸에 구멍을 뚫는 일처럼 여겨지고[3] 그렇기 때문에 사랑과는 아무 관련도 없는 무감각하고 폭력적인 행위로 그려지는 것이 아닌가. 섹스가 사랑으로부터 떨어져나간 것처럼, 파수가 담장의 안과 밖을 갈라놓은 것처럼, '커플'은 언제나 결합에 실패하지 않는가. 이 모든 구도와 이미지들의 뒤얽힘 속에서 매번 위험하고 아름다운 깨진 유리병들이 우리의 마음을 찔러대고 있지 않은가.

이 이미지들의 뒤얽힘을 좀더 어지럽게 밀고 나갈 수도 있을 것이다. 구멍을 내 뚫고 들어가는 날카로운 '소리'가 깨진 유리병으로 파수를 세운 저 담장을 뚫을 수 있을까. 그렇다면 어떤 희미한 통로를 통해 커플이 성립 불가능한 것만은 아니게 되는 것일까. 그때 섹스와 사랑 사이에 아주 협소한 공통의 영역이 생겨날 수 있을까. 그렇다면 소리와 이야기 사이의 중간 지대가 발견될 수 있을까(「염소와 나」에서 화자가 쓰고 싶어하는 시, 이야기는 아니지만 염소 울음소리도 아니면서 염소 울음소리에 관해 말하는 그것이

---

3) 「염소와 나」에는 화자가 하천에서 목욕하는 장면을 물의 관능적인 애무처럼 묘사하는 가운데 불길한 섹스의 순간을 떠올리게 하는 구절이 나온다. 영화 〈에일리언〉처럼 무엇인가 작고 날카로운 것이 몸을 뚫고 들어와 내 안에 기생하다가 결국 나를 파괴할 것만 같은 불길한.

> 온몸의 구멍으로 물줄기가 파고드는 것 같았다.
> (……)
> 몸에 난 구멍으로 무언가 계속 넘실넘실 들어오는 기분. (……) 등에 무언가 뾰족한 것이 파고든 느낌이 들었지만 그냥 내버려두었다."(184~185쪽)

어쩌면 소리와 이야기 사이의 중간 지대인지도 모르겠다). 그렇다면 자살 충동 안에 이미 들어 있는 삶을 향한 의지를 조금 더 분명하게 끄집어낼 수 있지 않을까(☞ 이 글의 **삶** 항목을 볼 것). 그러니까 저 구멍이 삶의 물질성을 갉아먹는 것만이 아니고 우리를 어딘가 도착할 수 있게 해주는 터널이 되기도 하는 것이 아닐까. 그러니까 다음의 목소리는 그저 가스를 잘못 마시고 정신이 나가버린 병신의 헛소리가 아닌 것이 아닐까.

> 지금 터널을 지나고 있어서 잘 안 들려요, 금방 갈게요. 네. 지금은 터널을 지나고 있어서. 네. 터널이요.(「아이젠」, 18쪽)

그러나 이렇게까지 써버리는 것은 『아이젠』이 힘겹게 지켜내고 있는 어떤 고통스러운 자리를 너무 쉽게 감당할 만한 화사한 것으로 왜곡시키는 것이리라. 하지만 김남숙 소설은 삶에 대해 비관적이고 냉담한 자만이 볼 수 있는 진실을 포착하면서도, 저 이미지들의 어지러운 뒤얽힘 속에 완전한 체념, 무분별한 파괴욕, 정적인 죽음으로 가라앉지 않을 수 있는 힘을 간직하고 있다. 음울하게 가라앉아 있는 것처럼 보이는 김남숙의 소설을 읽고도 우리 마음이 함께 가라앉는 대신 어딘가 뒤흔들리는 것은 바로 이 때문인지도 모른다. 날카로운 유릿조각의 매혹과 공포가 다른 이미지들과 함께 어지럽게 얽혀들며 우리 마음속에도 어떤 힘을 간직하게 하기 때문에.

작가의 말

초등학교 운동장, 나는 수업이 시작되고 한적한 시간이 되면 운동장을 자주 쳐다보았다. 키가 옥수숫대처럼 큰 한 남자가 운동장을 비칠비칠 가로질러오고 있을 것 같았다. 그는 지독한 알코올중독자에 자신을 닮은 아이가 하나 있고, 혼자인 남자였다. 예전에는 동대문에서 원단을 떼다 파는 일을 주로 했었고, 차승원을 꼭 빼닮았으며, 운전을 잘했고, 몸에서는 좋은 냄새가 나는 사람이었다. 독한 샤워 코롱 냄새를 맡으면 나는 아직도 그 사람을 떠올린다. 나는 그를 삼촌이라고 불렀고 그 사람을 지독하게 싫어했다. 누군가가 죽어야 한다면 그 사람이 죽었으면 좋겠다고 간절히 바랐다. 그는 농구 골대만큼 키가 커서 나는 운동장에 될 수 있으면 농구 골대가 많았으면 좋겠다고, 그래서 그가 어디에 있는지 보이지 않았으면 좋겠다고 생각하기도 했다. 실직 후 걷는 것밖에 할 것이 없었던 그가 내가 다니는 학교 운동장에 나타날 때면 나는 가슴이 두근거려서 수업을 들을 수가 없었다.

그는 한번 술을 입에 대기 시작하면 두세 달 내내 운동장을 돌았고, 그때마다 그에게서는 바르산 냄새가 났다. 그때 내게 삼촌의 냄새는 바퀴벌레용 살충제 냄새 그 이상도 이하도 아니었다. 그는 가끔 내 방에 쓰러져 자기도 했는데 나는 그가 자고 있으면 동네 작은 언덕을 해가 질 때까지 돌았다. 집으로 돌아가기 전까지 속으로 그가 죽었으면 좋겠다고 얼마나 많이 생각했는지. 하지만 그는 그 당시에는 잘 죽지 않다가 그를 그다지 미워하지 않게 되었을 때에야 어떠한 설명도 이유도 한 줄 없이 죽어버렸다. 진짜 재미없는 소설 같아서 짜증나는 삼촌. 의사의 말로는 심장이 터져서 죽었다는데, 나는 그 말을 들었을 때 심장이 무슨 풍선쯤 되는 줄 알았다. 그럼 왜 진즉에 내가 원했을 때 펑, 하고 터져버리지 못했을까. 나는 그 이후로 이런 어쩔 수 없는, 어이없는 상황이 벌어질 때마다 곧이곧대로 받아들이려고 애썼다. 어쩔 수 없는 일은 어쩔 수 없는 일이니까. 울고불고 무릎으로 걷는다 해도 바뀌지 않는 일들이 세상엔 많으니까. 그가 죽어도 괜찮다는 말을 일기에도 수없이 적었는데 막상 그가 진짜로 죽었을 때, 나는 수건으로 눈물을 너무 닦아서 얼굴이 헐어버릴 때까지 울었다. 그 이후 날이 따듯하고 평온한 주말이면 알 수 없는 불안감이 생겼다. 그런 이상한 불안감 때문에 누군가를 온전히 사랑하는 것에도 실패하고 이별하는 것에도 실패했다. 잘 되지 않았으니까.

그는 지금 죽었지만 나는 여전히 그를 생각한다. 술을 마시고 그에 관한 실언을 하기도 하고. 가끔 내 안에 있는 생각들이 밖으로 나가지 못해서 주변 사람들을 괴롭히고 있다는 생각을 한다. 그리고 그걸 느낄 때마다 나에게서 바르산 냄새가 난다. 누군가가 나를 살충해주면 좋을 텐데, 하고 생각한다. 그는 개호가 필요한 사람이었고 이제는 내가 개호가 필요한 사람이 된 것 같다. 그를 이해하는 것은 아니지만 어떤 연유에서든 누군가가 곁에 있다는 것이 한 사람을 살게 할 때가 있다.

어떤 사람들은 실소하겠지만 나에게는 소설을 쓰는 것이 나를 어느 정도 개호할 수 있는 방법처럼 느껴진다. 나를 덜 실패한 사람처럼 느껴지게 한다. 소설 속 그들은 나를 떠나지 않을 테니까. 그렇기에 살아야지. 막 아니고 잘.

내가 생각대로 항상 잘 고쳐지지는 않는다. 그래서 이상한 소설을 쓰고 이상하게 웃는다. 하지만 나도 재미없는 소설의 누군가처럼 심장이 풍선처럼 터져버리는 날이 온다면 도시락을 들고 운동장도 가로지르고 언덕도 돌고 계란말이도 입에 물면서 누구보다 앞장서서 걷고 싶다. 진짜, 막 아니고 잘.

2020년 4월

남숙이

| 수록 작품 발표 지면 |

아이젠 …… 『문학동네』 2015년 가을

파수 …… 『문학동네』 2016년 가을

제수 …… 『Axt』 2018년 5/6월

캐치볼 …… 문장 웹진 2016년 8월

자두 …… 『Axt』 2016년 1/2월

염소와 나 …… 『자음과모음』 2019년 가을

귀 …… 테마소설집 『보라색 사과의 마음』(다산책방, 2020)

이상한 소설 …… 『문학동네』 2019년 겨울

문학동네 소설집
아이젠

초판 인쇄 2020년 4월 17일
초판 발행 2020년 4월 29일

지은이 김남숙
펴낸이 염현숙
책임편집 정은진 | 편집 황예인 김봉곤 김내리 이상술
디자인 김이정 유현아 | 마케팅 정민호 박보람 우상욱 안남영
홍보 김희숙 김상만 지문희 우상희 김현지
제작 강신은 김동욱 임현식 | 제작처 영신사

펴낸곳 (주)문학동네
출판등록 1993년 10월 22일 제406-2003-000045호
주소 10881 경기도 파주시 회동길 210
전자우편 editor@munhak.com | 대표전화 031) 955-8888 | 팩스 031) 955-8855
문의전화 031) 955-3576(마케팅) 031) 955-8864(편집)
문학동네카페 http://cafe.naver.com/mhdn | 트위터 @munhakdongne
북클럽문학동네 http://bookclubmunhak.com

ISBN 978-89-546-7144-6 03810

* 이 도서의 국립중앙도서관 출판예정도서목록(CIP)은 서지정보유통지원시스템 홈페이지(http://seoji.nl.go.kr)와 국가자료종합목록 구축시스템(http://kolis-net.nl.go.kr)에서 이용하실 수 있습니다.(CIP 제어번호: CIP2020014066)

잘못된 책은 구입하신 서점에서 교환해드립니다.
기타 교환 문의: 031) 955-2661, 3580

www.munhak.com